oscar wilde

• 이 도서의 국립중앙도서관 출판예정도서목록(CIP)은 서지정보유통지원시스템 홈페이지(http://seoji.nl.go.kr)와
국가자료공동목록시스템(http://www.nl.go.kr/kolisnet)에서 이용하실 수 있습니다.
(CIP제어번호: CIP2014037381)

오스카 와일드 거짓의 쇠락

박명숙 옮김

차례

일러두기

1 이 책의 번역 대본으로는 Oscar Wilde, *The Soul of Man under Socialism & Selected Critical Prose*, ed. Linda Dawling, London: Penguin Books, 2001를 사용했습니다.

2 저자가 대문자로 강조한 표현들은 볼드체로 표시했으며, 프랑스어와 독일어로 적은 표현들은 번역된 표현과 병기했습니다.

3 이 책의 주석은 모두 옮긴이의 것으로 미주로 처리했습니다.

오스카 와일드,
피상성의 가면 뒤에 숨긴
진지함의 얼굴

예술은 세상에서 유일하게 진지한 것이다.

그리고 예술가는 결코 진지하지 않은 유일한 사람이다.

—오스카 와일드, 〈과잉 교육된 이들의 교육을 위한 약간의 격언들〉 중에서

"나는 우리 시대의 예술과 문화와 상징적인 관계에 있던 사람이었다." 동성애를 한 죄목으로 2년간의 강제 노역형을 선고받고 수감 생활을 했던 오스카 와일드는 그의 동성 연인이었던 앨프리드 더글러스에게 쓴 긴 편지에서 스스로를 이렇게 규정했다. 1905년 편지의 일부가 《심연으로부터》라는 제목으로 처음 세상에 공개되었을 때, 그의 이런 주장은 극작가이며 소설가이자 빛나는 재담가로 성공의 정점에 서 있다가 깊은 나락으로 떨어진 이의 거창하고 비장한 에고티즘의 발로쯤으로 여겨졌다. 심지어

그 후 오랜 시간이 흘러 1962년에 처음으로《심연으로부터》의 전문이 세상에 공개되었을 때도 아직 많은 이들은 여전히 그의 글 속에서 과도한 자만심의 표출을 지적했다. 그의 당당한 발언은 후기 빅토리아 시대에 겪은 수감 생활의 야만적인 조건 속에서 망가지고 황폐해진 정신과 마음의 비극적인 증거쯤으로 치부되었던 것이다.

하지만 오늘날 그의 주장은 하나의 명백한 진실을 담담하게 말하는 것으로 읽힌다. 1995년, 웨스트민스터 사원에는 〈진지함의 중요성〉 초연 100주년을 기념하여 대형 명판이 설치된다. "이제 와일드를 동성애가 아니라 위대한 문학적 기여로 판단하게 됐다." 이와 같은 사원 측의 발표대로, 그가 동성애 죄목으로 유죄 판결을 받은 지 꼭 100년 만에 완벽한 복권이 이루어진 것이다.

사람들은 이제 오스카 와일드를 19세기 후기 빅토리아 시대를 대표하는 위대한 극작가이자 시인, 소설가, 문학·예술 비평가로 꼽는 데 아무도 이견을 제기하지 않는다. 영미권에서 셰익스피어와 함께 전 세계에서 가장 많이 읽히는 작가로 알려진 그의 작품들은 세계 각국의 언어로 번역되어 아이부터 어른까지 폭넓은 독자층에게 많은 사랑을 받고 있으며, 그의 풍속희극들은 끊임없이 무대와 영화를 통해 대중들을 만나고 있다. 또한 그가 남긴 수많은 경구는 사람들의 입에 오르내리며 우리에게 늘 신선함과 놀라움을 안겨준다. 오스카 와일드는 후기 빅토리아 시대보다 우리 시대와 한층 더 가까운 인물이라고 해도 과언이 아닌 것이다.

굴곡진 삶의 스토리에 가려져 있던 오스카 와일드의 중요한 면모 중 하나는 그가 다방면으로 유감없이 재능을 발휘하며 그 시대의 문학적, 사회적 논쟁에 깊이 관여했던 진지하고 열정적인 작가이자 지식인이었다는 것이다.

19세기 후반과 20세기 전반에 걸쳐 풍자 화가와 수필가로 활약했던 맥스 비어봄은 1894년, "사실 **아름다움**은 1880년대 훨씬 이전부터 존재해왔다. 그것을 세상 무대에 처음 데뷔시킨 것은 오스카 와일드였다."라고 한 바 있다. 이 말은 오스카 와일드에 관한 중요한 두 가지 사실을 보여준다. 스스로 유미주의의 사도를 자청한 유미주의 운동의 기획자로서의 와일드와 그의 놀라운 대담성이 그것이다. 맥스 비어봄의 말은 그 이전부터 존재해왔던 유미주의의 개념에 형태를 부여하는 데 오스카 와일드가 결정적인 역할을 했음을 한마디로 요약해냈다.

흔히, 세기말(fin de siècle)이라고 일컫는 19세기의 마지막 약 20년간(사실상 오스카 와일드의 활동 시기와 일치한다)에 절정을 이루었던 유미주의는 '예술을 위한 예술(l'art pour l'art)'이라는 기치를 내걸고, 예술은 삶을 포함하여 도덕이나 정치 같은 예술 외적인 것과 별개로 존재하며, 그 어떤 실용적인 목적의 수단이 되어서도 안 된다고 주장하며 예술의 형식미를 중요시했던 일련의 문예사조를 가리킨다. 1873년 르네상스 예술에 대한 인상주의 비평론집 《르네상스》를 펴냄으로써 그 누구보다 오스카 와일드의 미학에 지대한 영향을 미쳤던 영국의 비평가 월터 페이터 역시 유미주의의 중요한 대변자였다.

오스카 와일드는 옥스퍼드 재학 시절 러스킨과 페이터가 가르치는 고전문학을 공부했고, 무사태평함을 가장하면서 뛰어난 성과를 이루어냈다. 이미 유미주의자로서의 입지를 단단하게 굳힌 그는 대학 재학 중이던 1877년 런던의 그로스브너 갤러리의 개관 전시회에 참관한 뒤 〈더블린 유니버시티 매거진〉에 그 리뷰를 발표했다. 그것은 오스카 와일드의 첫 번째 예술비평이었다. 1882년, 길버트와 설리번의 코믹 오페라 〈페이션스 혹은, 번손의 신부〉 미국 순회공연 홍보차 떠난 미국 여행길에서 '아름다움'과 '영국 르네상스'에 대한 강연이 대성공을 거둠으로써 오스카 와일드는 두 대륙 간의 유명 인사로 발돋움하게 된다. 이때 그가 미국 세관에서 "신고할 것이라고는 내 천재성밖에 없다"라고 했다는 것은 이미 전설이 된 지 오래다. 그가 1년 가까이 미국과 캐나다를 누비며 순회강연을 다니는 동안 영국의 언론은 그의 행적을 계속 보도했으며, 그해 월터 해밀턴은 유미주의 운동에 관한 최초의 책 《영국의 유미주의 운동》에서 한 장 전체를 오스카 와일드에게 할애하기도 했다.

그러나 오스카 와일드는 그의 심미적 신념과 아이디어들을 대중 사이로 널리 퍼뜨리는 데에만 열중한 사람이 아니었다. 그는 진지한 방식으로 깊이 있고 진보된 유미주의 이론을 정립했던 문학·예술 비평가였으며, 그의 원숙한 아이디어는 바로 이 책에 담긴 글들에서 확인할 수 있다.

이 책에는 그의 문학예술론이 집대성되어 있는 《의도들》에 실린 그의 대표적인 평론 두 편과, 개인주의와 예술의 자유를 역설한 《사회주의에서의 인간의 영혼》이 담겨 있다. 와일드의 빛나는 젊음과 패기, 번득이는 지성과 재기가 집약되어 있는 이 세 편의 글에서 우리는 후기 빅토리아 시대를 대표하는 다재다능한 지식인이자 평론가이며, 예리한 심미안을 지녔던 유미주의자 오스카 와일드의 예술론의 실체를 확인할 수 있다. 또한 함께 실은 《도리언 그레이의 초상》 서문은 이 평론들에 나타난 오스카 와일드의 미학 이론을 집약한 것이며, 《도리언 그레이의 초상》은 그가 《거짓의 쇠락》에서 전개한 이론을 소설화한 것이라고 보아도 무방하다.

와일드가 자신의 대표적인 평론집에 '의도들'이라는 다분히 도발적인 제목을 붙인 '의도'는 무엇일까. 당시 와일드가 보여준 태도와 글의 내용에 비추어볼 때 단지 예술에 관한 그의 가장 내밀한 신념을 알리고자 하는 것만은 아니었을 것이다. 《의도들》은 그 제목만으로도 후기 빅토리아 시대의 엄격했던 도덕주의와 당시의 속물적인 중산층 사이에 팽배했던 위선과 허식에 대한 도전이자, 법과 도덕과 관습의 굴레와 한계를 뛰어넘고자 하는 결연한 의지를 느끼게 한다. 무엇보다 예술 작품에 도덕성의 잣대를 들이대며 아름다움과 선함을 동일시하는 당시의 경직되고 폐쇄적인 예술관과 비평 풍조에 따끔한 일침을 가하고, 예술의 자율성을 주장하며, 개인과 사회에 있어서 예술의 진정한 역할과 가치에 대한 새로운 비전을 제시하고자 하는 의도가 아니었을까. 오스카 와일드의 독창성은 무엇보다, 그가 경멸했던 부르주아 사회와 속물적인 사람들을 자신만의 방식으로 즐겁게 하면서 그들을 비판했다는 데에 있는 것이다.

〈거짓의 쇠락〉은 와일드 스스로가 "대화체로 쓴 나의 최초이자 최고의 글이다"라고 평가했던 글이다. 이 글은 그의 두 아들과 이름이 같은 두 인물의 대화로 이루어져 있는데, 이 중 비비언(와일드 자신이라고 봐도 무방하다)은 패러독스와 경구를 사용하며 재치와 기지가 넘치는 대화를 이끌어간다. 와일드는 이 글에서 현실(삶)의 객관적인 관찰과 묘사를 바탕으로 하는 사실주의 풍조를 비판하고, 상상력이 창조의 원천이 되는 예술의 새로운 **르네상스**의 도래를 열망하고 있다. 이 글에서 그는 예술이 자연과 삶을 모방하기보다 자연과 삶이 예술을 모방한다고 말하고, 예술이 한 시대의 도덕적·사회적 조건을 반영하려고 할수록 그 시대의 정신을 덜 표현하게 된다고 말한다. 이처럼 와일드는 예술에 있어서의 통념에 의도적으로 도발하여 논쟁을 일으키려는 시도를 하고 있다.

이러한 시도는 〈예술가로서의 비평가〉에서도 이어지는데, 이 글에는 무엇보다 와일드의 심미학적 철학이 가장 심도 있게 나타나 있다. 《의도들》에 수록된 평론 중에서 가장 긴 분량의 이 글은 1890년 7월에 〈나인틴스 센추리〉에 〈비평의 진정한 기능과 가치;

아무것도 하지 않는 중요성에 관한 논평을 곁들여: 대화〉라는 제목으로 처음 발표되었다. '예술가로서의 비평가'라는 제목과 '비평의 진정한 기능과 가치'라는 제목은 뒤집어 말하면, 당시에는 비평가가 예술가로 인식되고 있지 않으며, 비평이 진정한 기능과 가치를 발휘하고 있지 못하다는 것을 단적으로 말해주고 있는 것이다.

　여기서 와일드는 그보다 앞서 비평의 중요성을 강조하고 비평의 개념을 정립했던 매슈 아널드와 월터 페이터의 연장선상에 있으면서 한발 더 나아간 새로운 비평의 개념을 제시하고 있다. 아널드는《비평론집》에 수록된 〈우리 시대의 비평의 기능〉에서 비평을 '세상에 알려지고 생각되어진 최상의 것을 배우고 전파하려는 사심 없는 노력'이자, '대상을 실제의 모습 그대로 파악하는 것'으로 정의한 바 있다. 오스카 와일드에게 유미주의의 큰 틀을 마련해준 것으로 알려진 월터 페이터는, 와일드가 '내 삶 전체에 기이한 영향을 끼친 책'이자 자신의 '골든 북'이라고 밝힌 명저《르네상스》의 서문에서 '심미비평에서 대상을 있는 그대로 파악하기 위한 첫 번째 단계는 자신의 주관적 인상을 있는 그대로 느끼는 것'이라고 주장하며, 대상의 객관적 파악을 위해서는 그것을 바라보는 이의 주관적 느낌을 먼저 알아야 한다는 것을 강조했다. 이에 와일드는 비평가에게 예술 작품은 새로운 창작을 위한 출발점이자 제안일 뿐이며 비평의 대상과 반드시 유사할 필요는 없다고 설명하며, '비평의 가장 중요한 목적은 대상을 실제와는 다르게 보는 것'이라는 새로운 주장을 펼쳐 보인다.

특히 이 글에는 그리스 시대와 헬레니즘 시대에 대한 깊은 이해
와 지극한 애정을 지닌 고전학자로서의 와일드의 면모가 유감없
이 드러나 있다. 1874년 옥스퍼드 대학의 모들린 칼리지에 입학
하기 전부터 그는 저명한 고전학자 존 마하피 교수의 영향 아래
고대 그리스 문학과 문화에 단연 두각을 나타낸 바 있다. 이 글에
실린 수많은 고전문학 작품과 그 속의 인물들, 곳곳에서 발견되
는 은유와 비유는 비평의 진정한 기능과 가치에 대한 그의 주장
에 설득력을 더할 뿐만 아니라, 고전에 대한 그의 열정을 고스란
히 느끼게 한다.

이 글 역시 〈거짓의 쇠락〉과 마찬가지로 대화체로 이루어져 있
는데, 와일드는 등장인물 길버트의 입을 빌려 "비평가는 대화라
는 방식으로 자신을 드러내거나 숨길 수도 있고, 다양한 관점에
서 대상을 제시하고, 조각가처럼 그 대상을 사방에서 관찰할 수
도 있다"라고 이야기한다. 이처럼 대화의 극적인 연출을 통해 두
대화자 사이를 오가며 그들의 입을 빌려 자연스럽게 자신의 생
각을 피력하고 전달하는 와일드의 비평 방식은 이 글을 읽는 또
다른 재미를 선사하고 있다.

〈사회주의에서의 인간의 영혼〉은 1891년에 처음 발표되었다가
1895년 사실상 아무런 수정을 거치지 않고(책이 출간되던 날 오스
카 와일드는 교도소에 수감되어 있었다) 〈인간의 영혼〉이라는 이름
으로 출간되었다. 와일드가 남긴 비평적 에세이 중에서 가장 많

이 알려지고 가장 노골적으로 정치적인 색채를 띤 글이다. 또한 매 맞는 여성을 비롯해 소외되고 억압받는 사람들의 편에서 생각했던 급진적인 사상가로서의 명성을 확인시켜주는 가장 중요한 글이기도 하다. 여기서 그는 당시 사회주의와 개인주의로 양분되는 경쟁적인 정치관을 넘어서서 개인주의적인 사회주의 프로그램을 제시하고 있다.

사실 오스카 와일드 한 개인으로서의 정치적 입장과 견해는 상당히 복잡하고 모순적이기까지 하다. 그는 자신의 어머니처럼 공화주의자의 입장에 공감하면서도 본능적으로는 보수주의자에 더 가까웠다. 또한 대영제국을 비판하면서도 아일랜드가 영국으로부터 독립하는 것을 진지하게 생각해본 적이 없으며 군주제를 지지하는 마음을 버리지 않았다. 따라서 그가 글에서 보여준 정치적 급진주의는 진정한 정치적 입장이라기보다는 낭만적이고 감상적인 허식이자 예술적인 이상주의로 여겨질 수도 있다. 그 누구보다도 예술과 예술가를 위한 개인적 자유의 필요성을 강력하게 주창했던 그는 자신이 살던 후기 빅토리아 시대의 사회적, 정치적 제도의 폐해와 문제점들을 분석하며 그것들을 해결하기 위한 대안을 제시하고자 한 것으로 보인다.

이 책에 실린 오스카 와일드의 글들을 번역하면서 그의 방대하고 경이로운 지적 세계에 동참하는 것은 역자에게 괴로움과 기쁨, 좌절과 희열을 동시에 안겨주었다. 고전문학을 비롯해 수많은 문학작품과 작가들의 산과 바다로 나아가는 길은 마치 가시밭길을 헤치고 나아가듯 험난했고, 그만큼 많은 공부와 고민과 주석을 필요로 했다. 수많은 책과 자료를 바탕으로 만들어진 주석은 텍스트 속의 텍스트라고 자부한다. 또한 이 책에 실린 글들을 읽지 않고서는 결코 오스카 와일드를 잘 안다고 말할 수 없으리라고 감히 단언한다. 이 책에 실린 글들을 부디 여러 번 꼭꼭 곱씹기를 바란다. 그런 다음 《도리언 그레이의 초상》 서문으로 되돌아간다면 처음에는 모호하고 추상적으로 여겨졌던 의미가 새롭게 다가오는 즐거운 지적 경험을 하게 될 것이다. 또한 오스카 와일드의 글 속에 담긴 '진지함'이 결코 무겁고 지루하지 않은 경쾌하고 유쾌한 놀이와 같은 얼굴을 하고 있음도 확인할 수 있을 것이다.

와일드는 〈거짓의 쇠락〉에서 문학에 속하는 것과 그렇지 않은 것을 구분하는 기준에 대해 이렇게 말했다. "어떤 책을 읽고 또 읽는 데서 즐거움을 느낄 수 없다면 그건 아예 읽을 가치가 없는 책이지." 독자들이 이 책을 읽고 난 후 곁에 두고 읽고 또 읽고 싶은 마음이 생긴다면 그것으로 그동안의 지난했던 작업을 모두 보상받을 수 있을 것 같다. 그 힘들고도 즐거웠던 여정에 함께해준 은행나무 편집부의 노고에 깊이 감사드린다.

2014년 겨울에
박명숙

《도리언 그레이의 초상》 서문

예술가는 아름다운 것들의 창조자이다.

예술의 목적은 예술을 드러내고 예술가를 감추는 것이다.

비평가는 아름다운 것들에서 받은 인상을 다른 방식이나 새로운 재료로 옮길 수 있는 사람이다.

비평의 가장 저급한 형태와 최고의 형태는 모두 자서전의 방식을 지닌다.

아름다운 것들 속에서 추한 의미를 발견하는 이들은 매력적이지 않으면서 타락한 사람들이다. 그것은 잘못이다.

아름다운 것들 속에서 아름다운 의미를 발견하는 이들은 교양을 갖춘 사람들이다. 그런 사람들에게는 희망이 있다. 이들은 아름다운 것들 속에서 **아름다움**만을 발견하도록 선택받은 사람들이다.

도덕적이거나 부도덕한 책 같은 건 없다.

잘 쓰였거나, 잘 못 쓰인 책이 있을 뿐이다. 그게 다다.

사실주의에 대한 19세기의 혐오는 거울 속에서 자신의 얼굴을 보는 캘리밴의 분노다.

낭만주의에 대한 19세기의 혐오는 거울 속에서 자신의 얼굴을 보지 못하는 캘리밴의 분노다.

인간의 도덕적 삶은 예술가에게 소재가 되고, 예술의 도덕성은 불완전한 수단의 완벽한 사용에 있다.

무언가를 증명하기를 열망하는 예술가는 어디에도 없다. 진실한 것들조차도 입증될 수 있다.

윤리적 공감을 느끼는 예술가도 어디에도 없다. 예술가에게 있어서 윤리적 공감은 스타일의 용납될 수 없는 매너리즘이다.

어떤 예술가도 결코 병적이지 않다. 예술가는 무엇이든지 표현할 수 있다.

생각과 언어는 예술가에게는 예술의 도구다.

악덕과 미덕은 예술가에게는 예술을 위한 재료다.

형식의 관점에서 모든 예술의 전형은 음악가의 예술이다. 감정의 관점에서는 배우의 기교가 그 전형이다.

모든 예술은 표면이자 상징이다.

표면 아래로 향하는 사람들은 위험을 무릅쓰고 그렇게 한다.

상징을 읽는 사람들은 위험을 무릅쓰고 그렇게 한다.

예술이 진정으로 반영하는 것은 삶이 아니라 관객이다.

예술 작품에 대한 견해의 다양성은 그 작품이 새롭고 복합적이며 살아 있음을 입증한다.

비평가들이 의견을 달리할 때 예술가는 자신과 합의를 이룬다.

우리는 유용한 것을 만들어낸 이가 그것을 찬양하지 않는 한 그를 용서할 수 있다. 무용한 것을 만들어낸 것에 대한 유일한 변명은 그것을 격렬하게 찬양하는 것이다.

모든 예술은 전적으로 무용하다.

오스카 와일드

거짓의 쇠락

관찰

대화.

등장인물 : 시릴과 비비언.

장소 : 노팅엄셔 시골 저택의 서재.

시릴 (열린 테라스 창을 통해 들어오면서) : 이봐 비비언, 그렇게 종일 서재에만 틀어박혀 있으면 어떡하나. 기막히게 아름다운 오후라네. 공기는 얼마나 감미로운지. 숲에는 자두 빛깔 같은 자줏빛 안개가 끼어 있어. 그러니 함께 밖으로 나가서 풀밭에 누워 담배라도 피우면서 **자연**을 즐기자고.

비비언 : **자연**을 즐기자라! 난 그런 능력을 완전히 잃어버렸다고 말하게 되어 아주 기쁘기까지 하다네. 사람들은 우리가 **예술** 덕분에 **자연**을 예전보다 더 잘 음미할 수 있게 되었다고 말하곤

하지. 예술이 우리에게 자연의 비밀들을 드러내 보이기 때문이라
는 거지. 코로[1]와 컨스터블[2]이 **자연**을 세심하게 연구한 이후, 우
리가 그 이전에는 미처 보지 못했던 것들을 볼 수 있게 되었다는
거야. 하지만 내 경험상, 우리가 **예술**을 더 깊이 연구할수록 **자연**
에는 점점 더 흥미를 잃게 된다네. **예술**이 우리에게 진정으로 알
려주는 것은, **자연**에 있어서 디자인의 결여와 기이한 조악함, 놀
라운 단조로움, 전혀 완성되지 않은 상태야. 물론 **자연**은 좋은 의
도들을 가지고 있지. 하지만 아리스토텔레스가 말했듯이, **자연**
은 그 의도들을 실행에 옮기지 못해. 풍경을 바라볼 때마다 어쩔
수 없이 그 결함들이 내 눈에 들어온단 말이지. 하지만 **자연**이 그
토록 불완전한 것은 우리에게는 다행스러운 일이야. 그렇지 않았
다면 **예술**은 존재하지 않았을 테니까. 예술은 **자연**에게 어울리
는 자리를 가르쳐주기 위한 우리의 맹렬한 항의이자 용맹한 시도
인 거야. **자연**의 무한한 다양성으로 말하자면 그런 건 순전히 헛
소리야. 그 다양성은 **자연** 그 자체에서는 찾을 수 없어. 그건 자
연을 바라보는 사람의 상상력이나 환상, 또는 길러진 맹목성에서
비롯되는 거야.

　시릴 : 그렇다면 풍경을 감상할 필요는 없네. 잔디밭에 누워서
담배나 피우면서 이야기나 나누자고.

　비비언 : 하지만 **자연**은 너무 불편한걸. 잔디밭은 거칠고 축축
하고 울퉁불퉁하잖아. 끔찍한 까만 벌레들도 우글거리고. 아니,
심지어 모리스[3]의 공예공 중에서 솜씨가 제일 형편없는 사람이

라도 자네한테 온 **자연**이 제공하는 것보다 더 편안한 소파를 만들어줄 수 있을 거야. 자연은 자네가 사랑해 마지않는 시인이 저열하게 표현했던 것처럼 '옥스퍼드가 그 이름을 따온 거리'[4]의 가구들 앞에서조차 그 빛이 바래지. 난 지금 불평하는 게 아니야. 만약 자연이 쾌적하고 안락했더라면 인류가 건축을 발명하는 일은 없었을 테니까. 나는 야외보다 집이 더 좋아. 집에서는 적절한 균형을 느낄 수 있거든. 모든 게 우리에게 맞춰져 있고, 우리의 필요와 즐거움을 위해 만들어져 있으니까 말이지. 인간의 존엄성을 제대로 인식하는 데 꼭 필요한 에고티즘[5]도 전적으로 실내 생활의 결과물이야. 문밖으로 나서는 순간 우린 추상적이고 몰개성적인 존재가 되지. 각자의 개성을 모두 잃어버리게 되는 거야. **자연**은 그렇게 아주 무심하고 무감각해. 이곳 공원에서 산책을 할 때마다 나는 **자연**이 보기에 나란 존재는 산비탈에서 풀을 뜯는 가축이나 도랑에서 자라나는 우엉보다 나을 게 없다는 생각이 들어. **자연**이 **정신**을 싫어한다는 것보다 분명한 사실도 없어. **생각**은 세상에서 가장 불건전한 거야. 사람들은 다른 질병으로 죽듯 **생각** 때문에 죽기도 하지. 다행히 어쨌든 영국에서는 **생각**이 전염성이 있진 않지만. 우리의 우월한 체격은 전적으로 전국적인 어리석음에서 비롯된 거야. 부디 우리의 행복을 지켜주는 이 위대한 역사적 방어물을 앞으로도 오래도록 유지할 수 있기를 바랄 뿐이네. 그런데도 우리가 지나치게 교육에 열을 올리기 시작하는 건 아닌지 모르겠네. 배울 능력이 안 되는 사람들이 너

도나도 가르치려 드는 것만 봐도 그래. 그게 우리 교육열의 현주소야. 아무튼 자네는 자네의 그 지루하고 불편한 **자연**으로 되돌아가는 게 좋겠네. 난 원고 교정쇄를 살펴봐야 하거든.

시릴 : 글을 쓰다니! 그건 방금 자네가 한 말과는 일관되지 않는걸.

비비언 : 누가 일관되고 싶어하는데? 귀류법(歸謬法)[6]과 같은 논리를 동원해서라도 자신이 세운 원칙을 끝끝내 실행에 옮기려는 멍청하고 교조적이며 따분한 자들이나 그렇지, 난 아니야. 나는 에머슨[7]처럼 내 서재의 문 위에 '변덕'이라는 말을 써놓았지. 게다가 내 글은 진정으로 가장 건전하고 가치 있는 경고가 될 거야. 이 글이 주목을 받는다면 아마도 **예술**의 새로운 **르네상스**가 도래하게 될 것이네.

시릴 : 무엇에 관한 글인가?

비비언 : '거짓의 쇠락: 항의'라는 제목을 붙일 생각이네.

시릴 : 거짓이라! 난 우리 정치인들이 여전히 그 버릇을 버리지 못하고 있다고 생각했는데.

비비언 : 전혀 그렇지 않아. 그들은 결코 부정확한 설명 이상의 수준을 넘어서지 못해. 그러면서 증명하고 토론하고 언쟁까지 한다고. 거짓을 솔직하고 당당하게 진술하며, 더할 나위 없이 무책임하고, 어떤 종류의 증거도 거침없이 자연스럽게 무시할 줄 아는 진정한 거짓말쟁이의 기질과는 얼마나 다른가 말이야! 훌륭한 거짓말이라는 게 결국 뭐겠는가? 그 자체로 스스로를 정당화

할 수 있는 게 아닐까. 만약 거짓말을 뒷받침하는 증거를 꾸며대야 할 정도로 상상력이 부족한 사람이라면 즉시 사실을 실토하는 게 나을 거야. 그러니 정치가들은 제대로 된 거짓말을 하고 있다고 볼 수 없어. 어쩌면 변호사들을 위해서는 한마디쯤 그럴싸한 말을 해줄 수도 있겠지. 그들은 지금 소피스트의 역할을 하고 있어. 그들의 가식적인 열정과 비현실적인 수사는 아주 재밌지. 그들은 레온티니[8]의 학교를 갓 졸업하기라도 한 것처럼 최악의 사건을 더 나은 것으로 보이게 할 수도 있어. 마지못해하는 배심원들로부터 자신들의 고객을 위해 무죄판결을 이끌어내는 것으로도 유명하고. 심지어 고객들이 한 치의 의심도 없이 명백한 무죄일 때도 자주 그래. 하지만 그들의 변론은 따분하고, 선례에 기대는 데에도 부끄러움이 없어. 그들의 노력에도 불구하고 진실은 밝혀질 거야. 신문은 심지어 타락하고 말았지. 이젠 전적으로 신뢰할 수 있게 된 거야. 신문 칼럼을 죽 훑어보면 알 수 있지. 언제나 읽을 가치가 없는 것들로 채워져 있거든. 그러니 변호사나 언론인에게 우호적으로 해줄 말이 별로 없을 것 같아. 게다가 내가 옹호하고자 하는 것은 예술에 있어서의 **거짓말**이고. 내가 지금까지 쓴 걸 좀 들어보겠나? 자네에게 아주 도움이 될 거야.

시릴 : 기꺼이, 내게 담배 한 대만 준다면. 고맙네. 그런데 어느 잡지에 그 글을 보낼 생각인가?

비비언 : 〈레트로스펙티브 리뷰〉에 실을 거야. 내가 언젠가 자네한테도 얘기했던 것 같은데. 선택받은 이들이 그 잡지를 되살

려놓았다고 말이지.

시릴 : '선택받은 이들'이라니, 누구 얘긴가?

비비언 : 아, 물론 '피곤한 쾌락주의자들'이지. 내가 속한 클럽일세. 우린 만날 때마다 윗옷 단춧구멍에 시든 장미꽃을 꽂기로 돼 있어. 그리고 도미티아누스 황제를 숭배하지.[9] 자넨 우리 클럽에 들어올 자격이 없는 것 같군. 단순한 즐거움만을 너무 좋아하니 말일세.

시릴 : 내가 활력이 넘친다는 이유로 클럽에 들어갈 수 없을 거라는 건가?

비비언 : 아마도. 게다가 자넨 우리하고 어울리기엔 다소 늙은 감이 있어. 우린 평범한 나이의 사람들은 받아주지 않거든.

시릴 : 글쎄, 다들 서로 엄청 지루해할 것 같은데?

비비언 : 맞아. 그게 바로 우리 클럽이 추구하는 것 중 하나지. 자, 이제 자네가 내 말을 자주 중단하지 않겠다고 약속하면 내가 쓴 글을 읽어주겠네.

시릴 : 알겠네, 집중해서 듣도록 하지.

비비언 (매우 또렷하고 듣기 좋은 목소리로 읽어 내려간다) : "**거짓의 쇠락: 항의.** 오늘날의 문학 대부분이 이상할 만큼 진부해진 주된 이유를 하나 꼽자면 단연코 예술과 과학과 사회적 기쁨으로서의 **거짓**의 쇠락을 들 수 있다. 고대의 역사가들은 사실(fact)의 형식으로 우리에게 유쾌한 허구(fiction)를 제공했다. 반면, 현대 소설가는 허구를 가장해 지루한 사실들을 전해주고 있다. 블루 북[10]은 그에게 있어서 이상적 방식과 방법으로 빠르게 자리 잡았다. 현대 소설가는 따분한 인간에 관한 자료(document humain)나, 초라하고 보잘것없는 자연의 측면(coin de la création)[11]을 현미경으로 자세히 들여다본다. 국립도서관이나 대영박물관에 가면 파렴치하게 그 속에서 소설의 주제를 열심히 찾고 있는 그를 만날 수 있다. 그는 다른 사람들의 생각을 모방할 용기조차 없이 모든 걸 삶 속에서 직접 캐내기를 고집한다. 그리하여 백과사전과 개인의 경험 사이를 오간 끝에 한 집안[12]이나 주급(週給) 세탁부[13] 등에서 인물의 유형을 이끌어내거나, 가장 사색적인 순간에조차 결코 떨쳐낼 수 없는 유용한 정보들을 잔뜩 수집하고야 만다.

이 시대의 그릇된 이상이 문학 전반에 야기하는 손실은 실로 엄청나다. 사람들은 '타고난 시인'이라는 말처럼, 별생각 없이 '타고난 거짓말쟁이'라는 말을 한다. 하지만 이는 두 경우 모두에 있어서 잘못된 표현이다. 거짓말과 시는 예술—플라톤이 지적한 대로, 서로가 무관하지 않은 예술—이며 세심한 연구과 순수한 몰두를 필요로 한다. 거짓말과 시는, 그림이나 조각처럼 그보다 더 물질적인 예술이 그러하듯 고유한 기술을 가지고 있다. 형태와 색깔에 관한 미묘한 비밀, 기교, 그들만의 의도적인 예술 기법 등이 존재한다. 우리는 섬세한 음악으로 시인을 알아보는 것처럼 풍부한 운율의 언변으로 거짓말쟁이를 알아볼 수 있다. 그리고 두 경우 모두 일시적으로 스쳐가는 영감만으로는 완성에 이를 수 없다. 다른 분야에서와 마찬가지로 여기서도 연습이 선행되어야 한다. 하지만 시작(詩作)의 유행이 너무나 진부해져서 가능하다면 억제해야 하는 반면, 거짓말의 유행은 쇠락의 길을 가고 있다. 살아가는 동안 많은 젊은이가 처음에는 과장에 선천적 재능을 보인다. 적절하고 호의적인 환경에서 키워지거나 최상의 모델을 흉내 낼 수만 있다면 얼마든지 진정 위대하고 멋지게 성장할 수 있는 재능이다. 하지만 그는 대체로 아무것도 되지 못한다. 그는 정확성이라는 경솔한 습관에 물들거나⋯⋯."

시릴 : 이보게, 친구!

비비언 : 부탁인데, 문장 중간에 끼어들지 말아주게. "그는 정확성이라는 경솔한 습관에 물들거나, 나이 많고 박식한 사람들과 어울리기 시작한다. 이 두 가지는 그의 상상력에 똑같이 치명적—그 누구의 상상력에도 치명적이긴 마찬가지다—으로 작용한다. 그리하여 머지않아 '진실 말하기'라는 병적이고 불건전한 능력을 발전시키게 된다. 또한 그의 앞에서 이루어지는 서술들의 진위 여부를 확인하기 시작하고 자신보다 훨씬 더 젊은 사람들을 반박하는 것도 서슴지 않게 된다. 그리고 종종 너무나 삶과 닮아 있어서 아무도 그 개연성을 믿지 않는 소설들을 쓰는 것으로 끝나게 된다. 나는 지금 하나의 특별한 예를 든 것이 아니다. 단지 많은 예 중의 하나를 들었을 뿐이다. 만약 이런 경향을 저지하거나, 적어도 우리의 끔찍한 사실 숭배를 변화시키기 위한 어떤 조치가 취해지지 않는다면, **예술**은 메마를 것이고 아름다움은 이

땅을 떠나게 될 것이다.

심지어 섬세하고 환상적인 산문의 대가, 로버트 루이스 스티븐 슨[14]조차도 이러한 현대적 악벽(惡癖)—모두 알다시피 달리 적절한 용어가 없다—에 오염돼 있는 실정이다. 이야기를 너무나 사실적으로 보이게 하려다가 그 현실성을 박탈하는 경우가 있는 것이다. 그의 《검은 화살》은 자랑할 만한 시대착오적인 생각을 하나도 포함하고 있지 않을 정도로 너무나 비예술적이다. 한편, 지킬 박사[15]의 변신은 〈랜싯〉[16]에 실린 실험처럼 위험스럽게 읽힌다. 라이더 해거드로 말하자면, 진정으로 완벽하고 멋진 거짓말쟁이의 소질을 가지고 있는, 또는 예전에 가졌던 인물이다. 그런데 지금은 천재라고 의심 받을까 봐 몹시 두려운 나머지, 우리에게 놀랍도록 멋진 것을 들려줄 때마다 개인적인 추억을 꾸며내어 일종의 소심한 보강증거처럼 각주에 첨부해야 한다고 느끼는 듯하다. 다른 소설가들이라고 그보다 더 나을 것도 없다. 헨리 제임스는 마치 고통스러운 의무를 이행하듯 소설을 쓰면서, 하찮은 주제와 아주 미미한 '관점'을 위해 그의 깔끔한 문체와 절묘한 표현, 예리하고 신랄한 풍자를 허비한다. 홀 케인이 원대한 것을 목표로 하고 있는 건 사실이다. 그런데 그는 글을 쓸 때마다 목이 터져라 소리를 질러댄다. 어찌나 소리가 큰지 그가 무슨 말을 하는 건지 알아들을 수가 없을 정도다. 제임스 페인은 알아낼 가치가 없는 것을 숨겨놓는 데 능숙하다. 그는 근시안적인 탐정의 열정으로 자명한 것을 추적한다. 책장을 넘길수록 그가 만들어낸 서

스펜스는 점점 더 견디기가 힘들어진다. 윌리엄 블랙의 사륜 쌍두마차를 모는 말들은 하늘을 향해 날아오르지 않는다. 단지 저녁 하늘을 겁주어서 강렬한 다색 석판화처럼 보이게 할 뿐이며, 말들이 다가오는 걸 본 농부들은 방언(方言) 속으로 도피한다. 여류 작가 올리펀트는 부목사, 테니스 시합, 하인들 그리고 다른 지루한 것들에 관해 신나게 수다를 떤다. 매리언 크로퍼드는 지방색의 제단 위에 자신을 제물로 바쳤다. 그는 프랑스 희극에서 끊임없이 이탈리아의 아름다운 하늘(le beau ciel d'Italie)을 반복하는 귀부인을 연상시킨다. 게다가 상투적인 도덕을 이야기하는 나쁜 습관마저 들어버렸다. 그는 언제나 우리에게 좋은 것은 좋은 것이고, 나쁜 것은 사악한 것이라고 말한다. 때로는 거의 교화적이다. 《로버트 엘스미어》[17]는 물론 걸작이다. 지루한 장르(genre ennuyeux)의 걸작이요, 영국인들이 아주 마음에 들어 할 문학 형식인 것이다. 언젠가 한 사려 깊은 젊은 친구는, 이 책이 진지한 감리교도 가정에서 미트티[18] 시간에나 할 법한 대화를 연상시킨다고 말한 적이 있다. 그의 말은 전적으로 옳다. 사실 이런 책이 나올 수 있는 곳은 오직 영국밖에 없다. 영국은 죽은 생각들의 발상지다. 태양이 언제나 이스트엔드[19]에서 떠오른다고 보는 일단의 대단한 소설가 그룹— 그 수가 나날이 증가하고 있다—의 경우를 보자면, 그들에 관해 말할 수 있는 단 한 가지는 그들은 삶이 본래 조악한 것이라고 생각하면서 삶을 그대로 내버려둔다는 것이다.

프랑스에서는《로버트 엘스미어》처럼 의도적으로 지루한 작품은 발표된 적이 없다고 하더라도 이곳보다 상황이 더 나을 것도 없다. 기 드 모파상은 통렬한 아이러니와 강력하고 생생한 문체로, 삶을 힘겹게 가리고 있는 초라한 누더기마저 벗겨내서는 우리에게 악취 나는 곪은 상처를 보여주고 있다. 그는 우스꽝스러운 이들만 등장하는 끔찍하고 하찮은 비극들과 웃음 대신 눈물을 자아내는 쓸쓸한 희극들을 써내고 있다. 에밀 졸라는 문학에 관한 그의 선언서에서 단언한 '천재는 재치라고는 모르는 사람이다'라는 고결한 원칙에 충실하게, 그가 천재성은 없어도 적어도 지루할 수는 있다는 것을 확실히 보여주고자 한다. 그리고 그렇게 잘하고 있다! 그가 힘이 없다는 것은 아니다.《제르미날》에서 보여준 것처럼 그의 작품 속에는 때로 서사시적인 그 무엇이 존재하는 게 사실이다. 하지만 그의 작품은 처음부터 끝까지 전적으로 잘못되었다. 도덕적 관점에서가 아니라 예술적 관점에서 잘못된 것이다. 어떤 윤리적 관점에서 보아도 그의 작품은 흠잡을 데가 없다. 작가는 완벽하게 진실하며, 모든 것을 정확하고 세심하게 그려낸다. 어떤 도덕주의자가 무엇을 더 바랄 수 있겠는가? 나는 에밀 졸라를 향한 우리 시대의 도덕적 분노에 동조할 생각이 전혀 없다. 그것은 단지 자신의 본모습이 까발려진 데에 대한 타르튀프[20]의 분노일 뿐이다. 하지만 예술의 관점에서 볼 때《목로주점》,《나나》,《살림》의 작가에 대해 어떤 좋은 말을 해줄 수 있을까? 없다. 러스킨은 조지 엘리엇[21]의 소설 속 인물들이 펜튼빌 승합마차의 쓰레기들[22] 같다고 악평했다. 그런데 에밀 졸라의 인물들은 그보다 더 형편없다. 그들은 그들만의 따분한 악덕과 그보다 더 따분한 덕성을 지니고 있다. 그들의 삶에 대한 기록은 아무런 흥미를 불러일으키지 못한다. 그들이 어떻게 되건 누가 상관하겠는가? 우리가 문학에 요구하는 것은 차별성, 매력, 아름다움, 상상력이다. 우리는 하층민들의 삶에 대한 이야기에 역겨움을 느끼고 시달리기를 원치 않는다. 알퐁스 도데[23]의 경우는 더 낫다. 그는 재치와 경쾌한 터치와 흥미로운 문체를 구사한다. 하지만 그는 최근에 문학적 자살 행위를 저질렀다. 누가 '예술을 위해 투쟁해야 한다'는 플로벨이나 나이팅게일에 관한 얘기를 끝없이 반복하는 발마주르, 또는 《자크》에 등장하는 잔인한 말(mots cruels)을 하는 작가를 좋아하겠는가? 《20년간의 나의 문학적 삶》으로부터 이 등장인물들을 현실에서 직접 가져왔음을 알게 된 마당에.[24] 그들이 지니고 있던 활력, 그 얼마 되지 않는 장점들은 느닷없이 모두 사라져버린 듯하다. 유일하게 사실적인 인물들은 현실에서는 결코 존재하지 않았던 인물들이다. 만약 소설가가 삶에서 자신의 등장인물들을 빌려올 정도로 파렴치하다면, 적어도 그들이 현실의 복제물이라고 떠벌리는 대신 창작물이라고 주장해야만 한다. 소설 속 등장인물의 정당성은 다른 이들이 어떤 사람들인가가 아니라 작가가 어떤 사람인가에 달려 있다. 그렇지 않다면 소설은 예술 작품이라고 할 수 없다. 심리소설(roman psychologique)의 대가인 폴 부르제[25]는 현대 생활 속 남자와 여자가 수많은 장(章)으로 나뉘어 끝없이 분석될 수 있다고 생각하는 우를 범하고 있다. 사실, 상류층 사람들과 관련해—부르제는 런던에 올 때를 제외하고는 포부르 생제르맹[26]을 거의 벗어나지 않는다—흥미로운 것은 그들이 쓰고 있는 가면이지 그 가면 뒤에 숨어 있는 현실이 아니다. 굴욕적인 고백이지만, 우리는 너 나 할 것 없이 모두 똑같은 부류의 사람들이다. 팔스타프[27] 안에도 햄릿적인 요소가 들어 있으며, 햄릿의 내면에도 적지 않은 팔스타프의 모습이 들어 있다. 뚱뚱한 노기사도 우울해할 때가 있으며, 젊은 왕자도 음탕한 유머를 구사할 때가 있다. 우리가 서로 다른 것은 순전히 부차적인 것들에 기인한다. 옷차림, 태도, 말투, 종교적 의견, 용모, 기벽 등등. 그렇기에 사람들을 분석하면 할수록 점점 더 분석할 이유가 사라지게 된다. 오래지 않아 인간 본성이라고 불리는 무시무시한 보편성에 도달하게 되기 때문이다. 과연, 하층민들 사이에서 일을 해본 사람이라면 누구라도, 형제애는 시인의 한낱 이상이 아니라 사람을 가장 우울하게 만드는 수치스러운 현실이라는 것을 아주 잘 알고 있을 것이다. 그리고 상류층만을 분석하고자 하는 작가라도 성냥팔이 소녀나 행상에 관한 글도 쓸 수 있다." 하지만 시릴, 자네를 여기 더 잡아두진 않겠네. 나도 현대 소설들에 좋은 장점이 많다는 것은 인정하네. 다만 내가 강조하고 싶은 건, 전체적으로 볼 때 현대 소설들은 도무지 읽을 만한 가치가 없다는 거야.

시릴 : 그렇다면 정말로 심각한 문제적 자질이군. 하지만 내가

보기에 자넨 때로는 다소 부당한 혹평을 하는 것 같아. 나는《재판관》,《헤스의 딸》,《제자》,《아이작스 씨》를 좋아하거든.[28]《로버트 엘스미어》에는 몹시 열광하고 말이지. 그렇다고 그것을 진지한 작품으로 여겨서는 아니고. 신실한 기독교인이 직면하는 문제들에 관한 책으로서는 우스꽝스럽고 고루하니까. 한마디로, 아널드[29]의《문학과 도그마》에서 문학을 뺀 거라고 보면 되지. 페일리의《증거들》이나 콜렌조의 성서 주해 방식만큼이나 시대에 뒤쳐져 있고 말이지.[30] 이미 한참 전에 밝은 새벽을 엄숙하게 예고하거나, 그 진정한 의미를 완전히 잊고는 한물간 사업을 이름만 바꾸어서 다시 일으키고자 하는 불행한 영웅보다 덜 인상적인 것도 없을 거야. 반면에 그 책은 기발한 캐리커처 몇 개와 괜찮은 인용문을 다수 포함하고 있고, 그린[31]의 철학이 다소 씁쓸한 소설의 알맹이를 유쾌한 단맛으로 포장하고 있기도 하지. 또한 자네가 늘 즐겨 읽는 두 소설가, 발자크[32]와 조지 메러디스[33]에 관해 아무런 언급이 없는 것도 놀라워. 그 두 사람도 사실주의 작가가 아니던가?

비비언 : 아! 메러디스 말인가! 누가 그를 규정지을 수 있겠는가? 그의 문체는 번갯불이 밝힌 혼돈과 같지. 그는 작가로서 언어를 제외한 모든 것을 통달했어. 소설가로서는 이야기하는 것을 제외한 모든 것에 능란하며, 예술가로서는 분명한 표현을 제외한 모든 것 그 자체라고 볼 수 있지. 셰익스피어의 작품에 나오는 누군가—아마도 터치스톤인 것 같은데—는 언제나 자신의 재치

에 정강이를 갖다 박는 남자에 대해 이야기하지.³⁴ 아마도 이 이야기가 메러디스의 방식에 대한 비판의 근거가 될 수 있을 것 같군. 하지만 어찌 되었건 그는 사실주의자가 아니야. 어쩌면 자기 아버지에게 등을 돌린 사실주의의 자녀라는 표현이 맞을지도 몰라. 그는 자의적으로 낭만주의로 돌아선 거야. 바알³⁵에게 무릎 꿇기를 거부한 것이지. 하지만 그의 예리한 정신이 사실주의의 요란한 선언에 반기를 들지 않더라도, 삶과 서로 존중할 만큼의 거리를 두는 데는 그의 문체만으로도 충분할 거야. 자신의 글로써 그의 정원 주위에 가시로 가득하고 근사한 장미꽃으로 붉게 물든 울타리를 둘러쳐놓은 거지. 발자크로 말하자면, 그는 한마디로 예술적 기질과 과학적 정신의 가장 놀라운 조합을 보여준 작가야. 그의 과학적 정신은 신봉자들에게 전해졌지만, 그의 예술적 기질은 온전히 그만의 것이야. 에밀 졸라의 《목로주점》 같은 책과 발자크의 《잃어버린 환상》의 차이는 상상력이 부족한 사실주의와 상상력이 풍부한 현실의 차이야. 보들레르는 발자크에 관해 이런 말을 했지. '발자크의 모든 등장인물은 발자크 자신을 부추겼던 것과 똑같은 삶에 대한 열정을 부여받았다. 그의 소설들은 모두가 꿈의 색깔을 지니고 있다. 그 속의 등장인물들 하나하나는 의지로 가득 채워진 무기와도 같다. 아주 하찮은 인물들에게도 천재성이 있다.' 발자크를 꾸준히 읽다 보면 우리의 살아 있는 친구들이 그림자들처럼 느껴지고, 우리의 지인들이 그늘의 그림자들처럼 느껴지지. 발자크의 등장인물들은 불타는 듯한 강렬한 삶을 살아가면서 우리를 지배하고 회의론에 맞서 싸워. 내 인생의 가장 큰 비극 중 하나는 뤼시앵 드 뤼방프레[36]의 죽음이야. 나는 그 슬픔에서 결코 완전하게 헤어 나올 수 없었어. 행복한 순간에도 그의 죽음이 나를 따라다니지. 나는 웃을 때도 그의 죽음을 떠올려. 하지만 홀바인[37]만큼이나 발자크도 사실주의자라고 말할 수 없어. 그는 삶을 모방하지 않고 직접 창조해냈기 때문이야. 그렇지만 그가 형식의 현대성에 지나치게 높은 가치를 두었다는 사실은 인정해. 따라서 결과적으로 그의 작품 중에는 《살람보》나 《에스먼드》, 《수도원과 노변》 또는 《철가면》에 비견될 수 있는 예술 걸작이 없는 거야.[38]

시릴 : 그러니까 자넨 형식의 현대성에 반대한다는 건가?

비비언 : 그래. 보잘것없는 결과를 위해 엄청난 대가를 치러야 하기 때문이지. 형식의 순수한 현대성은 언제나 어느 정도의 통속성을 동반하게 마련이거든. 그건 어쩔 수가 없는 거야. 대중은 자신들이 아주 가까운 주변의 것들에 관심을 가지니까 **예술**도 그래야만 하고, 따라서 그런 것들을 예술의 주제로 삼아야 한다고 생각해. 그런데 바로 그런 사람들의 관심 때문에 그런 것들이 **예술**의 주제가 될 수 없는 거라고. 언젠가 누군가가 말했듯이, 유일하게 아름다운 것들은 우리와 상관이 없는 것들이야. 어떤 것이 우리에게 유용하거나 필요한 한, 또는 고통이나 기쁨 그 어느 쪽으로건 우리에게 어떤 영향을 미치거나 우리의 공감을 강력하게 호소하는 한, 또는 우리가 사는 환경의 중요한 한 부분이 되는

한, 그것은 진정한 예술의 영역에서 제외되고 마는 거야. 우리는 예술의 주제에 어느 정도 무관심해야만 해. 선호나 편견, 어떤 종류의 편파적인 감정 같은 것을 가지면 안 되는 거야. 헤카베[39]의 슬픔이 비극의 훌륭한 모티브가 될 수 있는 건 바로 그녀가 우리와 아무 상관이 없기 때문이야. 나는 문학사를 통틀어 찰스 리드의 예술적 내력보다 더 슬픈 걸 본 적이 없어. 그는《수도원과 노변》이라는 멋진 책을 썼지.《로몰라》가《대니얼 데론다》[40]를 능가하는 만큼《로몰라》를 능가하는 책이지. 그러고는 대중으로 하여금 영국의 교도소의 상태와 사설 정신병원의 운영에 관심을 기울이게 하려는 어리석은 현대적 시도에 그의 나머지 삶을 바쳤던 거야. 찰스 디킨스는 빈민 구제 사업의 피해자들에 대한 우리의 공감을 불러일으키고자 하는 것으로 우리를 충분히 우울하게 했어. 하지만 예술가와 학자이면서 진정한 미적 감각을 지닌 찰스 리드 같은 인물이 평범한 팸플릿 집필자나 선정적인 글을 쓰는 기자처럼 현대적 삶의 폐해에 대해 격렬하게 성토하는 모습은 진정 천사들을 눈물 흘리게 할 만한 광경이라고. 시릴, 다시 말하지만 형식과 주제의 현대성은 전적으로 절대적으로 잘못된 거야. 우린 이 시대의 흔해빠진 옷들을 뮤즈들의 의복으로 착각하고 있어. 그러면서 아폴론 신 가까이 산허리에서 보냈어야 할 나날들을 악취 풍기는 도시의 지저분한 거리와 흉물스러운 교외에서 보내고 있는 거야. 우리는 타락한 민족임이 분명해. 하찮은 것들 때문에 우리의 생득권(生得權)을 팔아버린 거란 말이지.[41]

시릴 : 일리 있는 말이네. 순전히 현대적인 소설을 읽으면서 어떤 재미를 느꼈다고 할지라도 그것을 다시 읽으면서 어떤 예술적 즐거움을 느끼기란 아주 드문 일이거든. 어쩌면 그게 문학인 것과 아닌 것을 대략적으로 구분하는 가장 좋은 기준이 아닐까 싶은데. 어떤 책을 읽고 또 읽는 데서 즐거움을 느낄 수 없다면 그건 아예 읽을 가치가 없는 책이지. 그런데 자넨 **삶**과 **자연**으로의 회귀에 대해서는 뭐라고 할 텐가? 우리에게 늘 권장되는 만병통치약 말일세.

비비언 : 그 문제에 관해 내가 쓴 글을 읽어주도록 하지. 원래 좀 더 뒤에서나 나올 대목이지만 지금 읽어줘도 괜찮겠군.

"우리 시대의 구호는 다음과 같다. '**삶**과 **자연**으로 돌아가자. 그것들은 **예술**을 되살리고, 그 혈관에 붉은 피를 흐르게 할 것이다. 그리하여 예술의 발에 민첩함을, 예술의 손에 강력함을 선사할 것이다.' 하지만 아아! 호의적이고 선의를 가진 우리의 노력들은 모두가 잘못됐다. **자연**은 언제나 시대에 뒤처진다. 또한 **삶**은 **예술**을 해체하는 용해제이며, 그 집을 파괴하는 적이다."

시릴 : **자연**이 언제나 시대에 뒤처진다는 말이 무슨 뜻인가?

비비언 : 음, 좀 아리송할 수도 있겠군. 설명해주지. 만약 **자연**을 의식적인 문화와 대조되는 자연스럽고 단순한 본능으로 정의한다면, 그러한 영향 아래 만들어진 작품은 언제나 유행이 지난 한물간 구식일 수밖에 없어. 자연이 한 번 개입하면 온 세상이 조화로워지지만, 두 번 개입하게 되면 그건 모든 예술 작품의 종말

을 의미하는 거야. 한편, 만약 자연을 인간 외적인 현상들의 총체로 본다면 사람들은 자연 속에서 자신들이 제공한 것만을 발견할 수 있을 뿐이야. 자연 스스로는 어떤 제안도 할 수 없어. 워즈워스는 호수들을 찾았지만 그는 결코 호반시인[42]이 아니었어. 그는 돌들 속에서 그가 이미 그곳에 감춰두었던 설교를 발견했던 거야. 그는 지역을 누비며 설교를 했지만 훌륭한 작품은 그가 **자연**이 아닌 시로 되돌아갔을 때 태어났지. 시는 그에게 〈라오다메이아〉와 뛰어난 소네트와 위대한 오드를 선사했어. 자연은 그에게 〈마사 레이〉와 〈피터 벨〉과 윌킨슨 씨의 삽을 향한 연설[43]을 낳게 했지.

시릴 : 음, 그 얘긴 좀 더 따져볼 필요가 있을 것 같군. 나는 '어느 봄날 숲으로부터의 충동'[44]을 믿는 편이거든. 물론 그런 충동의 예술적 가치는 전적으로 그것을 받아들이는 사람의 기질에 달려 있겠지만, 그렇게 본다면 **자연**으로의 회귀는 위대한 개성으로의 진보로 이어질 수도 있지 않을까. 자네도 이런 내 생각에 동의할 것 같은데. 어쨌거나 낭독을 계속하게.

비비언 (글을 읽는다) : "**예술**은 관념적인 장식, 세상에 존재하지 않는 비현실적인 것을 다루는 순수하게 상상적이고 즐거운 작품으로부터 시작된다. 이것이 첫 번째 단계이다. 그러면 **삶**은 그 새로운 경이로움에 매혹되어 그 황홀한 세계에 받아들여지기를 청한다. 예술은 삶을 재료의 일부로 삼아 그것을 재창조하고 새로운 형태로 다시 빚어내며, 사실과는 전적으로 무관하게 만들고 상상하고 꿈꾼다. 그리고 예술과 현실 사이에 뛰어넘을 수 없는 아름다운 양식, 장식적이거나 이상적인 방식의 장벽을 유지해나간다. 세 번째 단계는, **삶**이 우위를 점하면서 **예술**을 황무지로 내쫓는 것이다. 그것은 진정한 데카당스로, 우리가 지금 고통받고 있는 것도 바로 그 때문이다.

영국 연극의 경우를 살펴보자. 초기에 수도사들이 이끌 때의 **극예술**은 관념적이며 장식적이고 신화적인 성격을 띠었다. 극예술은 **삶**을 자기 밑으로 끌어들여 그 외적 형태를 빌려 전혀 새로운 인간 유형을 창조해냈다. 그렇게 창조된 존재들이 느끼는 슬픔은 지금까지 그 어떤 인간이 느낀 슬픔보다 더 깊었으며, 그들의 기쁨은 그 어떤 연인들의 기쁨보다 더 강렬했다. 그들은 타이탄들의 분노와 신들의 평온함, 매우 놀라운 죄악과 매우 놀라운 덕성을 지녔다. 극예술은 그들에게 일상적인 언어와는 다른 언어를 부여했다. 깊고 감미로운 선율로 가득하고, 엄숙한 억양으로 위엄을 가지거나 환상적인 운율로 우아해지며, 멋진 말들이 보석처럼 장식되고, 고결한 말씨로 풍요로워지는 언어를. 또한 극예술은 자신이 만들어낸 아이들에게 신비한 옷을 입히고 가면을 쓰게 했다. 그 부름에 대리석 무덤으로부터 고대 세계가 깨어났다. 새롭게 생명을 부여받은 카이사르는 되살아난 로마 거리를 활보했으며, 또 다른 클레오파트라는 자줏빛 돛을 단 배를 타고 플루트 소리에 맞춰 노를 저어 안티오크로 향하는 강물을 거슬러 올라갔다. 고대의 신화와 전설과 꿈이 구체적인 모습을 띠

44

며 되살아난 것이다. 역사가 완전히 다시 쓰였으며, 극작가라면 누구나 **예술**의 목적은 단순한 진실이 아니라 다양한 아름다움이라는 것을 인정했다. 그런 면에서 그들은 전적으로 옳았다. 예술은 사실 과장의 한 형태이다. 그리고 예술의 정수인 '선택'은 지나친 강조의 집약된 방식일 뿐이다.

하지만 삶은 곧 이러한 형태의 완성을 산산조각 냈다. 심지어 셰익스피어 작품에서조차도 우리는 그러한 종말의 시작을 엿볼 수 있다. 그의 후기 희곡에 있어서 무운시(無韻詩)의 점진적인 와해나 산문의 우세, 인물 성격 묘사로의 치중 등이 그런 현상을 잘 보여주고 있다. 셰익스피어의 작품 속에서 상당히 많은 구절들이 상스럽고 천박하며 과장되고 허황되며 음란하기까지 한 언어로 이루어진 것은, 전적으로 **삶**이 자기 목소리의 반향을 추구하며, 유일하게 그 표현 수단으로 삼아야 하는 아름다운 문체의 개입을 거부하는 탓이다. 셰익스피어는 결코 결함이 없는 작가가 아니다. 그는 직접적으로 삶에서 영감을 얻고 삶의 자연스러운 표현을 빌리는 것을 지나치게 좋아한다. **예술**이 그 창의적인 표현 수단을 포기하면 모든 것을 포기하게 된다는 사실을 망각한 듯하다. 괴테는 어딘가에서 이런 말을 했다.

In der Beschränkung zeigt sich erst der Meister,

'대가의 진가가 드러나는 것은 제한을 두고 작업할 때이다.' 그리고 모든 예술의 기본적인 조건인 제한은 고유한 스타일을 의미한다. 하지만 여기서 셰익스피어의 사실주의에 관해 더 이상 길게 애기할 필요는 없을 것 같다. 《템페스트》는 그가 예전과 달라졌음을 가장 완벽히 보여주는 작품이다. 내가 여기서 지적하고 싶은 것은, 엘리자베스 1세 여왕과 제임스 1세 시대의 예술가들[45]이 이루어낸 훌륭한 작품들이 그 자체로 와해의 싹을 내재하고 있다는 사실이다. 삶을 예술의 재료로 이용하는 데서 어떤 힘을 이끌어냈다면, 삶을 예술의 방식으로 이용하는 데서 비롯된 결함들 또한 내포하고 있는 것이다. 창조적 수단에서 모방적 수단으로의 대체와 창의적 형식의 포기에 따른 필연적 결과로서 현대의 영국 멜로드라마가 생겨났다. 이들 연극의 등장인물들은 거리에서 말하는 것과 똑같이 무대 위에서 말을 한다. 그들에게는 격음(aspirates)도 없고 열망(aspirations)도 없다. 삶에서 그대로 빌려온 등장인물들은 삶의 범속성을 아주 작은 것까지 세세하게 그대로 재현한다. 실제 사람들의 걸음걸이, 태도, 의상, 억양까지도. 기차의 삼등실에 섞여 있어도 눈에 띄지 않을 정도다. 게다가 연극은 또 얼마나 지루한지! 그들은 그들이 목표하는, 그들의 유일한 존재 이유인 현실의 느낌조차 제대로 살리지 못한다. 예술의 방식으로서의 사실주의는 완전한 실패다.

극과 소설에 있어서 사실인 것은 우리가 장식예술이라고 부르는 예술에 있어서도 유효하다. 유럽 장식예술의 모든 역사는 **오리엔탈리즘**—모방의 노골적인 거부, 예술적 규범에 대한 애착,

자연 속 대상의 사실적 표현에 대한 반감—과 우리의 모방 정신의 투쟁에 관한 기록으로 귀결될 수 있다. 비잔티움과 시칠리아와 스페인에서처럼 직접적인 접촉이 이루어진 곳이거나, 십자군 전쟁의 영향을 받은 그 밖의 유럽에서처럼 오리엔탈리즘이 위세를 떨치고 있던 곳 어디에서나 아름답고 창의적인 작품들이 탄생했다. 그러한 작품들 속에서는 삶의 가시적인 것들이 예술적 규범으로 변화되고, **삶**에는 존재하지 않는 것들이 발명되고 만들어지면서 삶의 즐거움을 더해주었다. 하지만 예술이 **삶**과 **자연**으로 회귀한 곳에서는 천박하고 평범하며 흥미롭지 않은 작품이 생산되었다. 현대 태피스트리의 정교한 원근법과 펼쳐놓은 공허한 하늘과 충실하고 공들인 사실주의가 가져오는 효과는 어떤 예술적 아름다움도 보여주지 못한다. 독일의 유리화는 극도로 역겹다. 우리 영국에서 카펫이라 할 만한 것을 짜기 시작한 것은 동방의 방식과 정신으로 되돌아갔기 때문이다. 20년 전 우리의 러그와 카펫은 진지하고 괴로운 사실성과 어리석은 **자연** 숭배, 가시적인 사물들의 조잡한 복제로 인해 **속물적인 사람들**[46]에게조차 웃음거리가 되었다. 언젠가 한 교양 있는 회교도가 우리에게 이런 지적을 한 적이 있다. '당신들 기독교인들은 제4계명을 잘못 해석하는 데 열중하느라 아마도 제2계명을 예술적 목적에 이용할 생각을 해본 적이 없을 것이다.'[47] 그의 말은 전적으로 옳았다. 그리고 이 문제에 관한 전적인 진실은 이것이다. '예술을 배우기에 적합한 학교는 **삶**이 아니라 **예술**이다.'"

이제 자네의 의문을 완벽하게 해소시켜줄 수 있을 것 같은 구절을 읽어주도록 하지.

"항상 이랬던 것은 아니다. 시인들에 대해서는 특별히 불평할 게 없다. 그들은 워즈워스의 불행한 경우를 제외하고는 자신들의 고결한 임무를 충실하게 수행해왔으며, 일반적으로 전적으로 믿을 수 없는 존재로 인식되어왔다. 헤로도토스—그가 쓴 역사의 진위를 밝히려는 현대 사이비 학자들의 얄팍하고 옹졸한 시도에도 불구하고 '거짓말의 아버지'로 불릴 정당한 자격이 있는—의 작품들, 키케로의 연설문과 수에토니우스의 전기들, 타키투스의 가장 훌륭한 저술들, 플리니우스의 《박물지(博物誌)》와 한노[48]의 《주항기(周航記)》, 고대의 연대기들, 성인들의 일대기들, 프루아사르[49]와 토머스 맬러리 경[50]의 작품들과 마르코 폴로의 여행들, 올라우스 마그누스와 알드로반두스 그리고 역작 《예언과 전조의 연대기》를 저술한 콘라트 리코스테네스[51], 벤베누토 첼리니[52]의 자서전, 카사노바의 회고록, 디포[53]의 《역병의 해 일지(日誌)》, 보즈웰[54]의 《존슨전(傳)》, 나폴레옹의 지급전보들, 그리고 역사상 가장 훌륭하고 흥미로운 역사소설 《프랑스혁명》을 쓴 우리의 칼라일[55]의 작품들 속에서는 역사적 사실들이 구석 자리로 밀려나 있거나 따분하다는 이유로 완전히 배제되어 있다. 하지만 지금은 모든 게 변했다. 사실들이 역사 속에 더 굳건히 자리를 잡았을 뿐만 아니라, **상상**의 영역을 찬탈하고 **로맨스**[56]의 왕국을 침략했다. 도처에서 그 으스스한 손길이 느껴진다. 그것들은 인류의 품격을 떨어뜨리고 있다. 미국의 천박한 상업주의, 물질주의, 사물의 시적인 측면에 대한 무관심, 실현 불가능한 고귀한 이상과 상상력의 결여는 전적으로 그 나라가 거짓말을 할 줄 모르는—스스로의 고백에 의하면—사람을 국민 영웅으로 내세운 데에서 기인하는 것이다. 조지 워싱턴과 벚나무에 관한 이야기는 문학 전체를 통틀어 어떤 도덕적인 이야기보다 더 짧은 시간에 훨씬 더 큰 해악을 끼쳤다고 해도 결코 과언이 아니다."

시릴 : 오, 이런 맙소사!

비비언 : 내 말은 틀림없는 사실이네. 그리고 이 모든 것 중에서 가장 흥미로운 부분은 벚나무 일화가 철저하게 꾸며낸 이야기라는 사실이고.[57] 하지만 내가 미국이나 우리 영국의 예술적 미래에 관해 지나치게 낙담한다고 생각하진 말게. 내 얘기를 좀 더 들어보게.

"이 세기가 끝나기 전에 어떤 변화가 있으리라는 것은 의심의 여지가 없다. 과장할 줄 아는 기지도 없고 로맨스에 재능도 없는 사람들과의 지루하고 교훈적인 대화에 싫증 난 사회, 그 회고담은 언제나 기억에만 의존하며, 개연성에 제약받는 진술만을—그의 말을 듣는 문외한 누구라도 내용을 덧붙일 수 있는—하는 지적인 인물에 지친 사회는 조만간 잃어버린 지도자, 세련되고 매혹적인 거짓말쟁이를 그리워하게 될 것이다. 거친 사냥에 한 번도 나선 적이 없으면서 석양 무렵에 호기심에 찬 원시인들에게 벽옥(碧玉) 동굴의 자줏빛 어둠 속에서 어떻게 메가테리움을 끌어냈는지, 홀로 매머드와의 대결에서 어떻게 그것을 죽이고 금빛 상아를 뽑을 수 있었는지에 관해 들려준 최초의 이는 누구인가. 우리는 물론, 뛰어난 학식을 자랑하는 우리의 현대 인류학자들도 우리에게 그가 누구인지 이야기해줄 평범한 용기조차 없다. 분명한 것은, 그의 이름이나 종족이 무엇이든 간에 그는 사회적 교류의 진정한 시조였다는 사실이다. 거짓말쟁이의 목적은 단지 사람들을 매혹하고 기쁨과 즐거움을 선사하는 것이기 때문이다. 그는 문명화된 사회의 필수적인 기반이며, 그가 없이는 명사들의 저택에서 열리는 만찬조차도 왕립 학회의 강연이나 문인 협회의 토론 또는 버난드[58]의 소극(笑劇)처럼 무미건조해질 것이다.

그리고 그를 환영하는 건 사회뿐만이 아닐 것이다. **예술**은 사실주의의 감옥을 벗어나서는 맨발로 달려가 그에게 경의를 표하며 그의 거짓되고 아름다운 입술에 키스를 할 것이다. 오직 그만이 모든 예술적 발현의 위대한 비밀, 즉 **진실**은 전적으로 완벽히 스타일의 문제라는 비밀을 간직하고 있음을 알기 때문이다. 반면에 초라하고, 일어날 법하고, 재미없는 인간의 **삶**은 허버트 스펜서[59]와 과학적 역사가들과 통계의 편찬자들을 위해 그 자신을 되풀이하는 데 지쳐 순순히 그를 따라가게 될 것이며, 온전하고도 자발적인 방식으로 그가 들려준 경이로운 것들을 재현하고자 애쓸 것이다.

물론 〈새터데이 리뷰〉의 어떤 편집자처럼, 자연사(自然史)에 관한 부정확한 지식을 문제 삼아 동화의 이야기꾼을 진지하게 비난할 비평가들이 언제나 존재할 것이다. 그들은 자신들의 부족한 상상의 잣대로 상상적인 작품들을 평가하면서, 자기 집 정원의 주목(朱木) 너머로는 가본 적이 없는 어떤 교양 있는 신사가 존 맨더빌 경[60]처럼 매혹적인 여행기를 쓰거나, 위대한 월터 롤리 경[61]처럼 과거에 대해서는 아무것도 알지 못한 채 세상의 모든 역사에 관한 책을 펴낸다면 아마도 경악하면서 잉크가 묻은 손을 치켜들 것이다. 그리고 변명 삼아, 마법사 프로스페로를 창조하고 그에게 캘리밴과 에어리얼을 종으로 붙여주었던 사람,[62] 마법에 걸린 섬의 산호초 주위에서 트리톤들이 소라고둥을 부는 소리를 들었던 사람, 아테네 근교의 숲에서 요정들이 서로에게 노래 부르는 소리를 들었던 사람, 안개가 자욱한 스코틀랜드 황야를 가로지르는 유령 왕들의 회뿌연 행렬을 이끌었던 사람, 헤카테를 세 마녀와 함께 동굴 속에 숨겼던[63] 사람의 방패 뒤로 몸을 숨길 것이다. 그들은 셰익스피어에게 도움을 청하면서—늘 그러하듯이—'예술이 자연을 거울에 비추어 보인다'[64]는 진부한 구절을 인용할 것이다. 문제의 불행한 경구가, 햄릿이 그를 지켜보는 사람들에게 그가 예술의 문제에 있어서 완전한 정신 이상 증세를 보인다고 확신시키기 위해 의도적으로 한 말이었음을 잊고는 말이다."

시릴 : 에헴! 미안하지만 담배 한 대 더 주겠나.

비비언 : 이보게 친구, 자네가 어떻게 생각하든 이건 단지 극에서의 발언일 뿐이야. 이아고의 말[65]이 셰익스피어의 도덕적 확신

을 대변하는 게 아닌 것처럼 이것도 예술에 대한 그의 관점을 대변하는 게 아니란 말이네. 어쨌거나 나머지 구절을 마저 읽을 수 있게 해주게.

"예술은 예술 밖에서가 아니라 예술 안에서 스스로의 완성을 추구한다. 따라서 유사성과 같은 외적 기준으로 판단되어서는 안 된다. 예술은 거울이 아닌 베일이다. 예술은 어떤 숲도 알지 못하는 꽃들과 어떤 삼림도 가지지 못한 새들을 품고 있다. 수많은 세상을 창조하고 해체하며, 진홍빛 실로 달을 끌어내릴 수도 있다. 그 안에는 '살아 있는 인간보다 더 사실적인 존재들'과 세상의 사물들을 한낱 불완전한 복제품으로 전락시키는 위대한 전형들이 있다. 예술이 보기에 자연에는 법칙도 일관성도 없다. 예술은 자기 의지대로 기적을 일으킬 수도 있으며, 깊은 심연으로부터 괴물들을 불러낼 수도 있다. 아몬드 나무에 겨울에 꽃을 피울 것을 명령할 수도 있으며, 무르익은 옥수수밭 위로 눈을 뿌릴 수도 있다. 말 한마디로 불타는 유월의 입술에 서리의 은빛 손가락을 올려놓게 할 수도 있다. 리디아[66] 언덕의 동굴로부터 날개 달린 사자들이 기어 나오게 할 수도 있다. 예술이 지나갈 때면 덤불에서 드라이어드들이 몰래 훔쳐보며, 갈색 파우누스들은 예술이 가까이 다가가면 신비한 미소를 지어 보인다. 매의 얼굴을 지닌 신들이 예술에게 경배하며, 반인반마의 괴물들이 그 곁에서 질주한다."

시릴 : 그것 참 마음에 드는 말이군. 무슨 말인지 알 것 같아.

그게 끝인가?

비비언 : 아니. 아직 한 구절이 더 남아 있네. 하지만 이건 순전히 실용적인 얘기들이야. 이 잃어버린 **거짓**의 기술을 부흥할 수 있을 얼마간의 방법들을 제시하려고 하거든.

시릴 : 그렇다면 그 얘길 마저 듣기 전에 한 가지 물어볼 게 있네. 삶, 즉 '초라하고, 일어날 법하고, 재미없는 인간의 삶'이 예술의 경이로움을 재현하고자 애쓸 거라는 게 무슨 뜻인가? 자네가 예술을 거울에 비유하는 것에 적극 반대한다는 것, 그런 관점이 천재성을 금이 간 거울 정도로 격하한다고 생각한다는 건 잘 알겠네. 하지만 설마 정말로 진지하게 **삶**이 **예술**을 모방한다고, 그러니까 사실은 **예술**이 실재이고 **삶**이 거울이라고 생각하는 건 아니겠지?

비비언 : 정말로 그렇게 생각하네. 모순되게 들릴지 모르지만—모순은 언제나 위험한 것이지—**예술**이 **삶**을 모방하는 것보다 **삶**이 **예술**을 훨씬 더 많이 모방하는 게 사실이야. 우리 모두는 예전에 영국에서 상상력이 넘치는 두 명의 화가[67]에 의해 창조되고 강조된 흥미롭고 매혹적인 아름다움이 어떤 식으로 삶에 지대한 영향을 미쳤는지 봐오지 않았나. 어느 특별 초대전[68]이나 예술 살롱에서도 한쪽에서는 로세티의 꿈에 나오는 신비스러운 눈과 기다랗고 뽀얀 목, 묘한 사각턱, 그가 열렬하게 사랑했던 늘어뜨린 어두운 빛깔의 머리를 볼 수 있었고, 다른 한쪽에서는 〈황금 계단〉의 사랑스러운 처녀들, 〈사랑 예찬〉의 활짝 핀 꽃 같

은 입과 나른한 사랑스러움, 사랑에 빠진 창백한 안드로메다의 얼굴, 〈멀린의 꿈〉 속 비비언의 가냘픈 손과 나긋나긋한 아름다움을 발견할 수 있었지.[69] 그런 현상은 여전히 계속되고 있고 말이지. 위대한 예술가가 하나의 유형을 창조해내면, **삶**은 그것을 모방하고 야심 찬 출판업자처럼 대중적인 형태로 재생산하고자 애쓰지. 홀바인이나 반다이크[70]가 우리에게 보여준 것은 영국에서 발견한 게 아니야. 그들은 자신들이 창조한 유형을 이곳으로 가져왔고, **삶**은 그 예리한 모방 능력으로 대가에게 모델들을 제공했던 거라고. 뛰어난 예술 본능으로 그러한 원리를 재빨리 깨달은 그리스인들은 신부의 침실에 헤르메스나 아폴론의 조각상을 갖다놓았지. 신부가 황홀하거나 고통스러운 순간에 바라본 예술 작품만큼 사랑스러운 아이들을 낳을 수 있게 말이야. 그들은 삶이 예술에서 단지 정신적인 것, 즉 깊은 생각과 감정, 영혼의 동요나 평화만을 획득하는 것이 아니라, 예술 작품의 선과 색깔에 따라 스스로의 형태를 만들어나감으로써 페이디아스[71]의 위엄과 프락시텔레스[72]의 우아함을 재현할 수 있다는 것을 알고 있었던 거야. 그랬기에 그들은 사실주의에 반대 입장을 취했어. 그들은 순전히 사회적인 이유 때문에 사실주의를 싫어했던 거야. 그들은 사실주의가 필연적으로 사람들을 추하게 만들리라는 것을 예감했고, 그들의 생각은 전적으로 옳았어. 우리는 빈민들에게 좋은 공기와 물을 제공하고, 햇빛을 만끽하게 하고, 흉측하게 벌거벗은 건물로 더 나은 주거 환경을 마련해줌으로써 민족의 조건을 개선하고자 하지. 하지만 이런 것들은 단지 건강을 유지시켜줄 수 있을 뿐 아름다움을 선사해주지는 않아. 아름다움을 위해서는 **예술**이 요구되며, 위대한 예술가의 진정한 제자들은 아틀리에의 모방자들이 아니라 그의 작품처럼 살아가는 이들이야. 그리스 시대의 조각상이든 현대의 회화 작품이든 위대한 예술가의 작품들을 닮아가는 사람들 말이야. 한마디로, **삶**은 **예술**의 유일하고도 가장 훌륭한 제자인 거야.

시각예술에 관한 것은 문학에도 마찬가지로 적용될 수 있어. 가장 명백하고도 저속한 형태로 그 사실을 입증해 보여준 것으로는, 잭 셰퍼드나 딕 터핀의 모험⁷³을 읽고는 검정 가면을 쓰고 총알이 없는 권총으로 무장한 채 가엾은 사과 장수 여인의 가판대를 약탈하거나 밤에 과자점에 침입하고, 도시에서 일을 마치고 귀가하는 노신사들을 교외의 골목길에서 습격하여 놀라게 한 멍청한 소년들의 경우를 들 수 있을 거야. 이런 흥미로운 현상은 위 책들이 새로운 판본으로 나올 때마다 반복적으로 일어나곤 하는데, 이건 모두 문학이 상상력에 미치는 영향 때문으로 여겨지고 있지. 하지만 그건 잘못 생각하는 거야. 상상력은 근본적으로 창조적이기에 언제나 새로운 형태를 추구하거든. 따라서 소년 강도의 절도 행각은 단순히 삶의 모방 본능이 낳은 필연적인 결과일 뿐이라고. 소년 강도는 **사실**이며, **사실**이 늘 그렇듯이 **허구**를 재현하기 위해 애쓰는 거야. 소년 강도의 사례는 삶 전체를 통해 더욱더 확대된 규모로 반복되지. 쇼펜하우어는 현대사상을 특징짓는 염세주의를 분석했어. 하지만 햄릿은 염세주의를 스스로 만들어냈지. 언젠가 꼭두각시가 우울했기 때문에 세상이 우울해진 거야. 아무런 열정도 없이 위험을 감수하고 자신이 믿지도 않는 것을 위해 죽어가는, 아무런 신념이 없는 기이한 순교자인 허무주의자는 순전히 문학적 산물이야. 그는 투르게네프에 의해 창조되었고 도스토옙스키에 의해 보완되었지. 노동 회관[74]이 소설의 잔해(débris)로부터 세워진 것처럼, 로베스피에르[75]는 루소의 책에서 비롯되었어. 문학은 언제나 삶을 앞지르지. 삶을 모방하는 게 아니라 자신이 원하는 대로 삶을 빚는 거야. 잘 알다시피 19세기는 대부분 발자크의 머릿속에서 창조되었지. 우리의 뤼시앵 드 뤼방프레, 라스티냐크, 드 마르세는 《인간극》의 무대에서 데뷔를 한 거라고.[76] 우린 각주(脚註)와 불필요한 사항들을 덧붙여가면서 한 위대한 소설가의 변덕이나 공상이나 창조적 비전을 충실히 따르고 있을 뿐인 거야. 난 언젠가 새커리[77]와 가까이 지내는 한 여성에게 베키 샤프[78]의 실제 모델이 있었는지 물어본 적이 있어. 그녀의 말에 의하면, 베키는 작가의 창조물이지만 인물의 아이디어는 부분적으로 켄징턴 스퀘어 가까이 살던 한 가정교사에게서 얻은 것이라는 거야. 그녀는 아주 이기적이고 부유한 노부인을 돌보고 있었고 말이지. 나는 그 가정교사가 어떻게 되었는지 물었지. 그랬더니 정말 이상하게도 《허영의 시장》이 발표되고 몇 년 후에 그녀가 그 노부인의 조카하고 함께 도망을 갔다는 거야.[79] 그리고 잠시 동안 로든 크롤리 부인의 스타일을 한 채 철저하게 로든 크롤리 부인의 방식대로 사교계에서 큰 인기를 끌었다는군. 그러다 결국은 사람들에게 배척을 당해 대륙으로 떠나서는 몬테카를로나 다른 도박장들에서 때때로 모습을 보이곤 했다는 거야. 위대한 감상주의자였던 작가가 뉴컴 대령의 모델로 삼았던 귀족 신사는《뉴컴 일가》가 제4판을 찍은 몇 달 후 세상을 떠나면서 '애드섬'[80]이라고 중얼거렸다더군. 스티븐슨이 변신에 관한 흥미로운 심리학 소설[81]을 발표한 지 얼마 되지 않았을 때 런던 북부에 살던 내 친구 하이드는 서둘러 기차역으로 가고 있었지. 그런데 지름길이라고 생각한 길로 가다가 길을 잃고 더럽고 음침한 골목들이 엉켜 있는 길로 들어서게 된 거야. 불안한 마음이 든 그 친구가 아주 빠르게 걸음을 재촉하던 중에 느닷없이 아치 길에서 한 아이가 튀어나와서는 그의 가랑이 사이로 뛰어들었다지 뭔가. 아이는 도로 위로 넘어졌고, 그도 발을 헛디디면서 아이를 발로 짓밟고 말았어. 잔뜩 겁을 집어먹고 좀 다치기도 한 아이는 물론 비명을 지르기 시작했지. 그러자 집에서 뛰쳐나온 거친 사람들이 개미 떼처럼 거리를 가득 메운 거야. 그들은 그 친구를 에워싸고는 이름을 물었어. 그는 이름을 말하려는 찰나 갑자기 스티븐슨이 소설의 첫 장면에서 묘사한 사건이 떠오른 거야. 친구는 자신이 명문으로 쓰인 그 끔찍한 장면을 실제로 재현했으며, 소설 속 하이드 씨가 의도적으로 행한 짓을 자신이 우연히, 하지만 실제로 저질렀다는 생각에 엄청난 공포에 사로잡혔어. 그래서 온 힘을 다해 도망을 쳤지. 하지만 사람들이 바짝 뒤쫓아 왔고, 그는 마침 문이 열려 있던 한 진료소로 뛰어들었어. 그리고 또 마침 거기 있던 젊은 조수에게 자기한테 무슨 일이 있었는지 상세히 설명을 했어. 인도주의적인 군중은 약간의 돈을 받고 그 자리를 떠나기로 했고, 위험이 사라지자마자 그는 다시 길을 떠났어. 그런데 밖으로 나오는 순간 진료소의 황동 문패가 그의 시선을 사로잡았어. 거기에 '지킬'이라고 적혀 있었던 거야. 적어도 그렇게 되었어야 하고 말이지.

물론 이런 경우에는 모방이 우연적이었다고 볼 수 있지. 이제 의식적인 모방의 예를 들려주지. 1879년, 나는 옥스퍼드를 졸업한 직후 한 외국 대사의 관저에서 열린 리셉션에서 매우 흥미로운 이국적 아름다움을 지닌 한 여성을 알게 되었어. 우린 좋은 친구가 되었고 늘 함께 어울렸지. 가장 내 관심을 끌었던 것은 그녀의 아름다움이 아니라 그녀의 성격이었어. 그녀는 종잡을 수 없는 성격이었지. 마치 아무런 개성이 없으면서 많은 유형의 가능성을 보여주는 성격이라고 할까. 그녀는 때로는 예술에만 몰두하면서 자기 집 응접실을 아틀리에로 꾸며놓기도 하고, 일주일에 이삼일씩을 갤러리나 박물관에서 보내기도 했어. 그런 다음에는 경마 대회에 관심을 보이기 시작하더니 마치 기수 같은 차림으로 내기에 관한 얘기만 하더군. 그녀는 최면술에 빠져 종교를 버리고, 정치 때문에 최면술을 버리고, 자선 활동이 주는 강렬한 감동을 위해 정치를 버렸어. 말하자면 일종의 프로테우스인 셈이지. 하지만 오디세우스가 경이로운 바다의 신을 붙잡았을 때처럼[82] 그녀가 행한 변신은 모두가 실패작이었어. 그러던 어느 날, 한 프랑스 잡지에서 웬 연재물을 시작했지. 그 무렵 난 연재소설들을 읽곤 했는데, 그 여주인공을 묘사한 대목에 이르러서는 어찌나 놀랐던지 그때 받은 충격이 아직도 생생해. 그 여주인공이 내 친구와 어찌나 닮았던지 난 그 잡지를 그녀에게 가져다주었어. 그녀는 소설 속에서 즉시 자신을 알아보고는 그 유사성에 매혹된 것 같더군. 여기서 한 가지 말해둘 것은, 그 이야기는 이미 작고한 러시아 작가의 작품을 번역한 것이라는 거야. 그러니까 그 소설가의 인물형이 내 친구로부터 나올 수는 없는 거지. 어쨌거나 간단히 설명하자면, 그로부터 몇 달 후 난 베네치아에 가 있었는데 내가 묵던 호텔의 독서실에서 그 잡지를 발견했어. 그래서 그 여주인공이 어떻게 되었는지 보려고 잡지를 펼쳐보았지. 참으로 안타까운 이야기였어. 결국 그 여인은 모든 면에서, 사회적 지위뿐만 아니라 인격이나 지적인 면에서도 자신보다 격이 떨어지는 남자하고 도망을 친 거야. 난 그날 저녁 친구에게 편지를 쓰면서 조반니 벨리니[83]에 대한 내 견해와 플로리오 카페의 기막힌 아이스크림과 곤돌라의 예술적 가치에 대해 이야기했어. 그리고 그녀와 꼭 닮은 소설 속 여인이 아주 어리석게 행동했다는 이야기를 추신으로 덧붙였지. 왜 그런 얘기를 했는지는 모르겠지만, 아마도 그녀가 똑같은 행동을 할까 봐 두려워하는 마음이 있었던 것 같아. 그녀는 내 편지가 도착하기도 전에 한 남자하고 도망을 쳤어. 그 남자는 6개월 후에 그녀를 버렸고 말이지. 그 후 1884년, 자기 어머니하고 파리에서 살고 있던 그녀를 다시 만났지. 난 그녀에게 물었어, 그녀가 한 행동과 소설 속 이야기가 아무런 상관이 없는지를. 그녀는 여주인공의 기이하고 치명적인 행동을 차례로 따라 하고 싶다는 충동을 억제할 수 없었다고 고백하더군. 그래서 엄청나게 두려운 마음으로 소설의 마지막 몇 장(章)을 기다렸다는 거야. 그리고 마침내 소설이 결말에 이르자 실제로 그것을 재현해야만 할 것 같은 생각이 들었고, 결국 그렇게 했다는 거야. 이 경우는 내가 말한 모방 본능을 아주 명백하게 보여주는 사례야. 아주 비극적인 사례지.

하지만 개인적인 사례에 관한 얘기는 그만하도록 하지. 개인적인 경험을 이야기하다 보면 악순환에 빠지기 십상이거든. 내가 강조하고 싶은 건, **예술**이 **삶**을 모방하는 것보다 훨씬 더 많이 **삶**이 **예술**을 모방한다는 일반적인 원칙이야. 자네도 그에 대해 진지하게 생각해본다면 내 말에 동의하게 될 걸세. **삶**은 **예술**을 거울에 비추면서 화가나 조각가의 상상 속에서 태어난 새로운 유형을 재현하거나 소설 속에서 꿈꾸어왔던 것을 실제로 구현하는 거야. 과학적으로 설명하자면, 삶의 원천—아리스토텔레스의 표현에 의하면 삶의 에너지[84]—은 한마디로 표현에 대한 갈망인 거야. 그리고 **예술**은 언제나 그 표현이 실현될 수 있는 다양한 형식들을 제공하지. **삶**은 그 형식들을 포착해서 이용하는 것이고. 그 때문에 다친다 해도 말이지. 젊은이들은 롤라[85]를 모방해 자살을 했고, 베르테르처럼 스스로 목숨을 끊었지. 그리스도나 카이

사르의 모방이 우리에게 얼마나 많은 영향을 미쳤는지 한번 생각해보라고.

시릴 : 정말 흥미로운 이론이군. 하지만 이론을 완벽히 정립하려면 **삶**뿐만이 아니라 **자연** 역시 예술의 모방이라는 사실을 입증해야만 할 것 같은데. 그걸 증명할 수 있겠나?

비비언 : 물론이지, 뭐든지 증명해 보일 수 있네.

시릴 : 그러니까 자연이 풍경화가를 모방하면서 그로부터 효과를 이끌어낸다는 얘긴가?

비비언 : 바로 그거야. 영국의 거리로 자욱하게 스며들면서 가스등 불빛을 흐릿해 보이게 하고 우리의 집들을 기괴한 그림자들로 변모시키는 황홀한 갈색 안개를 인상파 화가들의 작품 속에서가 아니라면 어디에서 접할 수 있었겠는가? 그들과 그들의 스승이 아니라면 누가 우리에게 그 아름다운 은빛 안개를 선사할 수 있었을까? 꿈꾸듯 우리의 강물 위로 내려앉으며, 흐릿해지는 우아한 곡선의 다리와 흔들리는 바지선의 희미한 형체들로 변하는 환상적인 은빛 안개를 말이지. 지난 10년간 런던의 기후에 일어난 놀라운 변화는 전적으로 특정 **예술** 유파에 기인하는 거야. 자네 지금 웃는군. 내가 한 얘기를 과학적이거나 형이상학적인 관점에서 잘 생각해보라고. 그럼 내 말이 맞는다는 것을 알게 될 테니까.

자넨 **자연**이 뭐라고 생각하나? **자연**은 우리를 낳은 위대한 어머니가 아니야. 우리의 창조물이지. **자연**은 우리 머릿속에서 생명을 부여받는 거라고. 모든 사물은 우리가 보고 있기에 존재하고, 우리가 무엇을 어떻게 보느냐 하는 것은 우리에게 영향을 미친 예술에 따라 달라지는 것이고 말이지. 어떤 사물을 제대로 보는 것은 그냥 보는 것과는 아주 다른 거야. 그것의 아름다움을 발견하기 전까지는 아무것도 보지 못한 것과 같아. 사물은 그때서야 비로소 진정으로 존재하게 되지. 오늘날 사람들이 안개를 바라보는 것은, 안개가 거기 있기 때문이 아니라 시인들과 화가들이 그들에게 그 신비한 매력을 가르쳐주었기 때문인 거야. 아마도 런던에는 몇 세기 전부터 안개가 있어왔을 거야. 분명 그랬을 거야. 하지만 아무도 그것을 보지 못했고, 따라서 사람들은 안개를 제대로 인식하지 못했지. 안개는 **예술**에 의해 구현될 때까지는 존재하지 않았던 거야. 그런데 지금은, 누구나 그렇게 생각하겠지만, 안개가 지나치게 남용되고 있지. 안개가 단지 어떤 패거리의 타성으로 전락하고 만 거야. 심지어 지나친 사실주의 수법 때문에 어리석은 사람들은 기관지염에 걸리기까지 하지. 교양을 갖춘 사람들이 예술적 효과를 이끌어낼 줄 알 때 그렇지 못한 사람들은 감기에 걸리는 거야. 그러니까 이제 인도적인 차원에서 예술이 그 놀라운 시선을 다른 곳으로 돌리기를 바라자고. 사실 이미 그렇게 되긴 했지만.

지금 프랑스에서 자주 볼 수 있는, 묘한 느낌의 연한 자줏빛이 흩뿌려져 있고 보랏빛 그림자가 감돌며 가볍게 떨리는 새하얀 햇살은 예술이 최근에 구현하고 있는 환상이야. **자연**은 대체로 이를 아주 잘 재현해내고 있지. 예전에 코로와 도비니[86]류의 작품들을 재현했던 자연은, 이젠 지극히 아름다운 모네와 매혹적인 피사로류의 작품들을 보여주고 있어. 사실, 드물긴 하지만 여전히 때때로 **자연**이 매우 선구적인 순간들이 있지. 물론 자연을 항상 신뢰할 수 있는 건 아니야. 자연은 다음과 같은 유감스러운 상황에 놓여 있기 때문이지. 예술은 최상의 유일한 효과를 창조해낸 다음에는 이내 다른 것들로 넘어가지. 그런데 자연은 모방이 가장 진정한 모욕이 될 수 있다는 사실을 망각한 채 그 효과를 계속 반복하는 거야. 우리 모두가 질려버릴 때까지 말이지. 예를 들어, 오늘날에는 정말 교양을 갖춘 사람이라면 누구도 석양의 아름다움을 입에 올리지 않아. 석양이라는 주제는 이미 한물갔다는 얘기지. 그건 터너[87]의 예술이 희미해져가던 시기에 속하는 것이니까. 아직도 석양에 대한 감탄을 드러내는 건 기질의 고루함을 뚜렷하게 보여주는 신호라고 볼 수밖에. 하지만 다른 한편으로는 여전히 그 얘기를 하는 사람들이 있지. 엊저녁에는 아룬델 부인이 나한테 함께 창가로 가자고 계속 졸라대는 거야. 그녀의 표현을 빌리자면, 장엄한 하늘을 바라보기 위해서 말이지. 물론 난 하늘을 쳐다봐야만 했어. 이 속물적인 여성이 도저히 거절의 말을 할 수 없을 정도로 말도 안 되게 아름답거든. 그런데 뭘 봤는 줄 아나? 한마디로 이류의 터너였어. 최악의 결점이 지나칠 정도로 드러났던 불운한 시기의 터너를 보는 것 같았다고.

물론 난 **삶** 역시 자주 똑같은 과오를 범한다고 자신 있게 말할 수 있어. 우리들 삶은 어설픈 르네[88]류와 엉터리 보트랭[89]류를 만들어내지. 자연이 어느 날은 모호한 코이프[90]를 보여주고, 또 어느 날은 미심쩍은 루소[91] 그 이상의 것을 보여주는 것처럼 말이지. 하지만 자연이 그런 모습을 보일 때 더 짜증스러운 건 사실이야. 너무 어리석고 너무 빤하고 너무 쓸모없는 듯하니 말이야. 사기꾼 보트랭은 재미있게 느껴질 수도 있어. 하지만 의심스러운 코이프는 참을 수가 없단 말이지. 그렇다고 해서 **자연**에 지나치게 까다롭게 굴고 싶은 생각은 없네. 헤이스팅스에서 바라보는 영국해협이 종종 노란 불빛과 뒤섞인 진줏빛 회색의 헨리 무어[92]처럼 보이지는 않았으면 하는 바람은 갖고 있지만. 어쨌거나, **예술**이 더욱더 다양함을 추구할수록 **자연**도 그만큼 더 다양한 모습을 보여주리라는 건 분명해. 이제 자연의 가장 강력한 적조차도 자연이 **예술**을 모방한다는 것을 부인할 수 없을 거라고 생각해. 그 사실이 바로 자연과 문명화된 인간을 이어주는 것이기도 하고 말이지. 어때, 이만하면 자네가 만족할 만큼 내 이론을 충분히 증명해 보인 건가?

시릴 : 유감스럽게도 아주 잘 증명해 보였네. 그편이 더 낫긴 하지만. 그런데 **삶**과 **자연**의 그 기이한 모방 본능을 인정한다고 하더라도, 자네도 분명 **예술**이 시대의 기질과 정신, 그리고 예술을 둘러싸고 예술의 탄생에 영향을 주는 도덕적·사회적 조건을 나타낸다는 것은 인정하겠지?

비비언 : 절대 그렇지 않아! 예술은 오직 자신만을 표현할 뿐

이야. 그게 바로 내 새로운 미학의 원칙인 것이고. 페이터[93]가 강조한 형식과 내용 사이의 긴밀한 관계, 음악을 모든 예술의 원형으로 여기게 하는 그 관계 이상의 것이란 말이지. 물론, 나라 전체적으로나 개인적으로나 사람들은 존재의 근간이 되는 타고난 풍부한 허영심 때문에 뮤즈가 얘기하는 것은 바로 그들 자신이라는 착각을 늘 하지. 삶의 예찬자는 아폴론이 아니라 마르시아스[94]라는 사실을 늘 망각한 채, 상상적인 예술의 차분한 위엄 속에서 자신들의 혼탁한 열정의 반영을 찾고자 애쓰면서 말이지. **예술**은 현실과는 멀리 떨어져 동굴의 그림자들[95]을 외면한 채 스스로 이루어낸 완성을 드러내 보이는 거야. 그런데 수많은 꽃잎들로 이루어진 경이로운 장미꽃이 피어나는 광경[96]을 경탄의 눈길로 지켜보는 사람들은 그것이 바로 자신의 이야기이며, 자신의 정신이 새로운 표현 방식을 발견하는 중이라고 믿게 되지. 하지만 그건 잘못된 생각이야. 지고한 예술은 인간의 정신이라는 짐을 거부하면서, 예술에 대한 열광이나 어떤 고귀한 열정 또는 인간 의식의 위대한 깨달음보다는 새로운 표현 수단이나 새로운 소재로부터 더 많은 것을 얻지. 예술은 순전히 자신의 영역들만을 발전시켜. 예술은 어떤 시대도 상징하지 않아. 시대가 예술의 상징인 것이지.

예술이 시간과 장소 그리고 사람들을 나타낸다고 주장하는 사람들조차도 예술이 더 모방적일수록 그 시대의 정신을 덜 표현한다는 사실을 인정할 수밖에 없을 거야. 과거의 사실주의 예술가들이 즐겨 사용하던 얼룩덜룩한 반암과 벽옥 위의 로마 황제들이 사악한 얼굴로 우리를 응시할 때면, 우린 그 잔인해 보이는 입술과 육감적인 두툼한 턱에서 로마제국 멸망의 비밀을 찾을 수 있을지도 모른다는 생각을 하게 되지. 하지만 그렇지 않아. 안토니누스 황제의 덕성이 로마제국을 구할 수 없었던 것처럼 티베리우스 황제의 폭정이 그 지고한 문화를 파괴할 수는 없었어. 로마제국은 그보다 훨씬 덜 흥미로운 이유들로 인해 멸망한 거란 말이지.[97] 어쩌면 시스티나의 무녀들과 예언자들[98]을 통해 르네상스라고 불리는 해방된 정신의 탄생을 설명할 수 있을지 모르지. 하지만 네덜란드 예술 속의 술 취한 시골뜨기들과 떠들썩한 농부들은 우리에게 네덜란드의 위대한 영혼에 대해 무엇을 말해줄 수 있을까? 예술이 더 추상적이고 더 관념적일수록 우리에게 그 시대의 기질에 대해 더 많은 것을 알려줄 수 있는 거야. 따라서 예술을 통해 어떤 나라를 이해하고 싶다면 그 나라의 건축이나 음악을 살펴볼 것을 권하는 바이네.

시릴 : 자네의 그 말에는 전적으로 동의하네. 한 시대의 정신은 추상적이고 관념적인 예술 속에서 가장 잘 표현될 수 있겠지. 정신이란 것이 본래 추상적이고 관념적인 것이니까. 하지만 그 시대의 가시적인 면, 즉 외적인 면을 알기 위해서는 흔히 하는 말마따나 당연히 모방 예술을 참고해야 하지 않을까 싶은데.

비비언 : 난 그렇게 생각하지 않네. 결국, 모방 예술이 우리에게 보여주는 것은 특정한 예술가들이나 어떤 예술 유파들의 여

러 양식에 지나지 않기 때문이야. 자네도 설마 중세 사람들이 당시의 스테인드글라스나 태피스트리나 채식본(彩飾本) 속의 인물들이나, 돌과 나무, 금속 등에 조각된 형상들과 조금이라도 닮은 데가 있을 거라고 생각하는 건 아니겠지? 그들은 분명 어디 하나 기괴하거나 별나거나 이상한 데 없는 지극히 평범하게 생긴 사람들이었을 거야. 우리가 예술 속에서 만나는 중세는 단지 하나의 확고한 예술 양식일 뿐이야. 그리고 그러한 양식을 지향하는 예술가가 19세기에 다시 나타나지 말라는 법도 없고. 역사상 사물을 있는 그대로 보는 위대한 예술가는 존재하지 않아. 만약 그렇게 한다면 그는 더 이상 예술가라고 볼 수 없는 거야. 우리 시대의 예를 들어보도록 하지. 내가 알기로 자넨 요즘 일본 예술에 심취해 있는 것 같더군. 그렇다면, 그림들 속에서 보이는 일본 사람들이 현실에서도 정말로 존재할 거라고 생각하나? 만약 그렇게 생각한다면 자넨 일본 예술을 조금도 이해하지 못한 거야. 그림 속 일본 사람들은 개별 예술가들의 의도적이고 의식적인 창조물일 뿐이야. 만약 호쿠사이나 호케이나 다른 위대한 일본 화가들의 그림을 실제 일본 신사나 숙녀와 나란히 놓고 본다면 그들 사이에는 어떤 유사점도 없다는 것을 알게 될 거라고. 지금 일본에 살고 있는 사람들은 보통의 영국인들과 별로 다를 바가 없어. 다시 말하면, 그들은 지극히 평범한 사람들이며, 그들에게서 특이하거나 놀라운 그 어떤 것도 발견할 수 없다는 거야. 사실 일본에 관한 모든 것이 순전히 상상의 결과물이야. 실제로는 그런 나라도 그런 사람들도 존재하지 않는 거라고. 최근에 우리의 매력적인 화가 하나가 일본 사람들을 보겠다는 헛된 기대를 가지고 국화꽃의 나라를 다녀온 일이 있었지. 그런데 그가 보고, 그림으로 옮길 수 있었던 건 몇몇 등(燈)과 부채가 전부였어. 그는 도스웰 갤러리에서 열린 경쾌한 전시회에서 너무나도 잘 보여준 것처럼, 그곳 사람들에 관해서 아무것도 파악할 수 없었던 거야. 내가 앞서 말한 것처럼, 그가 만나고자 했던 일본 사람들이 단지 하나의 표현 양식이자 정교한 예술적 환상이었음을 미처 깨닫지 못했던 거지. 그러니까 만약 일본의 느낌을 감상하고 싶다면 관광객처럼 도쿄까지 갈 필요가 없어. 집에 머물면서 관심 있는 일본 예술가들의 작품에 몰입하는 거야. 그들 스타일의 정기를 한껏 빨아들인 다음 그들의 창의적인 비전을 포착해내는 거지. 그런 다음 어느 오후에 공원으로 가서 자리를 잡고 앉거나 피커딜리 거리를 어슬렁거려보는 거야. 그런데도 일본에 가 있는 것 같은 느낌을 받지 못한다면 다른 어디에서도 그럴 수 없을 거야. 이번에는 다시 과거로 돌아가서 고대 그리스인들의 경우를 살펴보자고. 자네는 그리스 예술이 우리에게 그리스인들이 어떻게 생겼는지를 말해준 적이 있다고 생각하나? 자네 설마 아테네의 여인들이 파르테논 신전의 프리즈에 조각된 위엄 있는 우아한 형상들이나 신전의 페디먼트에 앉아 있는 아름다운 여신들을 닮았을 거라고 생각하는 건 아니겠지? 만약 예술 작품을 근거로 유추한다면 당연히 그래야 맞겠지. 하지만 실제 권위 있는 작품을 한번 읽어보라고. 그래, 아리스토파네스[99]가 좋겠군. 그의 묘사에 의하면, 아테네 여인들이 꼭 죄는 코르셋을 입고 하이힐을 신었으며, 머리는 금발로 물들이고 얼굴에는 화장을 하고 립스틱을 발랐다는 걸 알 수 있어. 우리 시대의 어리석게 겉멋을 부리거나 타락한 사람들과 똑같이 말이야. 사실 우린 전적으로 예술을 통해 과거를 돌아보지. 그리고 무척 다행스럽게도, **예술**은 우리에게 결코 진실을 말해준 적이 없고 말이지.

시릴 : 하지만 영국 화가들이 그린 현대인의 초상화들에 대해서도 그런 말을 할 수 있을까? 그들이 묘사하고자 하는 인물들과 똑같이 닮아 있는데도?

비비언 : 물론 그렇지. 너무나 똑같아서 지금부터 100년쯤 후에는 아무도 그것들을 믿지 않게 될 거야. 유일하게 믿을 수 있는 초상화는 모델에 관한 것은 아주 적게, 예술가의 정신은 아주 많이 담긴 초상화인 거야. 홀바인이 그린 당시의 남녀 초상화들은 그 대단히 사실적인 감각으로 우리에게 깊은 인상을 남기지. 하지만 그건 단지 홀바인이 삶으로 하여금 그의 조건을 받아들이고, 그가 정해놓은 제약에 따르며, 그의 유형을 재생산하고, 그가 바라는 외관을 지니게 했기 때문인 거야. 우리로 하여금 어떤 것을 믿게 하는 것은 예술가의 고유한 스타일, 오직 스타일뿐인 거야. 이 시대의 초상화가들 대부분은 모두 까맣게 잊히고 말 거야. 그들은 결코 자신들이 보는 것을 그리지 않아. 그들은 대중이 보는 것을 그리지만, 대중은 절대로 무언가를 보는 법이 없지.

시릴 : 그렇군! 이제 자네 글의 결론을 듣고 싶군.

비비언 : 기꺼이 읽어주지. 자네한테 무슨 도움이 될지는 모르
겠지만. 우리가 살고 있는 이 시대는 따분하고 무미건조하기 이
를 데 없어. 심지어 **잠**조차도 우리를 농락한다니까. 상아 문을 닫
아버리고는 뿔 문을 열어놓으면서 말이지.[100] 마이어스[101]의 두
권짜리 두툼한 저서와 심령학회의 회보에서 알 수 있는 것처럼,
이 나라의 중산층 대부분이 꾸는 꿈들은 정말 우울하기 그지없
는 것들이야. 그중에는 제대로 된 악몽조차 찾아볼 수 없단 말이
지. 그저 평범하고 추악하고 지루하기 짝이 없는 것들뿐이라고.
교회로 말하자면, 나는 한 나라의 문화가 발전하기 위해서는, 교
회 내에 초자연적인 것을 믿으면서 매일 기적을 행하고 상상에 필
수적인 신화를 만들어내는 능력을 유지하는 종파의 존재가 꼭
필요하다고 생각해. 하지만 영국 교회의 인물들은 믿음의 능력
이 아닌 불신의 능력을 통해 성공을 거두고 있는 실정이지. 우리
교회는 회의론자가 제단에서 설교를 하고, 성 도마[102]가 가장 이
상적인 사도로 여겨지는 유일한 교회야. 수많은 훌륭한 성직자
들이 숭고한 자선사업에 일생을 바친 후에 누구에게도 주목받지
못하고 알려지지 않은 채로 죽어가지. 그런데 무지하고 얄팍한
생각을 지닌 대학 졸업생은 어렵지 않게 설교단에 서서 노아의
방주나 발람의 나귀[103]나 요나와 고래 이야기[104]에 대한 의심을
이야기해. 런던 주민의 반은 그의 말을 들으려고 모여들어, 그의
뛰어난 지성에 감탄해 마지않으며 입을 벌리고 앉아 있지. 영국

교회에서 상식이 점차 위세를 떨친다는 것은 몹시 유감스러운 일이 아닐 수 없어. 그건 정말로 사실주의라는 저급한 형식에 수치스러운 양보를 하는 것과 마찬가지야. 그건 어리석은 행위이기도 해. 심리학에 대한 철저한 무지에서 비롯되는 것이지. 인간은 '불가능한 것(the impossible)'은 믿을 수 있지만, '있음 직하지 않은 것(the improbable)'은 절대 믿지 못하는 법이거든. 어쨌거나 이제 내 글의 결론을 읽어줘야 할 것 같군.

"어쨌든 우리가 반드시 해야만 하는 우리의 의무는 오래된 **거짓말**의 기술을 되살리는 것이다. 대중의 교육이라는 측면에서는, 가족적인 모임이나 점심 문학 모임 그리고 오후의 차 모임 등의 거짓말 애호가들에게서 많은 것을 기대해볼 수 있다. 하지만 그건 단지 크레타 섬의 만찬회에서 들을 수 있음직한, 거짓말의 경쾌하고 우아한 측면일 뿐이다.[105] 그 밖에도 많은 형태의 거짓말이 존재한다. 예를 들어, 최근에는 다소 경시되는 경향이 있긴 하지만, 즉각적으로 개인적인 이익을 얻기 위한 목적의 거짓말—대개 도덕적 목적의 거짓말이라고 불리는—은 고대 세계에서는 지극히 대중적으로 통용되는 것이었다. 윌리엄 모리스의 표현에 의하면, 아테나 여신은 오디세우스가 그녀에게 '꾀바르게 꾸며낸 이야기'를 들려주자 가만히 미소를 지어 보였다. 거짓의 영예는 에우리피데스의 비극에 나오는 고결한 영웅의 창백한 이마에 빛을 비추었으며,[106] 호라티우스의 가장 절묘한 오드에 나오는 젊은 신부(新婦)를 과거의 고귀한 여인들 가운데 우뚝 서게 했다. 좀 더 시간이 흐르자, 처음에는 단순히 자연스러운 본능이었던 것이 의식적인 학문으로 승격되기에 이르렀다. 사람들을 안내하기 위한 상세한 규칙들이 정해졌으며, 거짓말을 중심으로 중요한 문학 유파가 생겨나기도 했다. 사실 거짓말의 전반적인 문제에 관한 산체스[107]의 훌륭한 철학 논문을 떠올릴 때마다 지금까지 그 위대한 궤변가가 남긴 저서의 대중적인 요약본을 출간할 생각을 아무도 하지 않았다는 게 너무나 아쉽다. 《언제 어떻게 거짓말을 하나》라고 이름 붙인 간편한 입문서가 매력적이면서도 별로 비싸지 않게 출간된다면 큰 인기를 얻을 것은 물론이고, 진지한 사고를 하는 수많은 사람들에게 매우 현실적인 도움을 줄 수도 있을 것이다. 가정교육의 기본이 되는, 아이들의 발전을 위한 거짓말은 지금도 여전히 통용되고 있다. 플라톤의 《국가론》의 전반부 책들에 그러한 거짓말의 장점들이 아주 잘 서술되어 있어서 여기서 새삼 길게 설명할 필요는 없을 듯하다. 그 속에는 훌륭한 어머니라면 누구나 특별한 능력을 지니고 있는 거짓말의 방식이 언급되고 있는데, 이는 아직 더 발전시킬 여지가 남아 있다. 교육위원회에서 그러한 사실을 간과하고 있음은 무척 유감스러운 일이다. 물론 직장에서 월급을 받기 위해 거짓말을 하는 것은 플리트 가(街)[108] 같은 곳에서는 익히 알려진 사실이다. 정치 논설위원이란 직업은 거짓말의 이점과 별개일 수 없다. 하지만 그런 직업은 다소 따분한 것으로 여겨지고 있으며 일종의 과시적인 무명(無名) 이상의 것이 되지 못한다. 전적으로 비난을 모면할 수 있는 유일한 형태의 거짓말은 거짓말 그 자체를 위한 **거짓말**이다. 그리고 앞에서 이미 밝힌 것처럼, 그중에서도 가장 발전된 형태의 거짓말은 **예술**에서의 **거짓말**이다. **진실**보다 플라톤을 더 사랑하지 않는 사람들은 아카데미[109]의 문지방을 넘을 수 없는 것처럼, **진실**보다 **아름다움**을 더 사랑하지 않는 사람은 **예술**의 가장 은밀한 성지 안으로 들어갈 수 없다. 둔감하기 이를 데 없는 영국의 지성은 플로베르의 경이로운 이야기[110] 속의 스핑크스처럼 사막의 모래 속에 잠들어 있다. 환상의 존재, 키마이라는 그 주위를 맴돌면서 플루트 소리를 흉내 낸 목소리로 그것에 외친다. 지금은 그 목소리를 듣지 못할지 모르지만 언젠가는 반드시, 우리가 현대 소설의 진부함에 진저리를 칠 즈음이면 그 목소리에 귀 기울이며 그 날개를 빌리고자 애쓰게 될 것이다.

그리고 마침내 그날이 밝아오거나 석양이 붉게 물들 때면 우리 모두는 얼마나 지극한 기쁨을 맛보게 될 것인가! **사실**들은 뒷전으로 밀려나고, **진실**은 자신의 족쇄 위로 눈물을 흘리게 될 것이다. **로맨스**는 그 경이로운 모습으로 이 땅으로 다시 돌아오게 될 것이다. 세상은 전혀 달라진 모습으로 우리의 눈을 휘둥그레지게 할 것이다. 지리에 관한 책들이 읽을 만한 가치가 있었던 시대의 흥미로운 지도 위에서 그랬던 것처럼, 비히모스와 리바이어던이 바다 위로 솟아올라 선미루가 높은 갤리선 주위를 따라 헤엄칠 것이다. 용들은 황야를 이리저리 떠돌아다니고, 피닉스는 자신의 불 둥지 위로 힘차게 날아오를 것이다. 우리는 바실리스크를 붙잡아 그 머리에 박힌 보석을 직접 확인하게 될 것이다. 우리의 마구간에서는 히포그리프가 금빛 귀리를 씹어 먹고, 우리의 머리 위로는 파랑새가 아름답고 불가능한 것들, 사랑스럽고 결코 일어나지 않는 일들, 존재하지 않으면서 존재해야만 하는 것들을 노래하며 날게 될 것이다. 하지만 이런 일들이 일어나기에 앞서 우리는 먼저 잃어버린 **거짓말**의 기술을 연마해야만 한다."

시릴 : 그렇다면 당장 그 기술을 연마해야겠는걸. 하지만 혹시라도 오해를 하는 일이 없도록 자네가 주장하는 새로운 미학의 원칙들을 간단하게 설명해주면 좋을 것 같군.

비비언 : 그럼 간단하게 설명하도록 하지. 우선 첫 번째 원칙은, 예술은 예술 그 자체만을 표현한다는 거야. 예술은 **생각**처럼 독립적인 삶을 살아가며, 순전히 자신만의 길을 발전시키는 거야. 사실주의 시대의 예술이 반드시 사실적인 것도, 믿음의 시대의 예술이 반드시 영적인 것도 아니야. 그러니까 예술은 그 시대의 창조물이기는커녕 오히려 그 정반대라는 말이야. 예술이 우리를 위해 보존하는 유일한 역사는 그 자신의 진보의 역사야. 때로는 왔던 길로 되돌아가서는 이전의 형태를 되살리기도 하지. 만년의 그리스 예술을 부흥시킨 의고주의(擬古主義) 운동이나, 우리 시대의 라파엘로 전파[111] 운동이 그 예가 될 수 있지. 또 어떤 때에는, 예술은 전적으로 자기 시대를 앞지르면서 한 세기에 걸쳐 작품을 창조해내지. 그것을 이해하고 제대로 감상하며 즐

길 수 있기 위해서는 또다시 한 세기가 걸리는 그런 작품 말이지. 하지만 어떤 경우라도 예술이 당대를 재현하는 일은 없어. 따라서 한 시대의 예술로부터 그 시대를 이끌어내는 것은 모든 역사학자들이 저지르는 아주 커다란 실수인 거야.

두 번째 원칙은 다음과 같아. 형편없는 예술은 모두 **삶**과 **자연**으로 되돌아가고 그것들을 예술의 이상으로 승격시키는 데서 비롯된다는 거야. 때로는 **삶**과 **자연**이 **예술**을 위한 재료의 일부로 사용될 수는 있겠지. 하지만 예술에 어떤 실제적인 도움이 될 수 있으려면 먼저 예술의 규범을 따를 수 있어야만 해. 예술이 자신의 창의적인 방식을 포기하는 순간 예술의 존재 가치도 사라지고 말아. 예술적 방식으로서의 **사실주의**는 완전한 실패이며, 모든 예술가가 반드시 피해야만 하는 두 가지는 형식과 주제의 현대성이야. 19세기를 살아가고 있는 우리들에게는 어떤 세기든지 예술을 위한 적절한 주제가 될 수 있어, 우리가 살고 있는 시대만 빼고는. 우리와 아무 상관이 없는 것만이 유일하게 아름다울 수 있는 거야. 내가 한 말을 기꺼이 인용하자면, '헤카베의 슬픔이 비극의 훌륭한 모티브가 될 수 있는 건 바로 그녀가 우리와 아무 상관이 없기 때문'인 것이지. 게다가 시대에 뒤떨어지게 되는 건 오직 현대적인 것뿐이야. 에밀 졸라는 책상에 앉아서 제2제정[112] 시대의 풍경을 우리에게 보여주고 있어. 하지만 지금 대체 누가 제2제정 따위에 관심을 가지나? 그건 이미 한물간 이야기라고. **삶**은 **사실주의**보다 훨씬 더 빨리 달려가는 거야. 하지만 **낭만주의**는 언제나 **삶**보다 앞서 나가지.

세 번째 원칙은, **예술**이 **삶**을 모방하는 것보다 **삶**이 **예술**을 훨씬 더 많이 모방한다는 거야. 그건 단지 **삶**의 모방 본능뿐만 아니라, **삶**의 의식적인 목표는 자신을 표현하는 것이라는 사실에서 비롯되는 거야. **예술**은 삶에 그 에너지를 구현할 수 있는 일종의 아름다운 형식을 제공하는 것이고 말이지. 이건 지금까지 한 번도 제시된 적이 없는 아주 생산적인 이론으로 앞으로 완전히 새로운 빛으로 **예술**의 역사를 밝혀주게 될 거야.

이에 필연적으로 외부의 **자연** 역시 **예술**을 모방할 수밖에 없어. 그러니까 **자연**이 우리에게 제공할 수 있는 효과는 우리가 이미 시나 그림을 통해 이미 경험했던 것들뿐인 거야. 그게 바로 **자연**이 지닌 매력의 비밀이자, **자연**의 취약함에 대한 해명인 것이지.

결론적으로 말하자면, **예술**의 진정한 목적은 **거짓말**, 즉 사실이 아닌 아름다움에 관해 이야기하는 것이야. 하지만 그에 관해서는 이미 충분히 얘기했다고 생각해. 그러니 이제 '우윳빛 공작새가 유령처럼 축 늘어지는'[113] 테라스로 나가서 저녁 별이 '석양을 은빛으로 물들이는'[114] 광경이나 지켜보자고. 해 질 녘의 자연은 기막히게 암시적인 느낌을 전해주거든. 물론 사랑스럽기도 하고 말이지. 어쩌면 이것들의 주요한 용도는 시인들로부터 빌려온 인용문들의 실례를 보여주기 위한 건지도 모르지만. 자, 어서 가자고! 이만하면 충분히 얘기한 것 같으니까.

미주

1   Jean-Baptiste Camille Corot(1796~1875) 프랑스의 화가. 19세기 중반 바르비종파의 대표적인 화가로 풍경화 분야에서 신고전주의를 계승하고 인상주의의 발판을 마련했다.

2   John Constable(1776~1837) 19세기 영국의 대표적인 낭만주의 풍경화가.

3   William Morris(1834~1896) 영국 출신의 화가. 최초의 공예 운동가이며 건축가, 시인 등으로 다양한 활동을 하면서 영국의 장식예술, 그중에서도 특히 실내장식 분야에서 혁신을 일으켰다.

4   런던의 주요 쇼핑가인 옥스퍼드 가를 가리킨다. 와일드는 윌리엄 워즈워스가 그의 시 〈음악의 힘(The Power of Music)〉에서 옥스퍼드 대학이 빅토리아 시대의 한낱 쇼핑가에서 그 이름을 따왔다고 언급해 자기 모교를 비하했다고 생각했다.

5   egotism 일반적으로 '자아주의'라고 번역되는 에고티즘은 자신의 욕망과 이익을 중시하는 에고이즘(egoism)과는 달리 자아(ego) 그 자체를 중시하는 태도를 가리킨다. 스탕달은 그의 작품《에고티즘의 회상(Souvenirs d'égotisme)》에서 작가가 자신의 육체적, 정신적 개성을 자세하게 묘사하는 방식의 하나로 에고티즘이라는 용어를 사용했다.

6   reductio ad absurdum 간접증명법의 하나로, 어떤 명제가 참임을 증명하려 할 때 그 부정명제를 참으로 가정하여 모순됨을 증명함으로써 원래 명제가 참이라는 것을 보여주는 방법이다.

7 Ralph Waldo Emerson(1803~1882) 미국의 철학자, 사상가, 시인이자 수필가. 1836년, 리플리, 소로우 등과 함께 '초월주의 클럽'을 결성하고 '초월론'을 주장했다. 첫 번째 저술《자연(Nature)》에서 '자연은 예술을 모방한다'라는 와일드의 주장을 예고하듯 '자연은 생각의 구현이다'라고 주장했다.

8 이탈리아 시칠리아 섬에 있던 도시로 대표적인 소피스트였던 고대 그리스 철학자 고르기아스가 이곳 출신이다.

9 역사적으로 가장 비난받았던 폭정을 저지른 로마 황제들을 추종하는 것은 당시 프랑스와 영국 등지에서 유행했던 세기말 데카당스의 특징 중 하나였다. 그중에서도 도미티아누스 황제는 기독교 박해를 비롯해 수많은 사람들을 죽음으로 몰아넣었던 공포 정치를 자행하다가 그로 인해 자신도 살해당한 것으로 유명하다.

10 the Blue-Book 대개 표지가 파란색으로 된 의회의 공식 보고서나 정부 간행물을 가리키는 말로, 그 표지가 파란색인 데에서 유래됐다.

11 자연주의 소설의 이론을 정립한 프랑스 소설가 에밀 졸라는 1866년 발표한 평론집《나의 증오(Mes Haines)》에서 그의 예술론을 한마디로 정의하는 "예술 작품은 기질을 통해 본 자연의 한 측면이다(Une œuvre d'art est un coin de la création vu à travers un tempérament)"라는 말을 남겼다. 와일드는 자연(삶)을 있는 그대로 묘사하는 자연주의 소설에 있어서의 '상상력', 즉 거짓말의 부재를 비판하고 있는 것이다.

12 에밀 졸라의《루공-마카르(Rougon-Macquart)》총서는 루공과 마카르 가문의 5대에 걸친 역사를 다루고 있다. 총서의 부제는 '제2제정하의 한 가문의 자연사와 사회사'이다.

13 《루공-마카르》총서의 제7권《목로주점(L'Assommoir)》의 여주인공 제르베즈의 직업은 세탁부였다.

14 Robert Louis Stevenson(1850~1894) 영국 소설가 겸 시인. 대표작으로《보물섬(Treasure Island)》,《지킬 박사와 하이드 씨의 기이한 사례(The Strange Case of Dr Jekyll and Mr Hyde)》가 있다.

15 《지킬 박사와 하이드 씨의 기이한 사례》는 1886년에 발표되자마자 커다란 성공을 거두었다. 19세기 말 영국에서는 의학 문학이 대유행이었고 잡지〈랜싯〉이 그 기수 역할을 했다. 이 작품은 와일드의《도리언 그레이의 초상(The Picture of Dorian Gray)》에도 많은 영향을 끼친 것으로 알려져 있다.

16 〈The Lancet〉세계에서 가장 역사가 오래되고(1823년 창간) 현재까지 발행 중인 세계 3대 전문 의학 잡지 중 하나.

17 《Robert Elsmere》여류 작가 험프리 워드가 1888년에 발표한 소설이다.

18 당시 주로 노동자 계층에서 일을 마치고 난 후 저녁에 고기나 빵 등과 함께 차를 마시는 티타임을 하이티(high tea)라고 불렀는데, 특히 고기가 가장 중요한 역할을 해서 미트티(meat tea)라고도 불렀다.

19 험프리 워드와 조지 기싱, 월터 베전트를 포함한 일련의 소설가들은 이스트엔드를 배경으로 하는 작품들을 발표하여 이스트엔드 소설의 유행을 주도했다.

20 17세기 프랑스의 극작가 몰리에르가 쓴 동명의 희극의 주인공으로, 위선자의 전형이 된 인물이다.

21 George Eliot(1819~1880) 영국의 여류 소설가로 빅토리아 시대를 대표하는 작가 중의 한 사람이다. 주요 저서에는 대작《미들 마치(Middlemarch)》, 《대니얼 데론다(Daniel Deronda)》등이 있다.

22 펜튼빌은 런던 북부의 음울한 교외를 가리킨다. 러스킨은 그의 에세이《티끌의 윤리학(The Ethics of the Dust)》에서 조지 엘리엇의《플로스 강의 물방앗간(The Mill on the Floss)》의 등장인물에 대해 이처럼 혹평했다.

23 Alphonse Daudet(1840~1897) 19세기 후반 프랑스의 소설가. 대표작으로는《별(Les étoiles)》, 《방앗간 소식(Lettres de Mon Moulin)》등이 있다.

24 들로벨은《동생 프로몽과 형 리슬레르(Fromont Jeune et Risler aîné)》, 발마주르는《누마 루메스탕(Numa Roumestan)》에 나오는 인물이다. 하지만 도데는《20년간의 나의 문학적 삶》이라는 작품을 발표한 적이 없다.

25 Paul Bourget(1852~1935) 프랑스의 소설가이자 비평가. 작품에는 명저《현대 심리론(Essais de psychologie contemporaine)》과《제자(Le Disciple)》등이 있다. 정밀하고 견고한 구성미와 정확한 심리 분석을 바탕으로 스탕달 이래 가장 훌륭한 심리소설의 대가로 평가받는다.

26 파리에서 가장 부유하고 화려한 지역 중 하나로 특히 정부 청사들이 밀집돼 있는 곳이다.

27 셰익스피어의《헨리 4세(Henry VI)》《윈저의 즐거운 아낙네들(The Merry Wives of Windsor)》에 등장하는 쾌활하고 재치 있는 뚱뚱한 노기사.

28 《재판관(The Deemster)》은 홀 케인, 《헤스의 딸(A Daughter of Heth)》은 윌리엄 블랙, 《제자》는 폴 부르제, 《아이작스 씨(Mr. Isaacs)》는 매리언 크로퍼드의 작품이다.

29 Matthew Arnold(1822~1888) 영국의 시인이자 비평가이며 교육자. 주요 저서에는《비평론집(Essays in Criticism)》과《교양과 무질서(Culture and Anarchy)》, 성서의 해석에 관한 에세이《문학과 도그마(Literature and Dogma)》등이

있다.

30 윌리엄 페일리(William Paley)는 영국의 신학자·철학자·성직자이며 존 콜렌조(John William Colenso)는 영국의 신학자이자 성서 고등 비판의 선구자이다.

31 Thomas Hill Green(1836~1882) 영국 철학자 겸 정치 사상가. 워드의 소설 《로버트 엘스미어》에 헨리 그레이라는 이름으로 등장한다.

32 Honoré de Balzac(1799~1850) 19세기 프랑스의 소설가로 사실주의의 선구자. 《인간극(La Comédie humaine)》이라는 총칭 아래 《고리오 영감(Le Père Goriot)》, 《골짜기의 백합(Le Lys dans la vallée)》 등 수많은 작품을 남겼다.

33 George Meredith(1828~1909) 영국의 주지주의(主知主義) 작가. 대표작에는 《에고이스트(The Egoist)》, 《크로스웨이스의 다이애나(Diana of the Crossways)》 등이 있다.

34 터치스톤은 셰익스피어의 희극 《뜻대로 하세요(As You Like It)》에 나오는 어릿광대로 해당 인용문은 제2막 4장에 나오는 구절이다.

35 Baal '주인'이라는 뜻의 이름으로 고대 시리아 팔레스타인의 남신이다.

36 발자크의 《인간극》 중에서 《창녀의 영광과 비참(Splendeurs et misères des courtisanes)》과 《잃어버린 환상(Les Illusions Perdues)》에 주요 인물로 나온다.

37 Hans Holbein(1497?~1543) 독일의 화가로 런던에서 사망했다. 영국에서 수년간 머물면서 토머스 모어, 토머스 크롬웰 등의 초상화를 그리고 헨리 8세의 궁정화가를 지냈다.

38 《살람보(Salammbô)》는 플로베르, 《헨리 에스먼드 이야기(The History of Henry Esmond, Esq.)》는 윌리엄 새커리, 《수도원과 노변(The Cloister and the Hearth)》은 찰스 리드, 《철가면(Le Vicomte de Bragelonne)》은 알렉상드르 뒤마 페르의 작품이다. 모두가 역사소설로, 세심한 역사적 사실 묘사에 순전히 상상력에 의한 장면들을 결합했다는 공통점을 가지고 있다.

39 헤카베는 그리스 신화에 나오는 인물로 트로이의 왕 프리아모스의 왕비다. 트로이 함락으로 남편과 아들을 잃고 딸들은 희생 제물이나 노예가 되었다.

40 둘 다 조지 엘리엇의 작품이다.

41 구약성서 《창세기》에 나오는 이삭의 아들 에서가 동생 야곱에게 '팥죽 한 그릇(a mess of pottage)'에 장자 상속권을 팔아버린 일화에 빗대어 말하고 있다.

42 19세기 초, 영국 북서부의 아름다운 호수 지방에 살며 우정을 나누면서 시작(詩作)에 전념한 시인들에게 붙여진 이름이다. 영국의 낭만파 시인인 워즈워스, 콜리지, 사우디, 드퀸시 등이 이에 속한다.

43 워즈워스의 작품 〈어느 친구의 삽에게(To the Spade of a Friend)〉를 빗대어

말한 것이다.

44 One impulse from a vernal wood 워즈워스의 시 〈상황의 역전(The Tables turned)〉에 나오는 구절이다.

45 셰익스피어의 작품 활동 시기는 엘리자베스 1세 여왕의 통치(1558~1603)와 제임스 1세 시대(1603~1625)에 걸쳐 있다.

46 Philistinism 당시 영국에서는, 특히 토머스 칼라일 이후 '속물적·속물적인 사람(philistin)'이라는 말은 문화와 대립되는 개념으로, 교양 없고 상스러운 야만인, '문명(산업 시대의 문명)'의 옹호자들을 가리켰다. 매슈 아널드는 그의 저서《교양과 무질서》에서 다음과 같이 말한 바 있다. "독일 학생들이 속물로 부르는 것을 프랑스 예술가들은 부르주아라고 지칭한다." 와일드는 'philistin'이라는 말과 개념을 무척 즐겨 사용했다.

47 십계명의 제2계명은 '우상을 섬기지 말라', 제4계명은 '안식일을 거룩히 지키라'이다.

48 Hanno(?~?) 카르타고의 제독, 탐험가. 기원전 5세기 초, 무역 시장 개척과 식민지 건설을 위해 약 3만 명의 남녀와 식량을 실은 60척의 배를 이끌고 서아프리카 카메룬으로 향했다.《주항기(Periplus)》는 그가 카르타고 신전에 새긴 이 항해 기록을 기원전 1세기의 그리스인이 번역하여 남긴 것이다.

49 Jean Froissart(1337~1400?) 14세기 최대의 문학작품으로 꼽히는《연대기(Chroniques)》를 쓴 프랑스 시인 겸 연대기 작가.《연대기》는 백년전쟁 당시의 유럽 시대사를 기록한 것이다.

50 Thomas Malory(?~1471) 영국인 작가,《아서 왕의 죽음(Le Morte d'Arthur)》의 저자 또는 편찬자.

51 올라우스 마그누스(Olaus Magnus)는 스웨덴의 대주교로 가톨릭 역사가이며, 알드로반두스(Aldrovandus)는 이탈리아의 박물학자, 콘라트 리코스테네스(Conrad Lycosthenes)는 스위스의 신학자, 인문주의자, 백과사전 편찬자로 언급한 책의 원제목은 'Prodigiorum ac ostentorum chronicon'이다.

52 Benvenuto Cellini(1500~1571) 이탈리아의 조각가, 금속 세공인.

53 Daniel Defoe(1660~1731)《로빈슨 크루소(Robinson Crusoe)》를 쓴 영국의 저널리스트 겸 소설가.

54 James Boswell(1740~1795) 영국의 전기 작가. 그의《존슨전(The Life of Samuel Johnson)》은 전기문학의 걸작으로 알려져 있다.

55 Thomas Carlyle(1795~1881) 영국의 비평가이자 사상가이며 역사가.

56 romance 여기서 로맨스는 19세기 후반에 빅토리아 시대의 전통적인 소설의

사실주의에 대한 반동으로 등장한 새로운 형태의 모험소설을 가리킨다. 로맨스는 역사, 철학, 과학 그리고 정신의 분야를 모두 다루었는데, 와일드는 새로운 미학의 전도사로서 로맨스의 열렬한 옹호자였으며, 자신의 작품에서는 전통적인 로맨스의 형식인 동화나 판타지 등의 양식을 차용했다.

57 미국의 초대 대통령 조지 워싱턴이 도끼로 벚나무의 껍질을 벗겨낸 다음 아버지에게 고백했다는 일화("아버지, 저는 거짓말을 할 수가 없어요. 제가 도끼로 그렇게 했어요.")는 전기 작가이자 목사, 서적 판매원이었던 메이슨 로크 윔스가 꾸며낸 이야기로 밝혀졌다.

58 F. C. Burnand(1836~1917) 영국의 희극 작가, 극작가.

59 Herbert Spencer(1820~1903) 영국의 철학자. 진화론과 사회적 다윈주의에서 가장 중요한 인물로, 진화의 개념을 대중화했다.

60 《기사 존 맨더빌 경의 여행기(The Voyage and Travels of Sir John Mandeville)》는 존 맨더빌 경이라는 저자가 실제로 경험한 여행담을 쓴 것으로 여겨졌지만 후에 저자는 가공인물이고 내용도 허구라는 사실이 드러났다.

61 Walter Raleigh(1522?~1618) 영국의 시인, 역사가, 군인, 탐험가였다.

62 프로스페로, 캘리밴, 에어리얼은 셰익스피어의 《템페스트(The Tempest)》에 나오는 등장인물이다. 프로스페로는 추방된 밀라노의 대공으로 마술에 능통하다. 캘리밴은 프로스페로를 섬기는 반인반수의 노예, 에어리얼은 공기의 정령이다.

63 아테네 근교의 숲은 셰익스피어의 몽환적 희극인 《한여름 밤의 꿈(A Midsummer Night's Dream)》에 나오는 장소이고, 안개 낀 스코틀랜드 황야는 《맥베스(Macbeth)》의 도입부에서 맥베스가 여신 헤카테를 숭배하는 세 마녀를 만난 곳이다.

64 《햄릿(Hamlet)》의 제3막 2장에 나오는 구절에 대한 언급이다. 햄릿은 환상에 기반을 둔 예술인 연극의 기능은 악으로 하여금 실제의 본모습을 보게 하는 것이라고 단언한다.

65 《오셀로(Othello)》에서 이아고는 오셀로로 하여금 그의 아내 데스데모나가 오셀로의 부관인 캐시오와 부정을 저질렀다고 믿게 하여 그녀를 죽이도록 부추긴다.

66 소아시아 서부의 고대 왕국명이자 지방명으로, 오늘날 터키의 이즈미르 주, 마니사 주에 해당한다.

67 단테 가브리엘 로세티(Dante Gabriel Rossetti)와 에드워드 번존스(Edward Burne-Jones)를 가리킨다. 실제로 두 화가가 묘사한 고혹적인 여인들의 모습은 후

기 빅토리아 시대의 여성들에게 외모나 의상의 스타일을 변화시킬 만큼 커다란 영향을 미쳤다.

68 a private view 전시회를 일반에게 공개하기 전의 특별 전시회를 의미한다.

69 세 작품 모두 번존스의 작품이다. 와일드가 인용한 〈사랑 예찬〉은 〈비너스 예찬(Laus Veneris)〉, 〈멀린의 꿈〉은 〈속임수에 빠진 멀린(The Beguiling of Merlin)〉을 가리키는 것으로 추정된다.

70 Anthony Van Dyck(1599~1641) 플랑드르 바로크 미술을 대표하는 화가로 1632년 영국에 정착하여 기사 작위를 받고 찰스 1세 왕의 공식 궁정화가가 되었다. 우아하고 세련된 초상화를 그린 것으로 유명하다.

71 Pheidias(?~?) 고대 그리스의 조각가. 파르테논 신전의 프리즈 등의 조각을 제작했다.

72 Praxiteles(BC370?~BC330?) 고대 그리스의 조각가. 섬세하고 우미(優美)한 인간적인 감정을 지닌 신상(神像)을 많이 제작했다.

73 영국의 소설가 윌리엄 에인즈위스는 노상강도 딕 터핀을 주인공으로 하는 데뷔작 《루크우드(Rockwood)》의 성공 이후 탈옥의 명수인 잭 셰퍼드를 주인공으로 하는 소설 등 일련의 도범(盜犯) 소설을 발표했다.

74 소설가 월터 베전트는 그의 소설 《각계각층의 사람들(All Sorts and Conditions of Men)》에서 빈민층 사람들의 여가를 위한 '노동 회관(People's Palace)'의 설립을 언급했는데 그로부터 5년 후 실제로 관련 기관이 설립되었다.

75 Maximilien Robespierre(1758~1794) 프랑스 혁명기의 정치가. 자코뱅당의 지도자로, 철학자이자 사회 개혁가였던 장 자크 루소의 자유 민권 사상을 사상적 지주로 삼음으로써 자신의 공포정치를 정당화하고자 했다.

76 발자크의 《인간극》의 여러 작품에서 직간접적으로 반복해서 등장하는 주요 인물들로 모두가 출세 제일주의자인 야심가의 전형을 보여주는 인물이다.

77 William Makepeace Thackeray(1811~1863) 찰스 디킨스와 나란히 19세기 빅토리아 시대의 영국 문학을 대표하는 소설가. 적절히 억제된 교양 있는 문체, 객관적이고 정확한 묘사에 뛰어났으며, 물질생활에 젖은 사람들을 풍자적으로 그렸다. 주요 저서에는 대작 《허영의 시장(Vanity Fair)》, 《뉴컴 일가(The Newcomes)》 등이 있다.

78 새커리의 대표작인 《허영의 시장》에 나오는 여주인공의 이름이다. 소설은 19세기 상류사회의 허영이 가득한 속물근성을 폭로하고 풍자하고 있다. 가난한 무명화가의 딸로 영리하고 야심만만한 베키 샤프는 런던의 상류사회에 진입하여 신분 상승을 이루기 위해 부정과 술책을 저지르는 것을 서슴지 않는 인물로 그

려지고 있다. 여기서 와일드가 들려주는 가정교사의 일화는 소설 속 베키 샤프의 이야기와 아주 유사하다.

79 《허영의 시장》에서 베키 샤프는 부유한 미혼인 크롤리 부인의 조카 로든과 몰래 결혼한다. 평소 베키를 총애했던 크롤리 부인은 이에 분노하며 자신의 상속인으로 예정되었던 로든의 모든 상속권을 박탈해버림으로써 베키의 계획을 수포로 만들어버린다.

80 《뉴컴 일가》에서 주인공의 아버지인 뉴컴 대령은 파산하여 오래전에 아들이 다니던 학교에서 머물게 된다. 그는 마지막 순간에 학교의 벨이 울리자 라틴어로 '애드섬(Adsum, 출석했습니다)'이라고 중얼거리며 비장한 광경을 연출하며 죽어간다.

81 《지킬 박사와 하이드 씨의 기이한 사례》를 말한다.

82 그리스 신화에 나오는 바다의 신으로, 자유자재로 변신하며 예언의 능력을 가진 프로테우스는 질문에 대답하는 것을 피하기 위해 누군가가 자신을 붙잡으려고 할 때마다 매번 다른 모습으로 변신을 했다. 그리고 와일드의 말과는 달리 《오디세이아》에서 프로테우스를 붙잡은 것은 오디세우스가 아니라 스파르타의 왕이었던 메넬라오스였다.

83 Giovanni Bellini(1430?~1516) 이탈리아의 화가로 베네치아 화파의 창시자다.

84 '에네르게이아(energeia)'는 아리스토텔레스 철학의 중요 개념의 하나로, 가능성이 현실로 이행(移行) 또는 실현되는 상태를 가리키는 말이다.

85 롤라는 프랑스의 낭만파 시인 알프레드 드 뮈세의 산문시 〈롤라(Rolla)〉에 나오는 인물로 출세를 위해 달리다가 재산을 모두 탕진하고 자살한다.

86 Charles François Daubigny(1817~1878) 프랑스의 풍경화가.

87 Joseph Mallord William Turner(1775~1851) 19세기 영국의 풍경화가. 영국 최초의 빛의 화가로서 빛과 색의 연구에 몰두했으며, 이탈리아·프랑스·스코틀랜드 등을 여행하고 많은 풍경화를 그렸다.

88 프랑스 작가이자 정치가인 샤토브리앙의 작품 《르네(René)》의 주인공이다.

89 발자크의 《인간극》에 등장하는 천재적인 범죄자이다.

90 Albert Cuyp(1620~1691) 네덜란드의 화가. 자연에 충실한 풍경화를 그렸으며 특히 그 가운데 가축을 배치한 풍경화로 알려졌다.

91 Théodore Rousseau(1812~1867) 프랑스의 풍경화가.

92 Henry Moore(1831~1895) 바다 풍경을 주로 그렸던 영국의 화가.

93 Walter Pater(1839~1894) 영국의 비평가이자 소설가로 19세기 말의 데카

당스적 문예사조의 선구자이다. 다빈치, 보티첼리 등 르네상스기 화가 중심의 평론집 《르네상스 역사에 관한 연구(Studies in the History of Renaissance)》(후에 《르네상스 : 예술과 시의 연구(The Renaissance: Studies in Art and Poetry)》로 제목이 바뀌어 재출간되었다)로 예술지상주의 사상을 표명하고 심미주의자로서의 명성을 얻게 되었다. 페이터는 궁극적으로 '모든 예술은 음악의 조건을 지향한다'고 주장했다. 음악은 다른 예술 양식과는 달리 형식과 내용을 분리할 수 없다는 게 그 이유였다.

94 그리스 신화에 나오는 아폴론과 음악 시합을 벌인 사티로스로, 승리한 아폴론에 의해 나무에 묶인 채 살가죽이 모두 벗겨졌다고 한다.

95 플라톤의 《국가론(Poliiteiā)》 제7권에 나오는 유명한 '동굴의 비유'를 언급한 것이다. 다리와 목이 사슬에 묶인 채 평생 동굴의 벽만 봐온 죄수들은 자신들의 등 뒤에서 타오르는 불빛으로 인해 벽에 투영된 그림자가 세상이자 우주인 것으로 확신하고 있었다. 즉 실제 모습이 아닌 우상화된 모습이나 비친 모습이 진실이라고 믿는 것을 빗댄 것이다.

96 단테의 《신곡(La Divina commedia)》의 〈천국편〉 제30곡과 제31곡에서 단테가 거대한 흰장미의 형태로 나타난 신과 하늘의 거룩한 군대를 목격하는 장면을 언급한 것이다.

97 독일의 고전 문헌학자이자 역사학자인 테오도어 몸젠은 로마제국의 멸망은 그 황제들의 도덕적 타락 때문이 아니라, 인구 감소나 통상로(通商路)의 변화, 부적절한 조세 정책 등과 같은 '덜 흥미로운' 이유들 때문이라고 주장한 바 있다.

98 미켈란젤로가 로마의 시스티나 성당 천장에 그린 세계 최대의 벽화 〈천지창조(Genesis)〉 속 인물들을 가리킨다.

99 Aristophanes(BC 445?~BC 385?) 고대 그리스의 최대 희극 시인이자 풍자 작가.

100 그리스 신화에 의하면, 신들이 지하 세계로부터 잠자는 인간들에게 꿈을 보내는데, 정몽(正夢)은 뿔 문(gates of horn)으로 역몽(逆夢)은 상아 문(gates of ivory)을 통해 내보낸다고 알려져 있다. 와일드는 꿈조차 현실과 일치하며 상상력과는 거리가 먼 꿈만을 꾸는 따분하고 재미없는 세태를 한탄하고 있는 것이다.

101 F. W. H. Myers(1843~1901) 시인, 고전학자, 문헌학자이며 심령 연구 학회 창립자.

102 《요한복음》 20장 25절에 의하면, 예수의 제자였던 도마는 예수가 사흘 만에 부활했다는 사실을 전해 듣고 예수의 손에 난 못 자국에 자기 손가락을 넣어보지 않고는 그 사실을 믿을 수 없다고 했다. 카라바조를 비롯한 여러 화가가 '성

도마의 불신'을 주제로 하는 그림을 남겼다.

103   구약성서《민수기》22장에 나오는 일화로, 주인의 부당한 처사에 항의할 수 있도록 신이 잠깐 동안 말하는 능력을 부여한 나귀를 가리킨다.

104   요나는《구약성서》에 나오는 선지자로 사흘 밤낮을 고래 배 속에 있다가 살아 나왔다.

105   와일드는 크레타인인 에피메니데스의 시에서 나오는 유명한 '크레타인의 역설(거짓말쟁이의 역설)'을 언급하고 있다. 논리학에서 자주 언급되는 거짓말쟁이의 역설은 '모든 크레타인은 거짓말쟁이다'라는 문장에서 비롯되는, 자기 자신이 거짓임을 말하는 명제를 인정하는 데서 생기는 역설을 의미한다.

106   에우리피데스(Euripides)는 고대 그리스의 3대 비극 시인의 한 사람으로, 그의 작품《이온(Ion)》에 등장하는 주인공은 자신의 출생에 관한 진실을 숨김으로써 이오니아인들의 시조가 되었다.

107   Francisco Sanchez(1550~1623) 스페인의 예수회교도로 신학자이자 이름난 궤변가.

108   영국 런던 중심가의 서단부를 동서 방향으로 달리는 거리. 과거에 영국의 주요 신문사 대부분과 많은 잡지사, 출판사 등이 집중되어 있던 곳으로 여전히 영국 언론의 본산으로 여겨지고 있다.

109   플라톤이 아테네에 있는 영웅 아카데모스의 신역에 세운 수사학교 아카데메이아(Akadēmeia)를 가리킨다.

110   1874년에 출간된《성 앙투안의 유혹(La Tentation de Saint Antoine)》을 가리킨다. 와일드는 '플로베르는 나의 스승이다'라고 하며 이 작품을 번역하고자 했지만 끝내 결실을 보지 못했다.

111   Pre-Raphaelite Brotherhood 19세기 중엽 영국에서 일어난 예술운동으로, 라파엘로 이전처럼 자연에서 겸허하게 배우는 예술을 표방한 유파를 일컫는다.

112   프랑스의 제2제정은 1852년 12월 2일 나폴레옹 1세의 조카 루이 나폴레옹이 제위에 오른 후부터 프로이센-프랑스 전쟁에서 그가 포로가 된 직후인 1870년 9월 4일까지 계속된 프랑스의 정치체제를 가리킨다. 에밀 졸라의 대표작《루공-마카르》총서는 이 시대를 배경으로 하고 있다.

113   빅토리아 시대 영국의 계관시인이었던 앨프리드 테니슨이 1847년에 발표한 무운시 〈공주(The Princess)〉에서 빌려온 구절이다.

114   영국의 화가이자 시인이었던 윌리엄 블레이크의《습작 시집(Poetical Sketches)》에 실린 시 〈저녁별(The Evening Star)〉에서 빌려온 구절이다.

예술가로서의 비평가

아무것도 하지 않는 것의 중요성에 관한 논평을 곁들여

대화. 제1부.

등장인물 : 길버트와 어니스트.

장소 : 그린 파크가 내려다보이는 피커딜리의 저택 서재.

길버트 (피아노를 연주하면서) : 이봐 어니스트, 뭘 보고 웃는 건가?

어니스트 (고개를 들면서) : 자네 테이블에 놓여 있던 이 회상기에서 굉장한 이야기를 막 발견한 참이야.

길버트 : 그게 무슨 책이지? 아! 그 책. 난 아직 읽지 못했는데. 읽을 만한가?

어니스트 : 글쎄, 자네가 피아노를 연주하는 동안 어느 정도 흥미롭게 뒤적여봤지만 사실 난 요즘 나오는 회고록들을 별로 좋

아하지 않아. 그런 건 대개 기억을 완전히 잃어버렸거나, 아무것도 기억할 만한 것을 하지 않은 사람들이 쓴 것들이지. 물론, 바로 그런 이유 때문에 대중적인 인기를 얻을 수 있었겠지만. 영국 대중은 별 볼 일 없는 인물이 이야기를 할 때 언제나 가장 편안해하거든.

길버트 : 맞아. 대중은 놀랍도록 관대하지. 그들은 뭐든지 용서하거든, 천재성만 빼고는. 그런데 난 사실 회고록은 어떤 것이든 다 흥미로운 것 같아. 그 내용만큼이나 그 형식도 좋아하네. 문학에서의 에고티즘은 매우 재밌지. 그게 바로 키케로와 발자크, 플로베르, 베를리오즈, 바이런, 마담 드 세비네 같은 다양한 인물들이 남긴 편지들에 우리가 매료되는 이유인 거고. 이상하게도 비교적 드문 일이지만, 우린 문학작품 속에서 에고티즘을 우연히 마주칠 때마다 반갑지 않을 수 없고 쉽게 잊지도 못하지. 인류가 루소를 오래도록 사랑하는 것은 그가 자기 죄를 사제가 아닌 세상 사람들을 향해 고백했기 때문이야.[1] 첼리니가 프랑수아 1세의 궁전을 위해 청동으로 제작한 누워 있는 님프나, 심지어 피렌체의 야외 회랑에 있는, 사람을 돌로 변하게 한 무시무시한 자를 달에게 내보이는 초록과 금빛의 페르세우스[2]조차도 이 르네상스 시대 최고의 악당이 자신의 영광과 수치에 관해 서술한 자서전[3]보다 더 많은 즐거움을 제공해주지는 못한단 말이지. 그 사람의 견해나 기질, 업적 같은 것은 별로 중요한 게 아니야. 그는 온화한 몽테뉴 경과 같은 회의주의자일 수도 있고, 모니카의 신

랄한 아들 같은 성인[4]일 수도 있어. 그러나 우리에게 자신의 비밀을 들려줄 때면 그는 언제나 우리의 귀가 듣도록, 우리의 입이 침묵하도록 매혹시키지. 뉴먼 추기경[5]이 제시한 생각의 방식—지성의 우위를 부인함으로써 지적 문제를 해결하고자 하는 것을 그 하나의 방식으로 볼 수 있다면—은 아마도, 아니 분명 영원히 지속되지는 못할 거야. 하지만 세상은 결코 싫증 내는 일 없이 그 불안한 영혼이 어둠에서 어둠으로 나아가는 것을 지켜볼 거라고. 그리고 '아침의 숨결은 축축하고, 신도들이 드문' 리틀모어의 외로운 교회에 오래도록 애정을 품게 될 거야. 또한 트리니티[6]의 담장에 활짝 핀 노란 금어초를 볼 때마다 사람들은, 해마다 피어나는 꽃들 속에서 자신이 다정한 어머니[7] 곁에 영원히 머물 거라는 예언—지혜롭거나 어리석었던 신앙 때문에 실현되지 못했던—을 보았던 그 우아한 학부생을 떠올리게 될 거란 말이지. 그래, 자서전은 정말 너무나 매력적이야. 멍청하고 우쭐대던 불쌍한 피프스[8] 장관은 끊임없는 수다로 **불멸의 존재들** 클럽으로 가는 길을 만들었지. 무분별함이 진정한 용기임을 인식하고는, 우리에게 묘사하기를 즐겨 마지않고 그에게 제격인 '금단추와 고리 모양의 레이스로 장식된 자주색 털 가운' 차림으로 그들 사이를 부산스럽게 돌아다녔어. 그리고 그 자신과 우리의 영원한 기쁨을 위해 자기 아내에게 사준 인디언블루색의 페티코트, 그가 즐겨 먹던 '맛있는 돼지 내장 요리'와 '근사한 프랑스식 송아지 프리카세', 윌 조이스와의 공놀이, '어여쁜 여인들 쫓아 다니기', 일요

일의 《햄릿》 낭송, 평일의 바이올린 연주 그리고 또 다른 짓궂거나 사소한 일들에 대해 늘어놓았지. 에고티즘은 심지어 현대인의 삶에서도 여전히 그 매력을 간직하고 있어. 사람들은 다른 이들에 관해 이야기할 때는 대체로 지루하지. 그런데 자신들에 관해 이야기할 때는 거의 언제나 흥미로워지거든. 만약에 지루해지기 시작할 때쯤 읽기 싫증 난 책을 덮듯 쉽게 그들의 입을 다물게 할 수만 있다면 그들은 더없이 완벽해질 거야.

어니스트 : 터치스톤의 말처럼 **만약에**라는 말[9]이 꽤 유용하게 쓰이는 것 같군. 그런데 자넨 정말로 사람들이 각자 자신의 보즈웰이 되어야 한다고 진지하게 주장하는 건가? 그렇다면 우리의 부지런한 **삶**과 **기억**의 편찬자들은 어떻게 되는 거지?

길버트 : 지금까지는 어땠는데? 그들은 이 시대에 전혀 쓸모없는 존재들이야. 지금 시대에는 위대한 이들은 누구나 자신의 제자들을 거느리고 있지. 그리고 그들의 전기를 쓰는 건 언제나 유다야.

어니스트 : 이 친구야!

길버트 : 유감스럽지만 사실이네. 예전 사람들은 영웅들을 성인의 반열에 올려놓았지. 그런데 현대인들은 그들을 천박하게 만들고 있어. 위대한 작품들을 싸구려 판으로 만드는 건 유쾌할 수 있지만, 위대한 이들을 싸구려로 만드는 건 정말 끔찍한 일이야.

어니스트 : 길버트, 지금 누구 얘길 하는 건가?

길버트 : 아, 우리의 그 모든 이류 문학가들 말일세. 시인이나

화가가 세상을 떠나면 장의사하고 함께 그 집으로 가서는 자신들의 의무가 침묵하는 것이라는 사실은 잊는 사람들이 넘쳐나는 세상이라네. 어쨌거나 그런 사람들 얘긴 그만하자고. 그들은 문학의 도굴꾼들일 뿐이니까. 먼지는 이 사람이, 유해는 저 사람이 가져가도, 그 영혼은 결코 그들 차지가 되지 못하지. 자, 이제 자네에게 쇼팽을 연주해주고 싶은데, 아니면 드보르자크? 드보르자크의 환상곡은 어떤가? 그는 아주 정열적이고 독특한 개성을 지닌 곡들을 썼지.

어니스트 : 아니, 지금은 음악을 듣고 싶은 생각이 없네. 음악은 너무 막연해. 게다가 간밤에 베른슈타인 남작 부인을 저녁 식사에 초대했는데, 다른 면에서는 아주 매력적인 여성이지만 음악이 실제 독일어로 쓰인 것처럼 논하기를 고집했다고. 이제 음악이 어떻게 들리든지 간에 전혀 독일어처럼 들리지는 않는다고 분명히 말하게 되어 기쁘네. 정말 품격을 떨어뜨리는 애국심이란 게 있는 것 같아. 그러니까 길버트, 음악은 그만 연주하고 몸을 돌려서 내게 이야기를 들려주게. 새벽의 새하얀 뿔이 방 안을 밝혀줄 때까지 말일세. 자네 목소리에서는 감미로운 무언가가 느껴지거든.

길버트 (피아노에서 일어나면서) : 오늘 밤엔 얘기할 기분이 아니야. 정말 안 내킨다니까. 자네 어떻게 웃을 수 있나! 담배 있나? 고맙네. 이 정교한 수선화들 좀 보게! 마치 호박과 차가운 상아로 만들어진 것 같지 않은가. 최전성기의 그리스 예술품을 보는 것 같군. 자네 그 회한에 빠진 왕립 미술원 회원의 고백록 속에서 무슨 이야기를 읽었길래 그렇게 웃었던 건가? 좀 들려주게나. 쇼팽을 연주하고 나니까 마치 내가 저지른 적도 없는 죄들을 뉘우치면서 눈물을 흘리는 것 같고, 내 일이 아닌 비극을 슬퍼하는 것처럼 느껴져서 말이지. 나한테 음악은 언제나 이런 효과를 불러일으키는 것 같아. 음악은 누군가에게 자신이 몰랐던 과거를 만들어내고, 눈물에 들키지 않았던 슬픔의 감정으로 누군가를 채우기도 하지. 나는 지극히 평범한 삶을 살아가던 한 남자가 우연히 흥미로운 음악을 듣고 자신도 모르는 새에 자기 영혼이 끔찍한 경험과 두려운 기쁨 또는 낭만적인 거친 사랑이나 위대한 단념을 거쳐왔음을 느닷없이 깨닫게 되는 것을 상상하기도 한다네. 그러니 내게 그 이야기를 들려주게, 어니스트. 지금 난 기분 전환이 필요하다고.

어니스트 : 오! 이게 그리 중요한 이야기인지는 잘 모르겠네. 하지만 일상적 예술비평의 진정한 가치를 절묘하게 보여주는 예이지. 언젠가 한 숙녀가 자네 표현을 빌려 말하자면, 회한에 빠진 왕립 미술원 회원에게 진지하게 물었다는군. 그가 그린 〈화이틀리 백화점의 어떤 봄날〉이나 〈마지막 승합마차를 기다리며〉 같은 유명한 그림들을 모두 손으로 그렸느냐고 말이지.[10]

길버트 : 그래서, 손으로 그렸다던가?

어니스트 : 자넨 정말 구제 불능이군. 어쨌거나 진지하게 물어보는 건데, 예술비평이 왜 필요하지? 어째서 예술가를 혼자 조용

히 놔둘 수는 없는 거지? 새로운 세상을 창조하길 원한다면 그럴 수 있지만, 원하지 않는다면 우리가 이미 알고 있는 세상을 제시할 수 있게 말이야. **예술**이 완벽한 취향과 섬세한 선택 본능으로 우리를 위해 세상을 정화하고 그 세상에 순간적인 완벽성을 부여하지 않는다면 아마도 이 세상이 몹시 따분하게 생각되지 않을까. 나는 상상력이 그 주위로 고독을 퍼뜨려—또는 퍼뜨려야만 하고—그렇게 생겨난 적막과 고립 속에서 가장 잘 발휘될 수 있다고 생각해. 그런데 왜 예술가가 비평이라는 성가신 소란스러움에 시달려야 하는 거냐 말이지. 어째서 창작을 하지 못하는 사람들이 창작품의 가치를 평가해야 하는 거지? 그들이 그 작품에 대해 뭘 안다고? 누군가의 작품이 이해하기 쉽다면 설명은 불필요할 테고…….

길버트 : 그리고 그의 작품이 이해할 수 없는 것이라면 설명은 해가 되겠지.

어니스트 : 난 그렇게 말하지 않았는데.

길버트 : 아! 하지만 자넨 그렇게 말했어야 하는 거야. 그렇잖아도 얼마 남지 않은 신비스러움을 더 이상 잃어버릴 수는 없어. **광교회파**[11]의 신학자들처럼, **브라우닝 소사이어티**[12]의 회원들이나 미스터 월터 스콧의 **위대한 작가들 시리즈**[13]의 저자들은 자신들의 거룩한 인물에 대해 괜한 변명을 하는 데 시간을 허비하는 것 같아. 누군가 브라우닝이 신비주의자이기를 바랐을 때 그들은 애써 그가 단순히 불분명한 글을 쓴 것뿐임을 보여주고자

했지. 누군가 그가 비밀을 간직하고 있다고 상상했을 때 그들은 그가 보여줄 게 거의 없다는 것을 입증하고자 했어. 하지만 난 지금 브라우닝의 일관성 없는 작품에 관해서만 이야기하는 거야. 전체적으로 볼 때 그는 위대한 인물이야. 올림포스의 신들보다는 불완전함을 지닌 타이탄들에 가까웠지. 그는 널리 바라보지도 못했고 노래 부르는 법도 잘 몰랐어. 그의 작품은 투쟁과 폭력과 노력으로 망쳐졌고, 그는 감정에서 형식으로가 아닌, 생각에서 혼돈으로 넘어갔지. 그럼에도 그는 위대한 인물이었어. 사람들은 그를 사상가라고 불렀지. 그는 분명 언제나 생각하는 사람이었고, 언제나 소리 내어 생각했지. 하지만 그를 매혹한 것은 생각이 아니라 생각이 움직이는 과정들이었어. 그가 사랑한 것은 기계이지 그 기계가 만들어내는 것들이 아니었던 거야. 그에게는 어리석은 사람이 어리석은 행동을 저지르는 과정이 현자의 지고한 지혜만큼이나 소중했지. 그래, 그는 정신의 미묘한 구조에 지나치게 매혹된 나머지 언어를 경시했어. 또는 언어를 불완전한 표현 수단으로 간주했지. 라임, 뮤즈의 텅 빈 언덕에서 스스로 부르고 대답하는 절묘한 메아리, 진정한 예술가의 손에서 운율적 아름다움을 표현하는 물리적 요소를 넘어 생각과 열정의 정신적 요소로 변화하는, 새로운 정신 상태를 일깨우고, 어쩌면 신선한 생각들을 불러일으키며, 소리의 달콤함과 연상만으로 **상상력**조차도 헛되이 두드렸던 그 어느 황금 문을 열 수 있는 라임, 인간의 말을 신들의 언어로 바꾸어놓을 수 있는 라임, 그리스의 리라에 우리가 곁들였던 단 하나의 화음[14]인 라임은 로버트 브라우닝의 손에서 기괴한 기형이 되었지. 그로 인해 그는 때로 시 속에서 저속한 희극배우를 가장하게 되었고, 너무 자주 페가수스에 올라 빈정댔지. 끔찍한 음악으로 우리를 마음 아프게 할 때가 있었어. 아니, 그는 류트의 줄을 끊음으로써 자신의 음악을 얻을 수만 있다면 그렇게 하고, 그러면 줄은 불협화음을 내면서 끊어지고 말지. 가볍게 떨리며 노래하는 듯한 날개로 상아 뿔피리 위에 사뿐히 내려앉아 운율을 완벽하게 해주고 음정을 좀 더 고르게 해주는 아테네의 매미는 없는 거라고. 그러나 그는 위대했어. 비록 언어를 질 나쁜 점토로 만들어버리긴 했지만 그것으로 살아 있는 남자들과 여자들을 만들어냈으니까. 그는 셰익스피어 이후 가장 셰익스피어적인 존재라고 볼 수 있어. 셰익스피어가 수많은 입술로 노래할 수 있었다면, 브라우닝은 천 개의 입으로 더듬거릴 수 있었던 거야. 지금 이 순간—그를 헐뜯는 게 아니라 대변하고 있는—에도 그의 등장인물들의 행렬이 이 방을 지나가고 있어. 저기, 한 소녀의 뜨거운 키스로 아직 얼굴이 벌겋게 달아 있는 프라 리포 리피가 살금살금 지나가고 있고, 저쪽에는 위풍당당한 남빛 사파이어가 반짝이는 터번을 쓴 무시무시한 사울이 서 있는 게 보이는군. 저기에는 밀드레드 트레샴과 증오로 얼굴이 노래진 스페인의 수도승, 블라우그럼과 벤 에즈라와 성 프락세데스 대성당의 주교도 있군. 구석에서는 세테보스의 자식이 횡설수설하고 있고, 피파가 지나가는 소리를 들은 세발드는 오티마의 초췌한 얼굴을 보고는 그녀와 자신의 죄악과 자기 자신을 증오하고 있어. 자신이 입은 윗옷의 새하얀 새틴처럼 창백한 얼굴을 한 우울한 왕은 기만적인 흐릿한 눈빛으로 너무나 충직한 스트래포드가 죽음을 향해 나아가는 것을 지켜보고 있고, 안드레아는 사촌이 정원에서 휘파람 부는 소리를 듣자 몸을 떨면서 그의 완벽한 아내에게 내려가보라고 명령하고 있어.[15] 그래, 브라우닝은 위대한 인물이었어. 그런데 사람들은 그를 어떻게 기억할까? 시인으로? 아, 시인으로서는 아닐 거야! 그는 허구를 그린 사람으로서 기억될 거라고. 아마도 우리가 아는 한, 그 최고의 작가로서 말이지. 그의 극적 상황에 대한 감각은 타의 추종을 불허하지. 그는 자신의 문제들에 대한 해답을 내놓지는 못했다고 해도 적어도 문제를 제기할 줄은 알았어. 예술가가 뭘 더 해야만 할까? 인물을 창조하는 것으로 치자면 그는 햄릿을 창조한 사람 다음에 올 수 있을 거야. 표현이 좀 더 명확했더라면 셰익스피어와 나란히 앉을 수도 있었을 거고. 그의 옷자락을 만져볼 수 있는 사람은 조지 메러디스가 유일해. 메러디스는 산문에 있어서의 브라우닝이지. 브라우닝은 산문의 메러디스이고. 그는 산문으로 쓰기 위한 수단으로 시를 사용했지.

　어니스트 : 자네 말에도 일리는 있어. 그렇다고 다 옳다는 건 아니야. 자넨 여러 면에서 불공평하다는 생각이 들거든.

　길버트 : 자신이 사랑하는 것에 대해서 불공평하지 않기란 힘든 법이라네. 이제 문제가 됐던 사항으로 다시 돌아가보세. 자네

가 무슨 얘기를 했더라?

어니스트 : 간단히 말해, 예술의 전성기에는 예술비평가가 없었다고 했네.

길버트 : 그 의견은 전에도 들어본 적이 있는 것 같은데, 어니스트. 오류의 끈질긴 생명력과 오랜 친구의 따분함이 느껴지는 말이군.

어니스트 : 난 내가 옳다고 생각해. 그래, 그렇게 심통 사납게 고개를 흔들어봤자 소용없어. 내 말은 분명한 사실이야. 예술이 가장 번성했던 시대에는 예술비평가가 없었어. 조각가는 대리석 덩어리를 깎아서 그 속에서 잠자고 있던 새하얀 팔다리를 지닌 위대한 헤르메스를 만들어냈지. 윤을 내고 금박을 입히는 사람들은 조각상에 색감과 질감을 부여했고, 세상 사람들은 말없이 그것을 우러러보았지. 조각가가 뜨겁게 녹인 청동을 모래 거푸집에 부어 넣으면, 시뻘건 금속의 강물이 차갑게 식으면서 우아한 곡선이 되고 신의 육체를 지니게 됐어. 그는 앞을 보지 못하는 눈에 에나멜과 윤을 낸 보석들로 시력을 부여했지. 그의 조각칼 아래로는 히아신스를 닮은 구불거리는 머리가 생겨났어. 그리고 프레스코화가 그려진 어둑한 신전이나 햇빛이 드는 주랑 현관의 받침대 위에 레토의 아들[16]이 서게 되었을 때, 그곳을 지나가던—환하게 빛나는 공기 속을 경쾌하게 지나가던[17]—사람들은 자신들의 삶과 우연히 마주친 새로운 영향을 의식하면서 꿈을 꾸듯, 또는 생기를 불어넣어주는 낯선 기쁨을 느끼면서 그들

의 집이나 일터로 향했지. 또는 도시의 성문을 지나 님프가 노닐고 젊은 파이드로스가 강물에 발을 담그던 들판으로 향하여, 바람이 속삭이는 키가 큰 플라타너스와 만개한 아그누스 카스투스 아래 부드러운 풀밭에 누워 아름다움의 경이로움에 대해 생각하면서, 낯선 경외감으로 침묵에 빠져들었을지도 몰라.[18]

  그 시절의 예술가는 자유로웠네. 그가 강의 계곡에서 손으로 고운 진흙을 퍼 와서는 나무나 뼈로 된 조그만 도구로 정교한 형상들을 만들어내면 사람들은 그것들을 죽은 이들에게 노리개로 선물했지. 아직도 타나그라 부근의 노란 언덕 위, 먼지가 뒤덮인 무덤에서 그것들이 발견되지. 머리와 입술과 옷에 희미해진 금색과 빛바랜 진홍색이 아직 남아 있는 채로 말이야. 그는 밝은 다갈색으로 칠이 되어 있거나 우유와 사프란이 섞인 새 석고벽 위에, 새하얀 별들이 뿌려진 아스포델의 자줏빛 들판을 지친 발걸음으로 걷고 있는 그녀, '눈꺼풀 위에 트로이 전쟁의 모든 것이 달려 있던' 프리아모스 왕의 딸 폴릭세네를 그렸지. 또는 현명하고 꾀 많은 오디세우스가 사이렌들의 노랫소리를 듣고도 해를 입지 않을 수 있게 자신을 돛대에 단단히 묶게 한 것이나, 자갈밭 위로 물고기의 유령들이 스쳐 지나가는 아케론의 맑은 강가를 배회하는 모습도 그림으로 표현했지. 마라톤에서 그리스인들로부터 도망치는 트루즈와 마이터 차림의 페르시아인들과 폭이 좁은 살라미스 만(灣)에서 갤리선들이 놋쇠 뱃머리를 부딪치는 광경도 우리에게 보여주었지. 그는 양피지와 가공된 삼나무에 은필(銀筆)

과 목탄으로 그림을 그렸어. 상아와 장밋빛 테라코타 위에 올리브 즙과 섞은 밀랍으로 그림을 그린 다음 달군 철로 단단히 굳혔고. 나무판과 대리석판과 리넨 캔버스는 그의 붓이 휩쓸고 지나가자 경이로워졌지. 그리고 자신의 모습을 발견한 삶은 감히 아무 말도 할 수가 없었어. 그랬어, 살아 있는 모든 것이 예술가에게 속해 있었던 거야. 시장에 앉아 있는 상인부터 망토를 걸치고 언덕에 누워 있는 양치기까지, 월계수에 몸을 숨긴 님프와 정오에 피리를 부는 파우누스부터, 노예들이 기름이 번들거리는 어깨로 떠받친 초록색 커튼을 드리운 기다란 가마에서 공작 깃털 부채질을 받았던 왕에 이르기까지. 남자들과 여자들은 기쁨이나 슬픔이 깃든 얼굴로 그의 앞을 지나갔어. 그는 그들을 지켜보았고, 그들의 비밀은 그의 것이 되었지. 예술가는 형태와 색을 통해 세상을 재창조했던 거야.

정교한 예술들도 모두 그의 것이었어. 그가 회전 원판에 보석을 갖다 대면, 자수정이 아도니스를 위한 자줏빛 침상으로 변했고, 홍마노 위로는 아르테미스 여신이 사냥개들과 함께 달려갔지. 그는 금을 두들겨 펴 장미를 만들고, 그걸 꿰어서 목걸이나 팔찌를 만들었어. 또한 금으로 정복자의 투구를 위한 화관을 만들거나, 티레[19]인의 의복을 위한 나뭇잎 장식과 죽은 왕족을 위한 마스크를 만들기도 했지. 은거울 뒷면에는 자매인 네레이스들에게 실려 가는 테티스나, 사랑의 열병에 걸린 파이드라와 그녀의 유모, 또는 기억에 지친 페르세포네가 머리에 양귀비꽃을 꽂

는 모습을 새겨 넣었어. 도공(陶工)이 작업장에 앉자, 꽃이 피어
나듯 그의 손 아래로 조용한 물레에서 꽃병이 솟아올랐지. 그는
앙증맞은 올리브 잎이나 아칸서스 잎 문양, 또는 비죽비죽하거나
곡선의 물결무늬로 꽃병의 밑동과 목과 손잡이를 장식했어. 그리
고 검은색과 붉은색으로, 몸싸움을 하거나 달리기 시합을 하는
청년들, 기이한 문장의 방패와 특이한 얼굴 가리개에 갑옷으로
무장한 기사들이 조가비 모양 전차에서 앞발을 들어 올린 말 위
로 몸을 숙이는 모습, 향연을 즐기거나 기적을 행하는 신들, 승리
나 고통 속의 영웅들의 모습을 그려 넣었지. 때로는 새하얀 바탕
에 가느다란 주홍색 선으로 나른한 신랑과 신부의 모습을 아로
새기기도 했어. 그들 주위에는 에로스가 맴도는 모습을 함께 새
겨 넣었지. 도나텔로[20]의 천사 같은, 금빛이나 하늘색 날개를 달
고 미소 짓는 그 조그만 에로스 말이야. 그는 꽃병의 곡선 면에는
자기 친구의 이름을 새겨 넣곤 했어. '고귀한 알키비아데스', 혹
은 '아름다운 카르미데스'[21]는 우리에게 그의 시대에 대한 이야기
를 들려주고 있지. 또한 그는 크고 납작한 술잔의 가장자리에 자
기 기분 내키는 대로, 잎을 뜯는 수사슴이나 쉬고 있는 사자를 그
려 넣기도 했지. 조그만 향수병 위에는 몸단장을 하는 아프로디
테 여신이 웃고 있고, 맨발에 포도주를 묻힌 디오니소스가 포도
주 단지를 돌며 춤을 추고, 팔다리를 드러낸 마이나데스가 그의
뒤를 따르지. 그러는 동안 사티로스를 닮은 늙은 실레노스는 몸
이 퉁퉁 부은 채 대자로 뻗어 있거나, 무늬가 새겨진 전나무 열매

로 끝을 장식하거나 짙은 담쟁이덩굴로 둘러진 마술 창을 흔들고 있지. 그리고 아무도 작업 중인 예술가를 성가시게 하지 않았지. 무책임한 수다로 그를 방해하는 일도 없었어. 그는 여론을 신경 쓰지 않았어. 아널드가 어딘가에서 말한 것처럼, 아테네의 일리소스 강가에는 히긴바텀[22]이라는 이름은 없었네. 일리소스 강가에는 말이지, 길버트, 편협한 지방색을 부추기며 평범한 사람들에게 어떻게 떠들지 가르치는 어리석은 예술 협회 같은 것은 없었어. 일리소스 강가에는 자기들이 이해하지 못하는 것을 열심히 떠들어대는 지루한 예술 잡지 같은 것도 없었어. 피고석에서 사과를 해야 마땅할 판에 재판관석을 독차지하는 우스꽝스러운 저널리즘이 갈대가 무성한 개울의 둑 위에서 거들먹거리며 걷는 일은 없었다는 말일세. 그리스인들 사이에 예술비평가는 없었다고.

길버트 : 어니스트, 자넨 참 명쾌한 사람이야. 하지만 자네 관점은 몹시 부적절해 보이네. 자네보다 나이가 많은 사람들의 대화를 들어와서 그런 건 아닌지 모르겠군. 그건 언제나 위험한 일이거든. 그리고 그런 태도가 습관으로 굳어지게 내버려둔다면, 그게 지적 발달에 얼마나 치명적인지 알게 될 걸세. 현대적 저널리즘으로 말하자면, 그것을 옹호하는 건 내 소관이 아니네. 그건 가장 천박한 것이 살아남는다는 위대한 다윈의 법칙[23]에 따라 스스로의 존재를 정당화할 테니까. 나는 단지 문학에만 관심을 둘 뿐이야.

어니스트 : 하지만 문학과 저널리즘의 차이가 뭐지?

길버트 : 차이점이라! 저널리즘은 읽을 만한 게 없고, 문학은 읽히지 않는다는 거지. 그게 다네. 그런데 그리스인 중에 예술비평가가 없었다는 자네 주장은 터무니없다는 걸 내 장담하지. 그 반대로, 그리스인은 예술비평가 민족이라고 말하는 게 더 타당할 거야.

어니스트 : 그런가?

길버트 : 그렇다네, 그리스인은 예술비평가 민족이야. 하지만 헬레니즘 시대의 예술가와 그 시대의 지적 정신의 연관성에 관한 유쾌하고 비현실적인 자네의 묘사를 망치고 싶지는 않네. 결코 일어난 적이 없는 일을 정확하게 묘사하는 것은 역사가의 진정한 역할일 뿐만 아니라, 재능과 교양을 갖춘 사람이라면 누구라도 누릴 수 있는 양도할 수 없는 특권이니까. 난 학자연한 태도로 말하고 싶지도 않네. 박식한 대화라는 건, 무지한 자들의 허세거나 일하지 않는 정신을 가진 자들의 일일 뿐이야. 그리고 이른바 교화적인 대화라는 것은 단지, 그보다 더 어리석은 박애주의자들이 범죄자 계층의 정당한 적대감을 무장해제시키기 위해 만들어낸 미약하고 어리석은 방법일 뿐이야. 이럴 게 아니라 내가 자네에게 드보르자크의 광적이고 아주 붉은 음악을 연주해주겠네. 저기 태피스트리 속의 희미한 인물들이 우리를 보고 미소 짓고 있고, 내 청동 나르키소스는 무거운 눈꺼풀을 닫고 잠들어 있군. 심각한 얘기 같은 건 그만두세. 난 우리가 오직 어리석은 자들만이 진지하게 받아들여지는 시대에 태어났다는 것을 너무나

도 잘 알고 있네. 그리고 나는 오해받지 못하면 어쩌나 하는 두려움 속에서 살고 있어. 나를 자네에게 유용한 정보를 주는 입장으로 전락시키지 말아주게. 교육은 훌륭한 것이지만, 알 만할 가치가 있는 것들은 교육에서 얻어지는 게 아니라는 사실을 때때로 기억하는 게 좋을 거야. 저기 벌어진 커튼 사이로 은화 조각 같은 달이 보이는군. 그 주위에는 금빛 벌 같은 별이 무리 지어 있고. 하늘은 단단하고 속이 텅 빈 사파이어야. 이제 밤을 향해 나가보세. 생각은 멋진 것이지만, 모험은 더욱더 멋진 것이라네. 혹시 아나? 보헤미아의 플로리젤 왕자를 만나게 될지. 그리고 아름다운 쿠바 여인이 우리에게 자기는 보이는 것과는 다르다고[24] 하는 것을 듣게 될지도 모르지 않는가.

어니스트 : 자네 제멋대로인 건 아무도 못 말리겠군. 난 자네와 꼭 이 문제를 논하고 싶네만. 자넨 그리스인들이 예술비평가 민족이라고 말했지. 그들이 우리에게 어떤 예술비평을 남겼지?

길버트 : 이보게 어니스트, 비록 그리스 시대나 헬레니즘이 우리에게 예술비평을 단 한 편도 남기지 않았다고 해도, 그리스인들이 예술비평가 민족이며 그들이 다른 모든 것들에 관한 비평을 발명한 것처럼 예술비평을 발명했다는 사실에는 변함이 없어. 무엇보다 자넨 우리가 그리스인들에게 지고 있는 가장 큰 빚이 뭐라고 생각하나? 바로 비평 정신이야. 그리고 그들은 종교와 과학, 윤리와 형이상학, 정치와 교육의 문제에 적용했던 그 정신을 예술의 영역에도 적용했던 거야. 그리고 물론, 가장 훌륭하고 고귀

한 두 예술에 관한 역사상 가장 완벽한 비평 체계를 우리에게 물려주었지.

어니스트 : 그런데 그 훌륭하고 고귀한 두 예술이 뭔가?

길버트 : **삶**과 **문학**, 삶과 그 삶의 완벽한 표현이지. 우리 시대처럼 거짓 이상들로 망가진 시대에는 그리스인들이 정립했던 삶의 원칙들을 실현할 수 없을지도 몰라. 또한 그들이 정립했던 문학의 원칙들은 대부분의 경우 아주 미묘해서 우리가 이해하기 힘들어. 그리스인들은 가장 완벽한 예술은 인간의 무한한 다양성을 가장 충실하게 반영하는 것임을 인식하면서, 예술의 재료라는 관점으로만 바라보던 언어에 대한 비평을 이성적이거나 감정적인 강조로 이루어진 우리의 악센트 체계로는 도달하기 힘든 단계까지 정교하게 발전시켜놓았어. 예를 들면, 그들은 산문에 있어서 운율의 움직임을 현대 음악가가 화성과 대위법을 연구하는 것만큼이나 과학적으로 연구했지. 그것도, 굳이 말할 필요도 없겠지만, 훨씬 더 예리한 심미적 본능으로 말이지. 모든 점에서 옳았던 것처럼 이 점에서도 그들은 옳았어.

인쇄술이 도입되고, 이 나라의 중·하류 계층 사이에 독서 습관이 치명적으로 발전한 이후 문학에서는 점점 더 눈에만 호소하는 경향이 생겨났지. 그리고 순수예술의 관점에서 문학이 즐겁게 해주도록 노력해야 하는 감각인 청각은 점점 더 등한시하게 된 거야. 순수예술이 언제나 따라야 하는 기준은 바로 귀의 즐거움인데 말이지. 심지어, 전반적으로 볼 때 우리 시대에 쓰인 영국 산문의 가장 뛰어난 대가인 페이터의 작품조차도 종종 하나의 악절보다는 모자이크 조각처럼 보이는 경우가 많아. 그리고 작품 여기저기에서 단어들의 진정한 운율적 생명과 그것이 만들어내는 자유롭고 풍요로운 효과가 결여되어 있는 듯하고 말이지. 우리는 글쓰기를 하나의 확고한 작법으로 만들었고, 마치 하나의 정교한 디자인 형태인 양 다루고 있는 게 사실이야. 반면 그리스인들은 글쓰기를 단순히 기록의 한 방식으로 간주했지. 그들이 시험한 것은 언제나 음악적이고 운율적인 관계 속에서의 구어였어. 목소리가 그 매체였고, 귀는 비평가였지. 나는 때때로 호메로스가 장님이었다는 이야기가 사실은 비평의 시대에 만들어진 예술적 신화가 아닐까 생각해보곤 한다네. 그 위대한 시인이 언제나 육체의 눈이 아닌 영혼의 눈으로 더 많은 것을 보는 선견자(先見者)일 뿐 아니라, 음악으로부터 자신의 노래를 만들어내고 그 선율의 비밀을 포착해낼 때까지 스스로에게 각 행을 반복해 읽어주고, 어둠 속에서 빛의 날개를 단 말들을 열창하던, 진정으로 노래하는 자였음을 우리에게 상기시키기 위한 신화 말이지. 어쨌거나, 그게 사실이든 아니든, 영국의 위대한 시인이 남긴 후기 시들의 장엄한 흐름과 낭랑한 화려함은 원인으로서가 아니라 그 결과로서라고 해도 상당 부분 그의 실명에 빚을 지고 있다는 말이네. 밀턴은 더 이상 글을 쓰지 못하게 되자 노래를 부르기 시작했지. 누가 〈투사 삼손〉이나 〈실낙원〉이나 〈복낙원〉을 〈코머스〉와 나란히 비교하겠는가?[25] 밀턴은 앞이 보이지 않게 되자 다들 마땅히 그래야 하듯, 오로지 목소리로만 작품을 썼어. 그리하여 예전에는 피리나 갈대였던 것이 음역이 다양한 웅장한 오르간으로 변화했고, 풍부하게 울려 퍼지는 그 음악이 비록 호메로스의 시와 같은 속도감은 없을지라도 그와 같은 장중함을 지니게 되었으며, 불멸의 형식 속에서 모든 시대를 초월하여 언제나 우리와 함께하는 영문학의 불후의 유산이 될 수 있었던 거야. 그래, 글쓰기는 작가들에게 많은 해를 끼쳤어. 우린 목소리로 다시 돌아가야 해. 목소리가 우리의 시금석이 되어야만 해. 그렇게 된다면, 어쩌면 우린 그리스 예술비평의 섬세함을 약간은 이해할 수 있을지도 몰라.

지금의 우리로서는 그렇게 할 수가 없어. 때로 난 충분히 겸손하게 생각해도 오류가 하나도 없는 산문을 써놓고는, 어쩌면 강약격과 3단격의 운율을 사용하는 부도덕한 나약함을 범한 게 아닌가 하는 두려운 생각에 사로잡힐 때가 있어.[26] 아우구스투스 시대의 한 박식한 비평가가 다소 역설적이지만 뛰어난 인물이었던 헤게시아스[27]를 아주 가혹하게 비난하게 했던 짓 말일세. 그런 생각을 할 때마다 으스스해지면서, 무모하리 만큼 관대한 정신으로 우리 사회의 무지한 대중을 향해 행동은 삶의 4분의 3을 차지한다는 터무니없는 교리를 선포했던 그 매력적인 작가[28]가 쓴 산문이 야기하는 놀라운 윤리적 효과가 언젠가 4음절의 운각(韻脚)[29]을 잘못 사용했다는 발견에 따라 완전히 사라져버리는 건 아닌지 궁금해질 때가 있어.

어니스트 : 이런! 자네 너무 흥분하는 것 아닌가.

길버트 : 그리스 시대에 예술비평가가 존재하지 않았다고 진지하게 말하는 걸 듣고 누군들 안 그렇겠나? 그리스인들의 건설적인 재능이 비평 속에서 길을 잃었다고 하는 건 이해해줄 수도 있네. 하지만 우리가 비평 정신을 빚지고 있는 민족이 비평을 하지 않았다고 하는 건 이해할 수 없네. 그렇다고 내게 플라톤에서 플로티노스에 이르기까지의 그리스 예술비평을 개관해달라고 요청하진 말아주게. 그러기엔 밤이 너무나 사랑스러우니까. 달이 만약 우리가 하는 말을 들었다면 지금보다 더 많은 재로 자기 얼굴을 덮어버릴지도 몰라. 심미비평의 완벽한 소걸작인 아리스토텔레스의 《시학》을 한번 생각해봐. 그 책은 형식 면에서는 완벽하지 않아, 엉망으로 쓰였거든. 아마도 예술 강의를 위해 급하게 써 내려간 메모나 더 대대적인 책을 위해 썼던 조각들로 이루어진 탓인 듯하지만. 하지만 그 성격과 방식에 있어서는 아주 완벽해. 예술의 윤리적 효과, 즉 예술의 문화적 중요성과 성격 형성에 있어서의 역할은 이미 플라톤에 의해 한 번 설명된 적이 있었지. 하지만 여기서는 우린 예술을 도덕적 관점에서가 아닌 순수하게 심미적 관점에서 다루고 있는 거야. 플라톤은 예술 작품에 있어서 통일성의 중요성이나 분위기와 조화의 필요성, 외관의 심미적 가치, 시각예술과 외부 세계와의 관계, 허구와 사실과의 관계와 같은 명백하게 예술적인 주제들을 많이 다루었지. 아마도 그는 처음으로 인간의 마음속에, 우리가 아직 충족시키지 못한

욕망, **아름다움**과 **진리**와의 관계 그리고 우주의 도덕적·지적 질서 속에서의 **아름다움**의 위상을 알고 싶다는 욕망을 일깨웠는지도 몰라. 플라톤이 제시하는 이상주의와 사실주의의 문제들은 추상적 존재의 형이상학적 범주에서는 다소 득이 없는 논의로 보일 수도 있을 거야. 하지만 그것들을 예술의 범주로 옮겨놓고 보면 중요하고 많은 의미가 담겨 있음을 알게 될 거란 말이지. 플라톤은 어쩌면 **아름다움**의 비평가로 살아갈 운명이었는지도 몰라. 그리고 그가 관조한 영역의 이름을 바꾸는 것으로써 우린 새로운 철학을 발견할 수 있을 거야.

한데 아리스토텔레스는 괴테처럼 주로 예술의 구체적인 발현을 다루었어. 비극을 한 예로 들어보면, 비극의 재료로 사용되는 언어, 비극의 주제인 삶, 비극이 작동하는 방식인 행위, 비극이 그 자신을 드러내는 공연의 조건들, 비극의 논리적 골자인 플롯, 그리고 비극의 궁극적인 심미적 목표인, 동정과 경외감 같은 격렬한 감정을 통해 구현되는 미적 감각 등을 연구했지. 그가 '카타르시스'라고 부르는 본성의 정화와 영화(靈化)는, 괴테가 말한 것처럼 근본적으로 심미적인 것이지 레싱[30]이 생각한 것처럼 도덕적인 것이 아니야. 아리스토텔레스는 무엇보다 예술 작품이 주는 느낌에 관심을 가지고, 그것을 분석하고 그 근원을 살펴서 그런 느낌이 어떻게 생겨나는지를 알고자 한 거야. 그는 생리학자나 심리학자로서 기능의 건강한 작동은 동력의 여부에 달려 있다는 것을 잘 알고 있었어. 실행력이 없는 열정은 스스로를 불완전하고 한정된 존재로 만들지. 비극이 삶을 재현하는 광경은 가슴에서 수많은 '위험한 것들'을 깨끗이 씻어내고, 고귀하고 격조 높은 대상들을 제시하여 감정들을 일깨움으로써 인간을 정화하고 영화하는 거야. 아니, 비극은 인간을 영화할 뿐만 아니라, 그렇지 않으면 전혀 알지 못했을 고귀한 감정들을 처음으로 접하게 해주지. 어떤 때는 카타르시스라는 단어가 이 입문 의식을 명백히 가리키고 있는 듯 보여. 그리고 때로는 어쩌면 그 유일하고도 진정한 의미가 아닐까 하는 생각이 들기도 해.

이건 물론 《시학》의 단순한 개요에 지나지 않아. 하지만 그 책이 얼마나 완벽한 심미비평서인지 자네도 알 테지. 그리스인이 아니라면 누가 예술을 그렇게 훌륭하게 분석할 수가 있었겠나?《시학》을 읽고 나면, 알렉산드리아[31]가 예술비평에 매우 몰두했다는 데 의구심을 갖지 않게 되지. 그리고 모든 스타일과 방식의 문제를 탐구하던 그 시대의 예술적 기질들, 예를 들어, 고대 방식의 위엄 있는 전통들을 보존하고자 했던 시키온[32] 화파 같은 위대한 아카데미 화파들, 또는 실제의 삶을 재현하고자 했던 사실주의와 인상주의 화파, 초상화에 있어서의 관념적 요소, 당시와 같은 현대적인 시대에서 서사적 형식의 예술적 가치, 예술가에게 적절한 주제 등에 관해 논하는 그 기질들을 발견하는 것도 더 이상 놀랄 일이 아니게 될 거야. 그 시대의 비예술적 기질들까지도 문학과 예술의 문제로 몹시 분주하지 않았나 하는 우려가 들 정도라네. 표절 시비가 끊이지 않았고, 그런 시비는 무능력한 자들의 얇고 핏기 없는 입술이나, 자신만의 것을 아무것도 소유하지 못한 탓에 도둑을 맞았다고 외침으로써 부자인 척할 수 있을 거라고 착각했던 자들의 흉측한 입에서 비롯된 것이었거든. 이보게 어니스트, 내가 분명히 말하는데, 그리스인들은 요새 사람들만큼이나 화가들에 대한 이야기를 많이 했고, 당시에도 특별 초대전이나 유료 전시회, 공예 조합, 라파엘로 전파 같은 운동과 사실주의를 지향하는 운동 등이 존재했어. 또한 그들은 예술에 대해 강연하고 예술에 관한 글도 썼으며, 예술 역사가와 고고학자 등도 배출해냈지. 그뿐인 줄 아나, 순회 극단의 공연 매니저들은 자신들만의 연극 평론가를 공연에 동반하면서 공연에 대한 찬사의 평을 쓰는 대가로 두둑한 보수를 지급하기도 했어.

사실 우리 삶에서 현대적인 것은 모두 그리스인들에게서 비롯된 거야. 시대착오적인 것은 모두 중세주의에서 비롯된 것이고 말이지. 우리에게 총제적인 예술비평 시스템을 물려준 것은 바로 그리스인들이야. 그들의 비평적 본능이 얼마나 뛰어났는지는, 앞서 말한 대로 그들이 가장 주의 깊게 비평했던 예술의 재료가 바로 언어였다는 사실만 봐도 알 수 있어. 화가나 조각가가 사용하는 재료는 언어라는 재료와 비교하면 빈약한 편이지. 언어는 비올이나 류트가 내는 것만큼 감미로운 음악과, 베네치아나 스페인 화가들의 화폭을 사랑스럽게 보이게 하는 풍부하고 생생한 색채, 대리석이나 청동에서만큼 분명하고 확실하게 드러나는 조형성을 포함하고 있을 뿐만 아니라, 다른 예술들이 가지고 있지 않은 생각과 열정 그리고 영성(靈性)까지 지니고 있지. 그리스인들이 단지 언어만을 비평했다고 하더라도, 그들은 여전히 세상에서 가장 위대한 예술비평가들이 될 수 있었을 거야. 가장 지고한 예술의 원칙들을 이해하는 것은 곧 모든 예술의 원칙들을 이해하는 것이지.

그런데 저기 유황빛 구름 뒤로 숨는 달이 보이는군. 떠다니는 황갈색 갈기 사이로 비치는 달빛이 사자의 눈 같은걸. 달이 내가 자네한테 루키아노스와 롱기누스, 쿠인틸리아누스와 디오니소스, 플리니우스와 프론토와 파우사니아스, 고대 세계에서 예술에 관한 글을 쓰거나 가르침을 주었던 이 모든 사람들에 대한 이야기를 늘어놓을까 봐 염려하고 있는 것 같군. 그럴 필요가 없는데도 말이야. 난 사실들의 어둡고 따분한 심연으로 향하는 원정에 지쳤거든. 이제 내겐 또 한 대의 담배가 선사하는 신성한 '순간의 쾌락'을 즐기는 일만 남았네. 담배는 적어도 만족을 모르게 하는 매력을 지니고 있지.

어니스트 : 내 걸 피워보게. 상당히 맛이 좋다네. 카이로에서 바로 온 거야. 우리 공사관들(attachés)이 딱 하나 쓸모가 있는 건 친구들한테 훌륭한 담배를 공급해준다는 거야. 이제 달도 모습을 감췄으니 좀 더 이야기를 해보세. 내가 그리스인들에 관해 잘못 말했다는 건 얼마든지 인정할 수 있네. 자네가 지적한 대로 그들은 예술비평가 민족이었어. 내 인정하지. 그리고 그들이 좀 안타깝네. 창조 능력은 비평 능력보다 더 높은 단계에 있기 때문이

야. 그 둘을 비교할 수는 없는 것 아니겠나.

길버트 : 그 두 가지를 대조하는 건 전적으로 임의적인 거야. 비평 능력 없이는 예술적 창조라 할 만한 것도 없어. 조금 전에 자넨 예술가가 우리를 위해 삶을 재현하고 삶에 순간적인 완벽성을 부여하는 훌륭한 선택 정신과 섬세한 선정 본능에 대해 이야기했지. 그 선택 정신, 바로 그 미묘한 생략의 기술이 비평 능력의 가장 특징적인 요소 중 하나인 거야. 그러한 비평 능력을 지니지 않은 사람은 예술에 있어서 그 무엇도 창조해낼 수 없어. 아널드가 문학을 삶의 비평으로 정의한 것은 형식 면에서 아주 적절하지는 않았지만, 모든 창조 작업에서 비평적 요소가 중요하다는 것을 그가 얼마나 예리하게 인식했는지를 잘 보여주고 있지.

어니스트 : 위대한 예술가들이 무의식적으로 작업을 했고, 아마도 에머슨이 어딘가에서 한 말처럼, 그들이 '자신들이 알고 있는 것보다 더 현명했다'라고 말했어야 하는 거군.

길버트 : 그건 전혀 그렇지가 않네, 어니스트. 뛰어난 상상력을 보여주는 작품들은 모두가 철저하게 의도적인 숙고의 산물이야. 노래를 해야 하기 때문에 노래하는 시인은 없다네. 적어도 위대한 시인은 말이야. 위대한 시인은 스스로 노래하기를 원해서 노래하는 거야. 지금도 그렇고, 언제나 그랬지. 우리는 때로, 시의 여명이 밝던 시기에 울리던 목소리들은 우리 시대의 목소리들보다 더 단순하고 신선하며 자연스러웠을 거라고, 초기 시인들이 바라보고 거닐던 세상은 그 자체로 시적 특성을 지니고 있어

서 거의 그대로 노래 속으로 들어갈 수 있었을 거라고 생각하는 경향이 있어. 지금은 올림포스 산 위에 눈이 두껍게 쌓여 있고 가파른 급경사면이 황량하고 척박하지만, 한때에는 아침이면 뮤즈들의 새하얀 발이 아네모네의 이슬을 털어냈고, 저녁이 되면 아폴론 신이 계곡에 내려와 양치기들에게 노래를 불러주었을 거라고 상상하곤 하지. 하지만 우리는 자신을 위해 열망하는 것이나, 열망한다고 생각하는 것들을 다른 시대에 투영하고 있는 것뿐이야. 잘못된 역사 감각을 가지고 있는 거라고. 지금까지 시를 생산해낸 시대는 모두가 인위적인 시대야. 그리고 그 시대의 지극히 자연스럽고 단순한 산물인 것처럼 보이는 작품도 언제나 가장 의식적인 노력의 결과물이지. 그렇다네, 어니스트, 자의식이 결여된 진정한 예술이란 있을 수 없어. 그리고 자의식과 비평 정신은 하나인 거야.

어니스트 : 자네가 무슨 말을 하려는 건지 잘 알겠네. 상당히 일리가 있는 말이야. 하지만 자네도 초창기의 위대한 시들, 원시적이고 익명이며 집단적인 작품들이 개인들의 상상력이 아니라 부족들의 상상력에서 비롯되었다는 사실은 인정하겠지?

길버트 : 그것들이 시가 되었을 때는 얘기가 다르지. 그 시들이 아름다운 형식을 부여받았을 때는 그렇지 않아. 왜냐하면, 스타일이 없는 예술은 있을 수 없고, 스타일은 통일성을 필요로 하는데, 통일성은 개인에게서 비롯되기 때문이지. 호메로스가 오래된 발라드[33]와 이야기 들을 참고했으리라는 것은 분명해. 셰익스

피어가 연대기와 희곡과 소설 들을 바탕으로 작품을 썼듯이 말이지. 하지만 그에게 있어 그런 것들은 거친 재료에 불과했어. 그는 그 재료들을 다듬어 노래로 만든 거야. 그가 아름다움을 부여했기 때문에 그의 것이 된 거지. 그 노래들은 음악으로부터 만들어졌고,

따라서 어디에도 세워지지 않았으며,
그러므로 영원히 존재하리라.[34]

삶과 문학을 연구하면 할수록, 모든 황홀한 것들 뒤에는 개인이 있고, 시대가 인간을 만드는 게 아니라 인간이 시대를 창조하는 것이라는 생각이 더욱더 확고해져. 사실, 종족과 민족의 경이로움이나 공포, 상상력에서 비롯된 것 같은 신화와 전설은 그 기원이 단 한 사람의 창작품이 아닌가 하는 생각이 들거든. 이상할 정도로 한정돼 있는 신화의 수도 그러한 결론을 시사하고 말이지. 그렇다고 비교신화학의 문제로 새지는 말자고. 우린 지금 비평에만 집중해야 하니까.

요컨대 내가 하고 싶은 말은 이것이네. 비평이 존재하지 않는 시대는 예술이 정지돼 있고, 관습적이며, 정형화된 유형들의 재생산에 한정돼 있거나, 예술이 전혀 존재하지 않는 시대인 거야. 일반적 의미에서의 창조성이 결여된 비평의 시대도 있었지. 인간의 정신이 그의 보물 창고 속에 간직된 보물들을 정돈하고자 했

던 시대, 금과 은, 은과 납을 구분하고, 보석들을 일일이 세고, 진주들에 이름을 붙이고자 했던 시대 말이야. 하지만 비평적이지 않으면서 창조적인 시대는 결코 없었어. 새로운 형식의 발명은 비평 능력에서 비롯되는 것이기 때문이지. 창조는 스스로를 반복하는 경향이 있지. 새로 생겨나는 학파들과 예술이 자유롭게 자신을 표현할 수 있는 새로운 틀은 모두 비평적 본능에 빚을 지고 있는 거야. 지금의 예술이 사용하고 있는 형식 중에서 알렉산드리아의 비평 정신에서 비롯되지 않은 것은 단 하나도 없어. 그곳에서 그 형식들이 정형화되고 만들어지고 완성되었지. 여기서 알렉산드리아를 언급하는 이유는, 그리스 정신의 자의식이 가장 두드러졌다가 결국 회의주의와 신학으로 끝이 난 곳이 그곳이었을 뿐만 아니라, 로마가 모델로 삼고자 한 곳도 아테네가 아닌 알렉산드리아였으며, 대단하진 않았어도 문화가 존속될 수 있었던 것도 라틴어가 살아남아서이기 때문이야. 르네상스 시대의 유럽에 그리스 문학이 싹을 틔울 수 있었던 것도 어느 정도는 이미 그 토양이 마련돼 있었기 때문이지.

하지만 언제나 지루하고 대체로 부정확한 역사의 세부 사실들은 제쳐두고 일반론을 얘기해도, 예술의 형식들은 모두가 그리스의 비평 정신에서 비롯된 것이야. 서사시, 서정시, 벌레스크를 포함한 발전 단계의 모든 극들, 목가(牧歌), 연애 소설, 모험 소설, 에세이, 대화, 연설, 강연—이건 사실 잘 봐주기가 힘든 것 같지만—그리고 넓은 의미의 경구(警句)까지 그리스의 비평 정신에 빚을 지고 있는 거라고. 사실, 모든 것을 빚지고 있다고 봐야 해. 다만, 《그리스 시 선집》[35]에서 흥미롭게도 유사한 생각의 흐름을 찾을 수 있는 소네트와, 어디에서도 유사한 것을 발견할 수 없는 미국의 저널리즘, 그리고 최근에 무척 부지런한 우리의 작가 한 사람[36]이 진정한 낭만주의자가 되고자 하는 우리의 이류 시인들에게 결정적인 공통의 노력을 위한 기반으로 삼을 것을 제안했던, 엉터리 스코틀랜드 방언으로 된 발라드는 예외지만. 새로운 학파가 등장할 때마다 비평에 반대하는 목소리를 드높이지만, 그 학파들의 근원은 바로 인간 속에 내재하는 비평 능력이야. 단순한 창조적 본능은 혁신적이지 않아, 재생산할 뿐이지.

어니스트 : 자넨 지금 비평이 창조적 정신의 본질적인 부분이라고 말하고 있군. 나도 이젠 자네 이론을 전적으로 수긍하네. 하지만 창작을 떠난 비평은 어떤가? 난 정기간행물을 읽는 바보 같은 습관이 있는데, 대부분의 현대 비평은 일말의 가치도 없어 보여서 말이지.

길버트 : 그건 대부분의 현대 창작품도 마찬가지야. 하찮음이 하찮음과 서로 견주고, 무능력이 제 형제에게 찬사를 보내는 격이지. 그게 바로 영국의 예술 활동이 우리에게 때때로 제공해주는 광경이라네. 그런데 사실, 이 문제에 있어서 나 자신이 다소 불공정하다는 생각이 들긴 해. 대체로 비평가들—물론, 고급지에 기고를 하는 수준 높은 이들을 얘기하는 거지만—은 그들이 논평하는 작품을 쓴 사람들보다 훨씬 더 교양 있는 사람들이거든.

그리고 그건 지극히 당연한 것이고. 비평은 창작보다 훨씬 더 많은 교양을 요구하는 것이기 때문이지.

어니스트 : 그런가?

길버트 : 물론이지. 누구라도 세 권짜리 소설[37]을 쓸 수 있어. 삶과 문학에 대해 철저하게 무지하기만 하면 가능하지. 내가 보기에 평론가들은 어떤 기준을 유지하는 데 어려움을 느끼고 있어. 스타일이 부재한 곳에 기준이 있을 리가 없지. 가엾은 평론가들은 문학의 즉결 재판소의 리포터나, 예술의 상습 범죄자들의 행위를 기록하는 존재들로 전락하고 만 거야. 그들은 자신들이 논평해야 할 작품을 끝까지 읽지 않는다는 얘길 듣곤 하지. 그 말이 맞아. 또는 적어도 읽어서는 안 돼. 만약 읽었다가는 지독한 인간 혐오자가 되거나, 뉴넘 대학의 한 어여쁜 졸업생의 말대로 평생 동안 뿌리 깊은 여성 혐오자가 되고 말 테니까. 게다가 작품을 다 읽을 필요도 없어. 포도주가 얼마나 오래 묵었고 품질이 어떤지를 알기 위해 한 통을 다 마셔볼 필요는 없는 거니까. 책이 어떤 가치가 있는지 또는 아무런 가치가 없는지를 판단하는 데는 넉넉잡아 30분이면 족해. 형식에 대한 본능이 발달해 있다면 10분으로도 충분하고. 누가 지루한 책을 끝까지 다 읽고 싶어 하겠는가 말이야. 한번 맛보는 것으로 충분한 거야. 아니, 충분하고도 남지. 나는 작가들과 마찬가지로 비평을 철저하게 배척하는 성실한 화가들이 많다는 걸 잘 알고 있네. 그들은 전적으로 옳아. 그들의 작품은 그들이 속한 시대와 지적인 관계를 맺고 있지 못하

거든. 우리에게 일말의 새로운 기쁨도 가져다주지 못하고, 생각이나 열정 또는 아름다움의 새로운 출발을 불러일으키지도 못하지. 그들의 작품은 논할 가치가 없어. 그냥 잊히게 내버려두어야 마땅한 거야.

어니스트 : 그런데 이보게, 말을 중단시켜서 미안하지만, 비평에 대한 자네의 열정이 자네를 너무 멀리 이끄는 것 같군. 어쨌거나, 어떤 것에 대해 말하는 것보다 그것을 행동으로 실천하는 게 훨씬 더 어렵다는 건 자네도 인정해야 할 거야.

길버트 : 말하는 것보다 행동하는 게 더 어렵다고 했나? 전혀 그렇지 않네. 사람들이 흔히 범하는 가장 일반적인 오류가 바로 그거야. 어떤 것을 행동하는 것보다 그것에 관해 이야기하는 게 훨씬 더 어려운 법이란 말이지. 실제 삶의 영역에서 보더라도 그건 너무나 명백해. 누구나 역사를 만들 수 있어. 하지만 위대한 사람만이 역사를 쓸 수 있지. 하등동물들도 우리가 하는 행동을 하고 우리가 느끼는 감정을 느껴. 인간은 오직 언어에 의해서만 동물보다 우월할 수 있거나, 우열을 가릴 수 있어. 생각의 자녀가 아닌, 생각의 부모인 언어에 의해서만 말이지. 행동은 정말로 언제나 쉬운 거야. 그리고 오래도록 지속되기 때문에 최악인 형태—과도한 근면함과 같은—로 나타날 때는, 단지 아무것도 할 일이 없는 사람들의 도피처가 될 뿐이야. 그러니 어니스트, 행동에 관한 이야기는 하지 말자고. 그건 외부의 영향에 좌우되고, 무의식적인 충동에 따라 움직이는 맹목적인 것이니까. 우연에 제약

을 받고 우왕좌왕하면서 언제나 그 목적에 상충하는 본질적으로 불완전한 것이지. 행동은 상상력의 부족에서 비롯돼. 꿈꾸는 법을 모르는 사람들의 마지막 수단이란 말이지.

어니스트 : 길버트, 자넨 세상을 마치 수정 구슬처럼 다루는 것 같군. 손안에 쥐고 기분 내키는 대로 뒤집으면서 말이지. 그건 역사를 다시 쓰는 것과 다름없어.

길버트 : 우리가 역사에 관해 지고 있는 유일한 의무는 역사를 다시 쓰는 거야. 비평 정신에 부과된 중요한 임무이기도 하고. 삶을 지배하는 과학적 법칙들을 충분히 파악하게 되면, 몽상가보다 더 많은 환상을 가지고 있는 유일한 사람이 행동하는 사람이라는 것을 깨닫게 될 거야. 그는 사실 자기 행위의 근원도 결과도 알지 못해. 그가 가시를 뿌렸다고 생각하는 들판에서 우린 포도를 수확하고, 그가 우리를 기쁘게 하기 위해 심었다고 생각하는 무화과나무는 엉겅퀴만큼 메마르고 그보다 더 쓰거든.[38] **인류가** 나아갈 길을 발견할 수 있었던 건 자신이 어디로 가는지를 결코 알지 못했기 때문인 거야.

어니스트 : 그러니까 행동의 영역에서 의식적인 목표란 망상이라는 건가?

길버트 : 망상보다 더 못하다고 볼 수 있지. 우리가 우리 행동의 결과를 볼 수 있을 정도로 오래 산다면, 스스로를 선하다고 여겼던 사람들이 맥없는 회한과 함께 역겨움을 느끼고, 세상이 악인으로 불렸던 사람들이 고귀한 기쁨으로 동요하는 것을 보게

될 거야. 우리가 하는 모든 사소한 행동들이 삶이라는 거대한 기계를 통과하면서 미덕들이 무가치한 가루가 되어버리거나, 우리가 죄악으로 여기는 것들이 이전에 존재했던 것보다 더 놀랍고 찬란한 새로운 문명의 요소로 변화할 수도 있기 때문이지.

하지만 인간은 말의 노예야. 인간은 **물질주의**라고 부르는 것에 대해 분노하지. 세상을 영화(靈化)하지 않은 물질적 발전은 없었으며, 헛된 희망과 무익한 야망, 허황되고 구속적인 교리에 세상의 능력을 낭비하지 않은 정신적 각성은 있다고 해도 아주 드물었다는 사실을 잊은 채 말이야. 우리가 **죄악**이라고 부르는 것은 진보의 본질적인 요소인 거야. 죄악이 없었다면 세상은 정체되거나, 노화되거나, 재미없어졌을 거라고. **죄악**은 그 호기심으로 인류의 경험을 증가시키고, 개인주의를 강화해 우리를 유형(類型)의 단조로움으로부터 구해내지. 또 도덕성에 관한 현재의 개념을 거부함으로써 그보다 더 높은 차원의 윤리와 하나가 되지. 그리고 미덕은 또 어떠한가! 미덕이 무엇인가? 르낭[39]의 주장에 의하면, 자연은 순결에는 관심이 없으며, 지금의 루크레티아[40]들이 오점으로부터 자유로운 것은 그들의 순수성 때문이 아니라 막달레나[41]의 수치심 덕분인 거야. 자선을 공식적인 한 부분으로 간주하는 종교를 믿는 사람들조차 인정할 수밖에 없는 것처럼, 자선은 수많은 악을 야기한다네. 요즘 사람들이 그토록 떠들어대며 무식하게 자랑스러워하는 능력인 양심이라는 것도 우리의 불완전한 발달을 말해주는 신호인 거야. 우리가 훌륭해지기 위해서는 양심이 본능에 흡수되어야만 해. 자기부정은 단지 인간이 자신의 발전을 중단시키는 방식일 뿐이고, 자기희생은, 인류 역사의 끔찍한 요소이며 지금도 매일같이 희생자를 만들어내고 그를 위한 제단이 존재하는, 고통의 오래된 숭배, 야만인의 절단 풍습의 잔재일 뿐이야. 미덕이라고! 그 미덕이라는 게 뭔지 누가 알겠는가? 자네도 모르고, 나도 모르고, 그 누구도 알지 못해. 우리가 범죄자를 죽여 없애는 것은 우리의 허영심에나 좋은 일이지. 그를 계속 살려두었다가는, 그의 범죄로 우리가 얻은 것을 그가 우리에게 보여줄 수도 있을 테니까. 성인이 순교를 하는 건 그의 평화를 위해서도 좋은 일이야. 자신이 거두게 될 끔찍한 수확의 광경은 면했으니 말이야.

어니스트 : 길버트, 자네 너무 세게 나가는 것 아닌가. 이제 그만 좀 더 우아한 문학의 영역으로 다시 돌아가도록 하세. 좀 전에 뭐라고 했었지? 무언가를 행동하는 것보다 이야기하는 게 더 어렵다고 했나?

길버트 (잠시 침묵한 후) : 그래. 그 단순한 진리를 과감하게 말했었지. 이제 내 말이 옳다는 걸 확실히 알겠나? 행동할 때 인간은 꼭두각시지만, 묘사할 때는 시인이 되지. 거기에 모든 비밀이 숨어 있는 거야. 바람 부는 일리온[42] 부근의 모래 들판에서 채색된 활로 오뇌가 새겨진 화살을 쏘거나, 활활 타오르는 듯한 놋쇠와 가죽으로 만든 방패를 향해 물푸레나무 손잡이가 달린 창을 퍼붓는 것은 쉬웠어. 불륜을 저지른 왕비가 자신의 주군을 위해 티레산 카펫을 깔아놓고, 그가 대리석 욕조에 몸을 눕혔을 때 그의 머리 위로 자줏빛 그물을 던진 다음 말끔한 얼굴의 정부를 불러, 그물 사이로 아울리스에서 찢겼어야 할 그의 심장을 칼로 찌르게 하는 것[43]은 쉬운 일이었어. 심지어 죽음이 신랑처럼 기다리고 있던 안티고네에게도 정오의 악취 풍기는 공기를 헤치고 언덕을 올라가 무덤도 없이 버려진 가련한 알몸의 시신 위에 다정하게 흙을 흩뿌려주는 것[44]은 쉬운 일이었어.

하지만 이 모든 것들에 관해 글을 쓴 사람들은 어떠한가? 이 모든 것들에 실체를 부여해서 영원히 살아 있게 한 사람들은 어떤가 말이야. 그들은 그들이 노래한 남자들과 여자들보다 더 위대하다고 생각지 않나? "헥토르,[45] 그 온화한 기사는 죽었도다." 루키아노스[46]는 어두운 지하 세계에서 헬레네의 백골을 본 메니포스가, 충각(衝角)이 달린 수많은 배들이 출항을 하고, 갑옷으로 무장한 장수들이 죽고, 우뚝 솟은 도시들이 잿더미로 변한 것이 모두 다 저토록 초라하고 음산한 것을 얻기 위해서였는지[47] 놀라는 장면을 우리에게 들려주고 있지. 반면, 레다의 백조를 닮은 딸[48]은 매일같이 흉벽 밖으로 전황을 지켜보고 있어. 수염이 희끗한 노장들은 그녀의 아름다움에 감탄하고, 그녀는 왕의 옆에 서 있지. 그녀의 정부[49]는 채색된 상아로 장식된 그의 침실에 누워 있어. 그는 자신의 우아한 갑옷을 반들거리게 닦고, 투구의 진홍색 깃털 장식을 빗질하고 있지. 그녀의 남편은 종자(從者)와 시동을 데리고 천막들을 돌아보고 있어. 그녀는 그의 금발 머리가 보이고, 그의 또렷하고 차가운 목소리가 들리는 것 같아, 어쩌면 들린다고 착각하는 건지도 모르지만. 저 아래쪽의 궁정 안뜰에서는 프리아모스의 아들이 청동 갑옷을 입고 있어. 안드로마케는 새하얀 팔로 그의 목을 감싸 안고 있어. 그는 자신들의 아기가 놀라지 않도록 투구를 바닥에 내려놓아. 아킬레우스는 그의 영혼의 친구[50]가 전투에 나가기 위해 금과 은으로 된 무구(武具)를 챙기는 동안, 자신의 파빌리온의 수놓인 커튼 뒤에서 향이 나는 의복을 입고 앉아 있어. 미르미돈[51]의 군주는 그의 어머니 테티스가 그의 배 옆으로 가져다준 기이하게 조각된 궤에서 어떤 인간의 입술도 닿지 않은 신비한 성배를 꺼내 유황으로 그것을 닦고 신선한 물로 식히고 자신의 손도 닦은 다음 반들거리는 잔에 검은 포도주를 가득 채우고는 땅바닥에 그 짙은 핏빛 포도즙을 뿌리지. 자신이 헛되이 기도한다는 것을 알지 못하고, 도도나[52]에서 맨발의 예언자들이 경배하고 기도했던 **그 분**께 경의를 표하면서 말이야. 트로이의 두 기사, 긴 머리를 금실로 둥글게 묶은 판토오스의 아들 에우포르보스[53]와 사자의 심장을 가진 프리아모스의 아들[54]의 손에 진정한 동료인 파트로클로스가 최후를 맞이할 것이라는 사실을 알지 못한 채 말이지. 그들은 유령인가? 안개와 산 속의 영웅들인가? 아니면 노래 속의 그림자일 뿐인가? 아니, 그들은 진짜야. 행동이라! 행동이 대체 뭐라고 생각하나? 행동은 에너지가 분출되는 순간 사라지고 마는 거야. 구차하게 사실에 자리를 내주어야 하지. 세상은 노래하는 이가 꿈꾸는 이를 위해 만든 거야.

어니스트 : 자네 말을 듣다 보니 그런 것도 같군.

길버트 : 내 말은 틀림없는 사실이야. 트로이의 허물어진 성채 위에는 초록색 청동품처럼 보이는 도마뱀이 도사리고 있어. 부엉이는 프리아모스의 궁전에 둥지를 틀었지. 텅 비어버린 벌판에는 양치기와 염소지기가 가축 떼를 몰고 헤매고 있고, 호메로스의 말처럼 매끄러운 짙은 포도주 빛 바다 위로는, 뱃머리를 구리로 장식하고 주홍색 줄무늬가 있는 그리스인들의 커다란 갤리선들이 빛나는 초승달을 향해 다가오고 있어. 외로운 다랑어 낚시꾼은 조그만 배 위에 앉아 그물에 달린 코르크 찌가 까닥거리는 걸 지켜보고 있지. 여전히 매일 아침 도시의 성문들이 활짝 열리고, 전사들은 걷거나 말이 끄는 수레를 타고 전장으로 나가고 철가면 뒤에서 그들의 적들을 비웃지. 하루 종일 격렬한 전투가 이어지고, 밤이 되자 천막들 옆에는 횃불이 희미하게 타오르고, 그 가운데에서는 쇠 바구니 속에서 환하게 불이 타오르고 있어. 대리석이나 캔버스 속에 존재하는 사람들은 삶을 알아도 강렬한 한 순간뿐이요, 그 아름다움에서는 영원하나 순간의 열정과 고요한 분위기에 갇혀 있지. 반면, 시인이 생명을 부여하는 이들은 즐거움과 두려움, 용기와 절망, 기쁨과 고통의 무수히 많은 감정들을 지니고 있지. 그들 앞에는 유쾌하거나 슬픈 행렬처럼 계절들이 왔다 가고, 날개가 달리거나 무거운 발걸음으로 세월이 지나가지. 그들은 청년기와 장년기를 보낼 수도 있고, 아이들이거나

노인일 수도 있지. 하지만 성 헬레나에게는 베로네세가 창가에 있는 그녀를 보았던 그대로 언제나 새벽이 있을 뿐이야.[55] 고요한 아침 공기 사이로 천사들이 그녀에게 신의 고통의 상징을 가져다 주지. 아침의 선선한 미풍이 그녀의 이마로부터 금빛 머리타래를 살짝 들어 올리고 있군. 조르조네의 연인들이 누워 있는 피렌체의 조그만 언덕 위는 언제나 정오야.[56] 벌거벗은 호리한 몸매의 처녀는 여름 햇살에 너무나 나른해져서 대리석 욕조의 물에 투명한 방울 같은 병을 간신히 담그고, 류트 연주자의 기다란 손가락은 악기의 현 위에 한가롭게 머물러 있어. 코로가 프랑스의 은빛 포플러 사이에서 자유롭게 춤추게 한 님프들을 비추는 건 언제나 석양빛이지.[57] 그 가냘프고 투명한 모습의 님프들은 영원한 석양빛 속에서 가볍게 떨리는 새하얀 발이 이슬을 머금은 풀들에 닿지 않는 것처럼 사뿐사뿐 춤을 추고 있는 거야.

하지만 서사시와 연극 또는 로맨스 속에서 걷고 있는 사람들은 어린 달들이 차고 기우는 달마다의 노동을 지켜보고, 초저녁부터 샛별이 뜰 때까지 밤과 함께하고, 동틀 녘부터 해 질 녘까지 변화하는 하루의 그 금빛과 그림자를 지켜볼 수 있지. 우리와 마찬가지로 그들에게도 꽃들이 피고 지며, 콜리지[58]가 **초록 머리의 여신**이라고 부른 대지가 옷을 갈아입으면서 그들에게 기쁨을 안겨주기도 하지. 조각상은 완성의 순간에 집중돼 있어. 캔버스에 그려진 이미지는 성장이나 변화 같은 정신적인 요소를 지니고 있지 않지. 그들이 죽음에 대해 아무것도 알지 못한다면, 그건 삶에 관해 아무것도 알지 못하기 때문이야. 삶과 죽음의 비밀은 오직, 시간의 흐름이 영향을 미치는 존재들, 현재뿐만 아니라 미래를 함께 소유하고 있으며, 영예롭거나 수치스러운 과거로부터 추락하거나 다시 일어설 수도 있는 이들에게만 속한 것이기 때문이지. 움직임, 그 시각예술의 문제는 오직 **문학**에 의해서만 진정으로 구현될 수 있는 거야. 우리에게 신체의 민첩성과 영혼의 동요를 보여주는 건 문학이야.

어니스트 : 그렇군. 자네 말이 무슨 뜻인지 이제 알 것 같네. 하지만, 창의적인 예술가를 높이 평가할수록 비평가는 낮게 평가될 수밖에 없지 않을까?

길버트 : 왜 그래야만 하지?

어니스트 : 왜냐하면 비평가가 우리에게 줄 수 있는 최선의 것은 기껏해야 풍부한 음악의 메아리나 명확히 그려진 형태의 흐릿한 그림자에 불과할 테니까 말이야. 그래, 어쩌면 자네 말대로 삶은 혼돈일지도 몰라. 그 순교는 야비하고, 그 영웅주의는 졸렬하고 말이지. 그리고 실재의 조야한 재료를 가지고, 평범한 눈으로 바라보는 세상, 그 속에서 평범한 사람들이 완성을 추구하는 세상보다 더 멋지고, 더 오래가고, 더 진실한 새로운 세상을 창조하는 것이 바로 **문학**의 역할일지도 모르지. 하지만 이 새로운 세상이 위대한 예술가의 정신과 손길로 만들어진 게 분명하다면, 그토록 완전하고 완벽한 세상에 비평가가 할 일은 남아 있지 않을 거야. 이제 난 무언가를 실제로 하는 것보다 그에 관해 이야기하

는 게 훨씬 더 어렵다는 것을 충분히 이해하고 얼마든지 인정할 수 있네. 하지만 사람의 마음에 굉장한 위안이 되고, 전 세계의 모든 **문학 아카데미**가 모토로 채택해야만 하는 이 건전하고 합리적인 격언은 **예술**과 **비평**이 아닌, 오직 **예술**과 **삶** 사이에 존재하는 관계에만 적용되는 게 아닐까 싶은데.

길버트 : 하지만 **비평**은 분명 그 자체로서 하나의 예술이야. 예술적 창조가 비평적 기능—사실상 그게 없이는 애초에 예술적 창조가 존재할 수도 없지만—의 작용을 내포하고 있는 것처럼, **비평**은 가장 고귀한 의미에서 진정 창조적이라고 할 수 있어. 사실, 비평은 창조적이면서 동시에 독자적이야.

어니스트 : 독자적이라고?

길버트 : 그래, 비평은 독자적인 거야. 비평은 시인이나 조각가의 작품만큼이나, 모방이나 유사성 같은 저급한 기준에 의해 판단되어서는 안 돼. 비평가와 그의 비평 대상인 예술 작품과의 관계는, 형태와 색채로 이루어진 가시적 세상이나 열정과 생각으로 이루어진 눈에 보이지 않는 세상과 예술가가 맺는 관계와 같아. 비평가가 자신의 예술을 완성하는 데 반드시 최상의 재료가 필요한 것도 아니야. 무엇이든 비평의 소재가 될 수 있거든. 루앙 부근의 지저분한 마을 용빌라베에 사는 한 시골 의사의 어리석은 아내의 추잡하고 감상적인 연애 행각을 소재로 귀스타브 플로베르가 고전 작품[59]을 창조하고 스타일을 완성한 것처럼, 진정한 비평가가 자신의 관조하는 능력을 기꺼이 제공하거나 낭비하고자

한다면, 올해 아니면 그 전 어느 시기라도 왕립 미술원에 전시된 그림들이나 루이스 모리스의 시들, 오네의 소설들, 또는 헨리 아서 존스의 극작품들처럼 별로 중요하지 않거나 무가치한 소재들로부터 흠이 없이 아름답고 직관적으로 지적인 섬세함이 느껴지는 작품을 만들어낼 수 있기 때문이지. 왜 안 그러겠는가? 아둔함은 재기 넘치는 이에겐 거부할 수 없는 유혹으로 다가오고, 영원히 승리한 짐승[60]인 어리석음은 동굴에서 은둔한 현자를 불러내기도 하니까 말이야. 비평가처럼 창조적인 예술가에게 있어서 소재란 어떤 의미일까? 소설가나 화가가 다루는 것들과 하나도 다를 바가 없어. 그들처럼 비평가도 어디서든 작품의 모티브를 발견할 수 있는 거라고. 그것을 어떻게 다루느냐가 관건이지. 어떤 제안이나 도전을 내포하고 있지 않은 것은 이 세상에 없거든.

어니스트 : 하지만 **비평**이 정말로 창조적인 예술일까?

길버트 : 아닐 이유가 뭔가? 비평은 재료들을 가지고 작업하면서 그것들을 새롭고 유쾌한 형식으로 바꾸어놓지. 시(詩)에 대해 이보다 더 할 말이 있나? 사실, 난 비평을 창조 안에서의 창조라고 부르고 싶어. 호메로스와 아이스킬로스에서 셰익스피어와 키츠에 이르기까지 위대한 예술가들은 그들의 소재를 삶에서 직접적으로 찾지 않고 신화와 전설 그리고 옛날 이야기에서 찾았던 것처럼, 비평가는 말하자면, 다른 사람들이 그를 위해 정화시켜 놓은 소재들, 창의적인 형태와 색채가 이미 더해진 소재들을 다루기 때문이지. 아니, 그보다 최고의 비평은 개인적인 느낌이 가

장 순수하게 표출된 방식이므로 그 나름대로 창작보다 더 창조적이라고 말하고 싶네. 비평은 어떤 외적 기준을 참고하는 일이 거의 없고, 사실상 그 자체로 스스로의 존재 이유이며, 그리스인들의 표현 방식을 빌려 말하자면, 오로지 그 자체가 목적이기 때문이지. 분명, 비평은 사실성이라는 족쇄에 구속받는 일이 절대 없어. 개연성을 졸렬하게 신경 쓰는 일, 개인적 또는 사회적 삶의 지루한 반복에 비겁하게 자리를 내주는 일은 결코 없거든. 허구는 사실에 도움을 청할지 모르지만, 영혼은 절대 그러는 법이 없단 말이지.

어니스트 : 영혼이라고?

길버트 : 그래, 영혼. 영혼의 기록, 그게 바로 최고의 비평이지. 비평은 역사보다도 더 매력적이야. 오로지 자기 자신에만 신경을 쓰기 때문이지. 그 대상이 추상적이지 않고 구체적이며, 모호하지 않고 실체적이라는 점에서 철학보다 더 유쾌하기도 하지. 또한 비평은 유일하게 세련된 형태의 자서전이기도 해. 사건들이 아닌 누군가의 삶에 관한 생각들을, 어떤 행위나 상황 같은 물리적인 우연들이 아닌 누군가의 정신적 분위기와 상상적 열정을 다루기 때문이야. 비평가의 가장 중요한 역할이 자신들의 이류 작품들에 관해 지껄이는 거라고 생각하는 것 같은 우리 시대의 작가들과 예술가들의 어리석은 자만심은 언제나 날 즐겁게 하지. 대부분의 현대 창조 예술에 관해 말할 수 있는 최고의 찬사는 현실보다 다소 덜 저속하다는 거야. 그래서 훌륭한 판별력과 섬세한 품

위에 관한 확실한 직감을 갖춘 비평가는 차라리 은거울을 들여다보거나 베일을 통해 보는 것을 선호할 것이고—더럽혀진 거울과 찢긴 베일이라 할지라도—현재 삶의 혼란과 소란스러움으로부터 먼 곳으로 시선을 돌리겠지. 그의 유일한 목적은 자신의 느낌들을 기록하는 것이야. 그림이 그려지고, 책이 쓰이고, 대리석이 조각되는 것은 모두 그를 위한 것이지.

어니스트 : 나는 지금껏 다른 비평론을 들어온 것 같은데.

길버트 : 그럴 거야. 우리 모두가 그 품위를 기억하고 존경하는 인물,[61] 자신의 피리 소리로 페르세포네를 시실리의 들판으로부터 꾀어내어 그녀의 새하얀 발로 컴너의 앵초꽃을 휘젓는 일이 헛되지 않게 만든 그가 **비평**의 고유한 목적은 대상을 있는 그대로 보는 것이라고 주장한 적이 있으니까. 하지만 이는 매우 심각한 오류야. 비평의 가장 완벽한 형태는 근본적으로 순전히 주관적이며, 다른 것이 아닌 자신의 비밀을 드러내고자 한다는 것을 고려하지 않은 거라고. 최고의 비평은 표현이 아닌 순전히 인상(印象)으로서의 예술을 다루기 때문이지.

어니스트 : 하지만 정말 그런가?

길버트 : 물론이지. 터너에 대한 러스킨의 견해[62]가 옳은지 아닌지 누가 신경 쓰겠나? 무슨 문제가 되겠냔 말이야. 그토록 열정적이고 불타는 것 같은 고귀한 수사, 그토록 풍성하고 정교한 교향악, 단어와 수식어의 절묘한 선택에 있어서 최상의 확신과 기량을 보여주는 그의 강력하고도 장엄한 산문은 적어도 영국

갤러리의 손상된 캔버스 위에서 빛이 바래거나 상해가는, 멋진 석양 그림들만큼이나 위대한 예술 작품이란 말이지. 때로는 러스킨의 산문이 더 위대하다는 생각이 들 때도 있고. 동등한 아름다움이 더 오래 지속될 뿐만 아니라, 더 다양한 매력을 지녔기 때문이야. 형태와 색채만을 통해서—물론 이 편이 손실이 없이 완전할 수 있겠지만—가 아닌, 그보다는 고귀한 열정과 더 고귀한 생각, 상상적 통찰력과 시적 목적을 지닌 긴 선율의 행들 속에서 영혼 대 영혼으로 이야기하는 것이지. 늘 생각하건대, **문학**이 더 위대한 예술인 것만큼 러스킨의 산문이 더 위대해. 또 페이터가 모나리자의 초상화에서 레오나르도가 생각조차 하지 않았던 것을 본 것[63]에 대해 누가 뭐라 하겠는가? 사람들이 상상한 것처럼, 화가는 단지 예스러운 미소에 매료된 것일 수도 있어. 하지만 나는 루브르 궁의 서늘한 갤러리를 통과해 지나다가 '바닷속처럼 희뿌연 빛이 비추는 가운데 둥그렇게 둘러싼 환상적인 바위들 사이의 대리석 의자에 앉아 있는' 낯선 형상 앞에 멈춰 설 때마다 혼잣말로 이렇게 중얼거리곤 하지. '그녀는 자신을 둘러싼 바위들보다 더 나이가 많고, 뱀파이어처럼 여러 번 죽었다 살아나 무덤의 비밀들을 알고 있으며, 깊은 바닷속에 들어갔다' 나와 주위에 그 아득한 빛을 간직하고 있고, 동양의 상인들과 진기한 직물들을 밀거래했으며, 트로이의 헬레나의 어머니 레다와 같고, 마리아의 어머니 성녀 안나와 같다. 그리고 이 모든 것은 그녀에게는 리라와 플루트의 소리와 같고, 섬세하게 변화하는 모습들과 미묘하게 채색된 눈꺼풀과 손에서만 그 자취가 느껴질 뿐이다.' 그리고 나는 친구에게 이렇게 말하지. '이처럼 물가에서 기이하게 솟아오른 존재가 천 년 동안 인간이 욕망해온 것을 표현하고 있군.' 그러면 그는 내게 이렇게 대답하지. '그녀의 머리 위로 '세상의 종말이 닥칠 것'[64]이며, 눈꺼풀이 약간 지쳐 보이는군.'[65]

그렇게 해서 그림은 실제보다 더 근사해 보이면서, 사실 그림 스스로는 알지 못하던 비밀을 우리에게 드러내 보여주고, 신비스러운 산문의 음악은 라 조콘다[66]의 입술에 그 야릇하고 치명적인 미소를 띠게 했던 플루트 연주자의 음악만큼이나 우리 귀에 감미롭게 느껴지지. 만약 누가 이 그림에 대해 레오나르도에게 '세상의 모든 생각과 경험이, 그리스의 애니멀리즘과 로마의 욕정, 중세의 몽상과 그 정신적 야망과 상상적 사랑들, 이교도 세상의 귀환, 보르자 가문의 죄악들을 세련되고 풍부하게 표현된 외적 형태 속에 새겨 넣고 형상화했다'라고 하면 그가 뭐라고 말했을 것 같나? 그는 아마도 자신은 그런 것들을 단 한 번도 생각해본 적이 없으며, 단지 선과 덩어리 들을 적절하게 배열하는 것과, 파란색과 초록색의 새롭고 특이한 조화에만 신경을 썼을 뿐이라고 대답했을 거야. 그리고 바로 그런 이유로 내가 앞서 언급한 비평이 최고의 비평인 거야. 그 비평은 예술 작품을 단지 새로운 창작을 위한 출발점으로 간주하지. 예술가의 진정한 의도를 캐내거나, 그러는 것을 궁극적인 목적으로 여기는 데에 자신을 국한하지 않으면서—적어도 지금으로서는 그렇다고 가정하자고—말이야. 그리고 그런 점에서 비평이 옳은 거야. 왜냐하면 어떤 아름다운 창작품의 의미는 적어도 그것을 창조해낸 사람의 영혼 속에서처럼 그것을 바라보는 사람의 영혼 속에도 마찬가지로 존재하기 때문이야. 아니, 더 정확히 말하면, 아름다운 창작품에 수많은 의미를 부여하고, 우리 눈에 그것이 멋져 보이게 하고, 작품과 시대의 새로운 관계를 정립해서 작품으로 하여금 우리 삶의 중요한 부분, 우리가 갈구하는 것의 상징, 또는 어쩌면 무언가를 갈구한 탓에 얻을지도 모르는 대가의 상징이 되게 하는 건 그것을 바라보는 사람의 역할인 거야.

어니스트, 난 연구를 하면 할수록, 시각예술의 아름다움은 음악의 아름다움처럼 무엇보다 인상을 우선시한다는 것과, 종종 그렇듯이, 예술가의 과도한 지적 의도가 그 아름다움을 훼손할 수도 있다는 것을 더 확실히 알 수 있었어. 완성된 작품은 말하자면 그 자체로 독자적인 생명을 가지고 있고, 애초에 의도되었던 것과 전혀 다른 메시지를 전달할 수도 있기 때문이지. 때로 난 〈탄호이저〉[67]의 서곡을 들을 때면 꽃이 핀 풀밭을 조심스럽게 걸어가는 곱상한 기사의 모습이 보이는 것 같고, 동굴이 있는 언덕에서 그를 부르는 베누스의 목소리가 들리는 것 같기도 해. 하지만 때로는 그 음악은 내게 다른 수천 개의 이야기를 들려주기도 하지. 나 자신과 내 삶에 관해서, 또는 누군가가 사랑했던 사람들, 사랑하는 데 지친 이들의 삶에 관해서, 또는 인간이 알아왔던 열정들과 인간이 알지 못하여 계속 추구해온 열정 같은 것들에 관해서 말이지. 어쩌면 오늘 밤엔 불가능한 것에 대한 사랑 (Amour de l'Impossible)[68]으로 사람들의 마음속을 가득 채워줄 지도 모르고. 어떤 해악도 미치지 않는 곳에서 안전하게 살아간 다고 생각하는 수많은 사람들을 광기처럼 내려쳐 느닷없이 무한 한 욕망에 중독되고 자신들이 얻을 수 없는 것을 끝없이 추구하 다가는 쇠약해져서 쓰러지거나 비틀거리게 할지도 몰라. 어쩌면 내일은 아리스토텔레스와 플라톤이 우리에게 이야기한 음악, 그 리스의 웅장한 도리아 음악[69]처럼 의사 역할을 하면서, 우리에게 고통을 가라앉히는 진통제를 주고 상처받은 영혼을 치유한 다음 '그 영혼으로 하여금 모든 옳은 것들과 조화를 이루도록' 해줄지 도 모르고 말이지. 그리고 음악에 관해 사실인 것은 모든 예술에 통용되는 거야. 아름다움은 인간의 다양한 기분만큼이나 많은 의미를 지니고 있지. 아름다움은 상징 중의 상징인 거야. 또한 아 름다움은 아무것도 표현하지 않기 때문에 모든 것을 드러내 보여 주지. 아름다움이 우리에게 자신을 보여준다면, 온통 불타는 것 같은 세상을 보여주게 되겠지.

어니스트 : 하지만 자네가 말하는 그런 일이 정말로 비평에 속 하는 건가?

길버트 : 최고의 **비평**이라고 할 수 있지. 왜냐하면 비평은 단지 개별적인 예술 작품뿐만 아니라 **아름다움** 그 자체를 평가하기 때 문이야. 또한 예술가가 공백으로 남겨놓았거나, 이해하지 못했거 나, 불완전하게 이해했을지도 모르는 경이로움을 대상에 불어넣

기도 하지.

어니스트 : 그렇다면 최고의 비평은 창작보다 더 창조적이고, 비평의 가장 중요한 목적은 대상을 실제와는 다르게 보는 것이군. 이게 자네가 말하고자 하는 건가?

길버트 : 그래, 바로 그거야. 비평가에게 예술 작품은 단지 그의 새로운 작품을 위한 하나의 제안일 뿐이고, 그의 작품이 비평의 대상과 반드시 명백한 유사성을 지닐 필요도 없어. 아름다운 형식의 한 가지 특징은, 그 속에 무엇이든 자신이 원하는 것을 더할 수 있고, 그 속에서 자신이 보고자 하는 것을 볼 수 있다는 거야. 그리고 창작에 보편적이고 심미적인 요소를 부여하는 **아름다움**은 이번에는 비평가를 창조자로 만들면서, 조각상을 깎아 만들고 그림을 그리고 보석을 연마했던 사람의 마음속에는 존재하지 않았던 다른 수많은 것들을 속삭이지.

최고의 비평의 성질도 최고의 예술의 매력도 알지 못하는 사람들은 때로 비평가가 그림의 일화집에 속한 것들이나 문학이나 역사로부터의 장면들을 다루는 작품에 대해 쓰는 걸 가장 좋아한다고 말하곤 하지. 하지만 그렇지 않아. 사실 그런 종류의 그림들은 너무나 쉽게 이해가 되거든. 전체적으로 봤을 때 삽화하고 동급이라고 볼 수 있는데, 그런 관점에서 봐도 실패작인 거야. 상상력을 자극하기는커녕 강력히 구속하기 때문이지. 앞서 말했듯이, 화가의 영역은 시인의 영역과는 판이하게 달라. 시인에게는 충만하고 완벽한 전체로서의 삶이 있지. 단지 인간이 바라보는 아름다움뿐만 아니라 인간이 들을 수 있는 아름다움, 형태의 순간적인 우아함이나 색채가 전하는 일시적 기쁨뿐만 아니라, 감정의 모든 영역, 완전한 사고권(思考圈)이 모두 시인에게 속한 거야. 반면 화가의 세계는 몹시 제한돼 있어서 오직 몸이라는 가면을 통해서만 우리에게 영혼의 신비를 보여줄 수 있지. 아이디어는 오직 관습적인 이미지들을 통해서만 다룰 수 있고, 심리적인 것은 오직 물질적인 등가물을 통해서만 다룰 수 있고 말이지. 우리에게 무어인의 찢어진 터번을 통해 오셀로의 고귀한 분노를 이해하고, 폭풍우 속을 헤매는 노망난 노인을 보며 리어 왕의 거친 광기를 이해하라고 요구하다니! 이 얼마나 부적절하냔 말이야. 그런데도 아무것도 그를 단념시킬 수 없는 것 같아. 우리 영국의 노쇠한 화가들 대부분은 시인의 영역을 가로채고 서툰 방식으로 그들의 모티브를 망치면서, 가시적인 형태나 색채로 비가시적인 것의 경이로움과 화려함을 표현하려 애쓰면서 그릇되고 헛된 삶을 살고 있어. 따라서 그들의 그림은 참아줄 수 없을 만큼 지루할 수밖에 없는 거야. 그들은 비가시적인 예술을 명료한 예술로 전락시킨 거야. 명료한 것만큼 감상할 가치가 없는 것도 없고 말이지. 난 지금 시인과 화가가 똑같은 주제를 다뤄서는 안 된다는 말을 하려는 게 아니야. 그들은 언제나 같은 주제를 다뤄왔고, 앞으로도 그럴 거니까 말이지. 하지만 시인은 자신의 선택에 따라 그림처럼 표현을 할 수도 있고 아닐 수도 있는 반면, 화가는 언제나 그림으로 나타낼 수밖에 없는 거야. 화가는 자연을 보는 데 제약을 받는 게 아니라 캔버스에서 보여주는 데 제약을 받는 거지.

그러니, 어니스트, 이런 종류의 그림들은 비평가를 진정으로 매료시키지 못하네. 비평가는 그를 성찰하고 꿈꾸고 상상할 수 있게 하는 작품들로 시선을 돌리게 되지. 미묘한 암시성을 지니고 있으면서, 심지어 안에 좀 더 넓은 세상으로 나아갈 수 있는 탈출구가 있다고 말하는 것 같은 작품들 말이야. 때로 예술가의 삶이 지닌 비극은 그가 자신의 이상을 실현할 수 없는 거라고들 하지. 하지만 대부분의 예술가들을 바짝 따라다니는 진정한 비극은 그들이 자신들의 이상을 너무 완벽하게 실현한다는 거야. 이상은 실현되는 즉시 그 경이로움과 신비를 빼앗겨버리고, 또 다른 이상을 위한 새로운 출발점이 되어버리고 말기 때문이지. 그게 음악이 완벽한 유형의 예술인 이유야. 음악은 자신이 간직한 궁극의 비밀을 절대 드러내 보일 수 없거든. 그건 또한 예술에 있어서 제약의 가치를 설명해주는 것이기도 해. 조각가는 기꺼이 모방적 색채를 포기하고, 화가는 형태의 실제 크기를 포기하지. 왜냐하면 그런 포기에 의해 그들은 단지 모방이 되고 말 **실재**의 지나치게 명확한 제시와, 순전히 지적인 것이 되고 말 **이상**의 지나치게 명확한 실현을 피할 수 있기 때문이야. 예술은 바로 스스로의 불완전성을 통해 완벽하게 아름다워질 수 있는 거야. 그리고 인식 능력이나 이성적 능력이 아닌 심미적 감각에 호소하지. 심미적 감각은 이성과 인식을 이해의 단계로 받아들이면서 그 둘을 총체적인 예술 작품의 순수하고 종합적인 인상에 종속시키고, 예술 작품이 포함하고 있을지 모르는 생경한 감정적 요소들을 취해 그 복합성을 수단으로 궁극적인 인상에 더 풍부한 통일성을 더하는 거야. 이제 알겠나, 어째서 심미비평가가 명료한 예술의 방식들—오직 하나의 메시지만을 전달할 수 있고, 그것을 전달하고 나면 따분하고 척박해지는—을 거부하고, 그보다는 몽상과 분위기를 암시하고, 그 상상적 아름다움으로 모든 해석을 가능하게 하고, 어떤 해석도 마지막이 되게 하지 않는 그런 방식들을 추구하는지 말이야. 아마도, 비평가의 작품과 그에게 창작 욕구를 불러일으킨 작품 사이에는 어느 정도 유사성이 있을 거야. 하지만 그것은 풍경화가나 인물화가가 자연에 들이밀 게 될 거울과 **자연** 사이에 존재하는 유사성이 아니라, **자연**과 장식 예술가의 작품 사이의 유사성 같은 걸 거야. 마치 페르시아 카펫 위에 튤립과 장미꽃이 뚜렷한 형태와 선으로 재현되지 않았는데도 정말로 피어나서 사랑스럽게 보이는 것처럼, 조개껍데기의 진주빛과 자줏빛이 베네치아의 산마르코 대성당을 채운 것처럼, 유노 여신[70]의 새들이 날지 않는데도 라벤나의 경이로운 예배당의 아치형 천장이 공작새 꼬리의 금빛과 초록빛과 사파이어 빛깔로 화려하게 변신한 것처럼 말이지. 말하자면 비평가는 그가 비평하는 작품을 결코 모방적이지 않은 방식으로 재현하는 거야. 그리고 유사성의 거부가 그 매력의 하나이고 말이지. 비평가는 그런 식으로 우리에게 **아름다움**의 의미뿐 아니라 신비함까지도 보여주는 거야. 또한 각 예술을 문학으로 변형시키면서 **예술**의 통합에 관한 모든 문제를 완벽히 해결하는 것이지.

그런데 어느새 저녁 먹을 시간이 다 됐군. 샹베르탱 포도주와 오르톨랑을 즐긴 후에 해석자로서의 관점에서 고찰한 비평가의 문제로 넘어가보자고.

어니스트 : 오! 그러니까 자네도 비평가도 때로는 사물을 있는 그대로 보도록 허용된다는 걸 인정하는 건가.

길버트 : 글쎄. 어쩌면 저녁을 먹고 나면 그럴지도 모르지. 저녁 식사는 사람을 미묘하게 달라지게 하니까.

미주

1 Jean-Jacques Rousseau(1712~1778)는 저서《고백록(Les Confessions)》과
《에밀(Émile)》등에서 자신의 모순된 삶과 죄책감을 속죄하는 심정으로 고백하
면서 인간의 나약함과 어리석음을 몸소 절절히 보여주었다.

2 첼리니는 프랑스의 프랑수아 1세의 초청으로 1540년부터 1544년까지 퐁텐
블로 성에서 일하면서〈퐁텐블로의 님프(The Nymph of Fontainebleau)〉를 제작
했다. 그 후 피렌체로 돌아와 메디치가의 코시모 1세를 위해 청동상〈메두사의 머
리를 들고 있는 페르세우스(Perseus with the head of Medusa)〉를 제작했다.

3 뛰어난 미술가였던 첼리니는 1553년부터 쓰기 시작한《자서전》(1730년에 처
음 출간됨)에서 예술 작품의 경지에서 저지른 살인에 대해 자랑스럽게 이야기한
바 있다.

4 초대 그리스도교 교회가 낳은 위대한 철학자이자 사상가였던 아우구스티누
스를 가리킨다. 그의 어머니인 모니카는 열성적인 기독교도였으며, 그는 어머니
를 통해 신의 섭리를 배우고 익혔다.

5 John Henry Newman(1801~1890) 영국의 가톨릭 신학자, 추기경. 1833년
이후 옥스퍼드 대학을 중심으로 일어난 영국 국교회의 개혁 운동인 '옥스퍼드 운
동'을 주도했다. 1845년에 로마 가톨릭으로 개종하고 자서전《아폴로기아(Apo-
logia)》를 집필했다.

6 뉴먼이 공부했던 옥스퍼드 대학의 트리니티 칼리지를 가리킨다.

7 뉴먼의 모교인 옥스퍼드 대학을 가리킨다.

8 Samuel Pepys(1633~1703) 17세기 영국의 저작가·행정가. 해군 장관, 왕립 학회 회장을 지냈다. 그가 남긴 아홉 권으로 된《일기(Diary)》는 당시 영국의 풍속을 잘 보여주고 있다. 이 책은 암호와 속기문 등으로 되어 있어 1825년에야 해독되어 출간되었다.

9 셰익스피어의 희극《뜻대로 하세요》의 제5막 4장에서 터치스톤은 이렇게 말한다. "'만약에'라는 말만 있으면 모든 게 해결됩니다. '만약에'라는 말은 아주 유용하게 쓰일 수 있거든요.(Your 'If' is the only peace-maker; much virtue in 'If'.)"

10 여기서 왕립 미술원(로열 아카데미) 회원은 윌리엄 파월 프리스(William Powell Frith)를 가리킨다. 사진을 그림의 보조 수단으로 사용한 최초의 예술가 중 하나로, 완벽하게 재현된 당시의 기차와 역사, 사람들의 복식 등 빅토리아 시대의 근대사회를 세밀하게 보여주는 정교한 그림을 그린 것으로 유명하다. 그는 〈로열 아카데미의 특별 초대전(A Private View at the Royal Academy)〉이라는 그림 속에서 오스카 와일드를 그의 미학을 추종하는 한심한 무리에 둘러싸인 멍청하고 겉멋 부리는 댄디로 묘사했다. 여기서 와일드는 그에 대한 일종의 복수로 그의 그림이 사진으로 제작된 것이 아닌지 의문을 제기하고 있는 것이다.

11 Broad Church Party 영국 국교회의 자유주의 분파로 합리주의와 교리적 관용, 현대 과학의 허용 등이 그 특징이다.

12 로버트 브라우닝(Robert Browning)은 영국 빅토리아조를 대표하는 시인이다. 브라우닝 소사이어티(The Browning Society)는 브라우닝의 작품을 읽고 토론하고자 하는 다양한 독서 클럽에서 비롯된 모임을 가리킨다.

13 월터 스콧(Walter Scott)은 19세기 초 영국의 역사소설가, 시인, 역사가로 언급된 시리즈는 월터 스콧이 운영했던 출판사에서 문인들에 관한 전기를 펴낸 것이다.

14 그리스인들의 시는 무운시(無韻詩)였다.

15 길버트가 언급한 이름들은 모두 브라우닝의 작품에 나오는 이름들이다.

16 제우스와 레토의 아들인 아폴론을 가리킨다.

17 에우리피데스의《메데이아(Medeia)》에서 아테네인들을 묘사하는 구절로 와일드는 이 구절을 좋아해서 옥스퍼드 대학의 비망록에 옮겨 적어두었다.

18 파이드로스는 플라톤의 대화편《파이드로스(Phaedrus)》에서 소크라테스와 함께 주인공으로 나오는 인물이다. 아름다움과 사랑에 관해 논하는《파이드로스》의 1부에서 두 사람은 독서하고 토론할 장소를 찾아 일리소스 강가로 향해

플라타너스 그늘 아래 만개한 아그누스 카스투스(순결의 나무) 가까이 자리를 잡는다. 그리고 소크라테스는 파이드로스에게 님프가 노닐던 강물에 발을 담그도록 시킨다.

19 레바논 남서부에 위치한 고대 페니키아의 항구 도시. 티레는 '티리언 퍼플'로 불리는 자줏빛 또는 진홍색의 고귀한 염료가 발명된 곳으로 알려져 있다.

20 Donatello(1386~1466) 당대와 후대에 큰 영향을 미친 피렌체 출신의 이탈리아 조각가이다.

21 알키비아데스는 그리스의 정치가이자 장군이고, 카르미데스는 플라톤의 대화편《카르미데스(Charmides)》에 나오는 인물로 소크라테스의 제자이다. 오스카 와일드의《시집(Poems)》에도 같은 제목의 시가 포함되어 있는데, 와일드가 자신이 쓴 최고의 시라고 자평한 시다.

22 매슈 아널드가《비평론집》에 수록된〈우리 시대의 비평의 기능(The Function of Criticism at the Present Time)〉에서 고대인들의 영광과 비교한 동시대 영국인들의 하찮은 현실을 감추고자 하는 이들을 질타하는 구절을 인용한 것이다. 문제의 구절은 '일리소스 강가에 래그는 없다(by the Ilissus there was no Wragg)'로 앞선 구절에서 나오는 히긴바텀과 래그라는 이름을 혼동한 듯하다. 오스카 와일드는 여기서 매끄러운 발음의 그리스어 이름과 발음이 거친 영국식 이름을 비교하고 있는 것이다.

23 생존경쟁의 원리에 대한 개념을 간단히 함축한 '적자생존(the survival of the fittest)'이라는 표현을 '천박한 것이 살아남는다(the survival of the vulgarest)'라는 말로 재치 있게 바꾸어 쓴 것이다.

24 플로리젤 왕자는 셰익스피어의《겨울 이야기(The Winter's Tale)》와 로버트 루이스 스티븐슨의《신(新) 아라비안나이트(New Arabian Nights)》에 나오는 인물이다. 아름다운 쿠바 여인은《신 아라비안나이트》에 나오는 인물로, 와일드는 그 속에 나오는 "난 보이는 것과 달라요(I am not what I seem)"라는 구절을 인용하고 있다.

25 셰익스피어에 버금가는 대시인으로 평가되는 밀턴(John Milton)은 1652년경 지나친 격무로 말미암아 시력을 완전히 잃었다. 그의 가장 대표적인 저작들인〈실낙원(Paradise Lost)〉과〈복낙원(Paradise Regained)〉,〈투사 삼손(Samson Agonistes)〉은 실명 이후에 쓰인 작품들이다. 그보다 덜 중요하게 여겨지는 가면극《코머스(Comus)》는 1634년에 출간된 것이다.

26 모음의 장단을 기초로 하여 리듬을 형성하는 고전시의 운율법과는 달리 영시에서는 하나의 강음절을 중심으로 그것에 어울리는 약음절이 한 음보(音步)

를 이룬다. '강약격(trochee)'은 하나의 강음절 다음에 하나의 약음절이 이어지는 경우를, '3단격(tribrach)'은 단음절 세 개가 이어지는 경우(단단단격)를 가리킨다. 19세기에는 두 경우 모두를 약세로 끝난다는 이유로 '나약한(effeminate)' 음보라 했다.

27 Hegesias(?~?) 기원전 3세기경에 살았던 회의주의자 철학자, 수사학자.

28 매슈 아널드의 《문학과 도그마》 서문에 나오는 내용이다.

29 paeon 장음절 하나와 단음절 셋으로 이루어진 것을 가리킨다.

30 Gotthold Ephraim Lessing(1729~1781) 독일의 극작가·비평가.

31 기원전 331년 알렉산드로스 대왕이 세운 도시로, 훗날 헬레니즘 시대의 문화·경제의 중심으로 발전했다. 왕가의 보호 정책으로 학문과 예술, 자연과학이 발전했고, 위대한 수사학자와 철학자, 학자 등이 많이 배출되었다.

32 그리스 펠로폰네소스 반도의 북동쪽에 있었던 고대 도시로 아테네, 아르고스와 함께 예술 활동의 중심지가 되어 유수한 화가와 조각가 들을 배출했다.

33 자유스러운 형식의 짧은 서사시를 가리키는 말이다.

34 앨프리드 테니슨(Alfred Tennyson)이 《왕의 목가(Idylls of the King)》에서 아서 왕의 궁전이 있는 도시 카멜롯에 대해 묘사한 것을 와일드가 대략적으로 인용한 것이다.

35 《그리스 시 선집(The Greek Anthology)》에는 기원전 7세기부터 서기 10세기에 이르기까지 300여 명의 작가들이 쓴 6000여 개의 짧은 풍자시들이 실려 있다.

36 스코틀랜드의 시인이자 산문가로 스코틀랜드 방언으로 많은 작품을 썼던 윌리엄 샤프(William Sharp)를 가리킨다. 오스카 와일드는 샤프의 《낭만적 발라드와 공상시들(Romantic Ballads and Poems of Phantasy)》에 관한 비평에서 그가 사용한 방언들이 새로운 낭만주의의 부흥을 위한 적절한 근거가 될 수 있는지에 대한 의문을 표명했다.

37 당시 대본 서점(貸本書店)에서는 세 권으로 된 소설이 유행이었다. 하지만 1890년대에는 한 권짜리 책이 더 경제적인 판형으로 인식되면서 세 권짜리 소설은 구닥다리로 취급받았다.

38 와일드는 《마태복음》 7장 16절 "그의 열매로 그들을 알지니 가시나무에서 포도를, 또는 엉겅퀴에서 무화과를 따겠느냐"를 인용하고 있다.

39 Ernest Renan(1823~1892) 프랑스의 철학자이자 문헌학자, 언어학자, 종교사학자이자 비평가. 와일드는 한 인간으로서의 그리스도를 역사적 환경 속에서 추적해나간 르낭의 저서 《예수의 생애(Vie de Jésus)》를 '우아한 제5복음서'로 평가한 바 있다.

40 Lucretia 로마의 장군 콜라티누스의 아내로 로마 왕 수페르부스의 아들 섹스투스에게 욕을 당하고 스스로 목숨을 끊었다. 고결하고 순수한 여성의 상징처럼 여겨지고 있다.

41 마리아 막달레나는 그리스도의 발에 향유를 바르고 죄를 회개한 여자(《누가복음》 7장 37~50절)와 동일시된다. 막달레나는 빅토리아 시대에 '회개한 창녀'를 지칭하는 완곡한 표현으로 쓰였다. 와일드는 여기서 르낭의 말에 빗대어 우아하고 고귀한 빅토리아 시대의 여성들이 다른 여자들을 창녀의 삶으로 내몲으로써 그들의 순결을 유지할 수 있다고 주장하고 있다.

42 트로이의 그리스어 이름이다.

43 트로이 전쟁이 일어났을 때 아르고스의 왕이자 그리스군의 총사령관 아가멤논은 트로이로 출정하는 데 유리한 바람을 얻기 위해 아울리스에서 자신의 딸 이피게네이아를 제물로 바쳤다. 아가멤논의 아내 클리템네스트라는 딸의 죽음을 복수하기 위해 전쟁에서 이기고 돌아온 남편을 자신의 연인을 시켜 욕조에서 살해했다. 고대 그리스의 3대 비극 시인의 하나인 에우리피데스는 이 신화를 바탕으로 《아울리스의 이피게네이아(Iphigenia in Aulis)》를 썼다.

44 안티고네는 오이디푸스의 딸이자 오이디푸스의 어머니가 낳은 오이디푸스의 여동생이다. 테베의 왕이자 그녀의 외숙부인 크레온은 그의 명을 어기고 반역자인 자신의 오빠(폴리네이케스)를 땅에 매장한 안티고네를 동굴에 생매장해 죽게 했다. 그리스의 3대 비극 시인의 하나인 소포클레스는 이 이야기를 바탕으로 한 《안티고네(Antigone)》라는 뛰어난 비극 작품을 남겼다.

45 트로이 왕 프리아모스와 헤카베의 장남으로 안드로마케의 남편이다. 트로이군의 총대장이며, 그리스군의 용장 아킬레우스와 더불어 호메로스의 서사시 《일리아스(Ilias)》의 중심 인물이다. 그는 아킬레우스를 대신하여 출전한 파트로클로스를 죽였는데, 이 소식을 듣고 친구의 복수를 위해 출전한 아킬레우스에게 죽임을 당했다.

46 Lucianos(?~?) 로마 제정기에 그리스어로 글을 썼던 풍자 작가이자 연설가. 그는 《죽은 자들의 대화(Dialogues of the Dead)》에서 지옥에서 대화를 하는 신화적 인물들과 철학자들을 등장시키는데 견유학파 철학자인 메니포스(Menippos)도 그중 하나이다.

47 트로이의 왕자 파리스(헥토르의 동생)가 스파르타의 왕 메넬라오스의 아내인 헬레네를 유혹함으로써 트로이 전쟁이 시작되었다.

48 헬레네는 백조로 변한 제우스와 레다 사이에서 태어난 딸이다.

49 프리아모스 왕의 아들인 파리스 왕자를 가리킨다.

50 아킬레우스 대신 출정하여 헥토르에게 죽임을 당한 아킬레우스의 절친한 친구 파트로클로스를 가리킨다.

51 아킬레우스를 따라 트로이 전쟁에 참가한 용사들을 가리킨다.

52 호메로스의《일리아스》와《오디세이아(Odysseia)》에서 언급된, 제우스 신의 신탁소(神託所)가 있던 그리스의 고도.

53 아킬레우스를 대신해 출정한 파트로클로스를 처음으로 상처 입힌 트로이의 장수.

54 헥토르를 가리키는 말이다.

55 이탈리아 화가 베로네세의 〈성 헬레나의 환영(The Vision of St. Helena)〉을 말한다.

56 이탈리아 화가 조르조네의 〈전원의 합주(The Pastoral Concert)〉를 뜻하나, 지금은 티치아노의 작품으로 보는 견해가 지배적이다.

57 코로의 〈님프들의 춤(La Danse des Nymphes)〉을 뜻한다.

58 Samuel Taylor Coleridge(1772~1834) 영국의 시인 겸 평론가.

59 플로베르의 소설《보바리 부인(Madame Bovary)》을 가리킨다.

60 후기 르네상스 이탈리아의 철학자인 조르다노 브루노의 종교에 대한 풍자적인 작품《승리한 짐승의 추방(Spaccio della Bestia Trionfante)》에 나오는 우의적인 인물을 가리킨다. '승리한 짐승'은 신중함, 지혜, 법과 같은 도덕적 덕성을 지배하고자 하는 악덕을 의미한다. 브루노는 1592년 베네치아에서 이단 신문(異端訊問)에 회부되어 1600년 로마에서 화형당했다.

61 매슈 아널드를 가리킨다.

62 러스킨은 당시 낭만파의 풍경화가인 터너에 대한 악의적인 세평에 대항하여 그를 변호하기 위해 장장 17년간에 걸쳐 다섯 권에 이르는《근대 화가론(Modern Painters)》을 썼다.

63 페이터는 1869년 〈포트나이틀리 리뷰(The Fortnightly Review)〉에 레오나르도 다빈치에 관한 에세이를 발표했다가 후에 다른 글들과 함께 묶어《르네상스》를 펴냈다. 모나리자에 관한 페이터의 유명한 에세이는 지금까지 그림에 관한 가장 훌륭한 글로 평가받고 있다.

64 고린도전서 10장 11절에 나오는 말로, 페이터가 인용한 구절을 와일드가 인용한 것이다.

65 여기에 인용된 구절들은 모두 월터 페이터의《르네상스》에 나오는 것들이다.

66 모나리자를 가리킨다.

67 〈Tannhäuser〉독일의 리하르트 바그너가 작곡한 오페라로, 사랑의 신 베누스에 의해 구현된 육체적 사랑과 백작의 조카 엘리자베트가 보여주는 정신적 사랑의 대립을 다루고 있다. 탄호이저는 독일 중세 때의 기사이자 음유시인이다.

68 에우리피데스의 비극《헤라클레스의 광기(Herakles mainomenos)》에서 헤라클레스의 아버지 암피트리온이 자신의 손자들(헤라클레스의 자식들)을 죽음의 선고로부터 구해내려고 하는 말에서 유래된 구절이다. 헤라의 저주를 받은 헤라클레스는 광기가 발동해 아내 메가라와 자신의 세 아이를 살해한다.

69 도리아 선법의 음악은 단순하고 장중하여 무용(武勇)을 고취하는 데 도움이 된다고 여겨졌던 고대 그리스 음악의 한 형태다.

70 로마 신화의 최고신 유피테르의 아내로, 그리스 신화의 최고신 제우스의 아내 헤라와 동일한 성격의 여신이다. 공작새는 유노 여신의 상징이다.

예술가로서의 비평가

모든 것을 논하는 것의 중요성에 관한 논평을 곁들여

대화. 제2부.

등장인물 : 같은 인물.

장소 : 같은 장소.

어니스트 : 오르톨랑 요리는 정말 좋았고, 포도주도 완벽했어.
자, 이제 아까 얘기하던 문제로 돌아가볼까.

길버트 : 오! 제발 그러지 말자고. 자고로 대화란 모든 주제를
폭넓게 다루어야지, 그 어느 한군데에 치중해서는 안 돼. 차라리
내가 쓰려고 생각 중인 주제인 '도덕적 분노, 그 원인과 치유'나
영국 만화지들에 실린 '테르시테스[1]의 생존', 아니면 아무거나 그
때그때 생각나는 주제에 관해 얘기하는 게 어때.

어니스트 : 아니, 난 비평가와 비평에 대해 논하고 싶은걸. 자

넌 내게 최고의 비평은 표현적인 것이 아닌 순전히 인상적인 것으로서의 예술을 다루며, 따라서 창조적이고 독자적이라고 말했지. 또한 비평은 그 자체로서 하나의 예술이며, 비평과 창작품의 관계는 창작품이 형태와 색채의 가시적 세상 또는 열정과 생각의 비가시적 세상과 맺는 관계와 똑같다고 말했어. 그럼 이제 말해 보게, 비평가는 때로 진정한 해석자가 될 수는 없는 건가?

　길버트 : 물론 비평가는 해석자가 될 수 있네. 그가 그러기를 선택한다면. 비평가는 예술 작품을 전체적으로 봤을 때의 종합적인 인상에서 작품 자체의 분석이나 설명으로 옮겨갈 수도 있어. 그리고 차원이 더 낮은―나는 그렇게 생각하거든―이 분야에도 얘기하고 행하기에 좋은 유쾌한 것들이 많이 있어. 하지만 그렇다고 해도 비평가의 목적은 언제나 예술 작품을 설명하는 데만 있는 게 아니야. 그는 예술 작품의 신비를 더 깊어지게 하면서, 작품과 그 창작자 주위로 신들과 숭배자들 모두가 소중히 여기는 경이의 안개를 피어오르게 하지. 그런데 보통 사람들은 '시온에서 너무나 편안하게 지내.'[2] 그들은 시인들에게 팔짱을 끼고 나란히 걷는 것을 제안하고, "우리가 왜 셰익스피어와 밀턴에 관해 쓴 것들을 읽어야 하죠? 우린 극작품들과 시들을 읽을 수 있어요. 그걸로 충분해요."라고 무지함을 드러내며 잘도 말하지. 하지만 언젠가 작고한 링컨 대학의 총장[3]이 지적했듯이, 밀턴의 감상은 깊은 학식이 요구되는 일이야. 그리고 셰익스피어를 이해하고자 하는 사람은 셰익스피어가 르네상스와 종교개혁 그리고 엘

리자베스와 제임스 시대[4]와 맺고 있는 관계를 진정으로 반드시 이해해야만 해. 우위를 차지하기 위해 오래된 고전 형식들과 로맨스의 새로운 정신 사이에 벌어진 투쟁, 시드니와 다니엘과 존슨의 학파와 말로[5]와 말로의 한층 더 위대한 아들[6]의 학파 사이에 벌어졌던 투쟁의 역사와도 친숙해져야 하고 말이지. 셰익스피어가 사용한 소재들과 그것들을 사용한 방식, 16세기와 17세기의 연극 상연 환경과 그에 대한 제약들과 자유의 기회들, 셰익스피어 시대의 문학비평과 그 목적과 방식과 규칙 들도 알아야 하고. 영어의 발전 과정과 다양한 발전 단계에서의 무운시와 압운시에 대해서도 공부해야 하고 그리스극도 공부해야 하고. 아가멤논의 창조자[7]의 예술과 맥베스의 창조자의 예술의 연관성도 알아야 하지. 한마디로, 엘리자베스 시대의 런던과 페리클레스 시대의 아테네[8]를 머릿속에서 하나로 묶을 줄 알아야 하고, 유럽 연극사와 세계 연극사에서 셰익스피어의 진정한 위치를 알아야만 하는 거야. 비평가는 물론 해석자가 될 수 있어. 하지만 그는 발에 상처가 있고 자기 이름을 모르는 사람[9]에 의해 금세 짐작되고 밝혀질 얄팍한 비밀을 간직하고 수수께끼를 내는 스핑크스처럼 **예술**을 다루진 않을 거야. 그는 예술을 신처럼 여기면서 한층 더 신비롭게 만드는 것을 자신의 본분으로 생각하고, 인간의 눈에 그 위엄이 더욱더 경이로워 보이게 하는 것이 자신의 특권이라고 생각할 거야.

그런데, 어니스트, 바로 이 대목에서 기이한 일이 일어난다네.

비평가는 분명 해석자가 될 수 있지만, 단순히 그의 입을 통해 말하도록 주입된 메시지를 다른 형태로 반복하는 의미의 해석자는 되지 않을 거야. 오직 다른 나라의 예술과 접촉할 때에야 한 나라의 예술이 우리가 국민성이라고 부르는 독자적이고 개별적인 생명을 얻는데, 이를 역으로 대입해보면, 비평가가 자신의 개성을 강화할 때에만 다른 이들의 작품과 개성을 해석할 수 있는 거야. 그리고 그의 개성이 작품 해석에 더 많이 개입될수록, 그 해석이 더 만족스럽고 더 설득력 있고 더 진실해지는 것이고.

어니스트 : 난 개성이 방해 요소일 거라고 생각했는데.

길버트 : 아니, 개성은 무언가를 드러내 보여주는 요소야. 다른 사람들을 이해하고자 한다면 먼저 자신의 개성을 강화시켜야만 해.

어니스트 : 그러면 어떤 결과를 얻을 수 있지?

길버트 : 내 얘기해주지. 어쩌면 분명한 예를 들어 설명하는 게 좋을 것 같군. 물론 가장 넓은 영역과 가장 커다란 비전과 가장 고귀한 소재를 다루는 문학비평가가 선두에 서겠지만, 각각의 예술은 말하자면 각자에게 지정된 비평가를 가지고 있다고 생각해. 우선, 배우는 극의 비평가라고 할 수 있지. 배우는 시인의 작품을 새로운 상황 속에서, 그만의 고유한 방식으로 보여주지. 대본을 기본으로, 행동과 몸짓과 목소리를 그 수단으로 활용하는 거야. 가수나 류트와 비올 연주자는 음악의 비평가인 셈이고. 그림을 동판에 새기는 사람은 그림의 아름다운 색깔을 앗아가지

만, 새로운 재료를 사용하여 우리에게 그 그림의 진정한 색감, 색조, 분위기와 가치, 질감을 보여주지. 그러니까 그는 그 나름대로 그림의 비평가라고 할 수 있는 거야. 비평가는 예술 작품을 작품 자체와는 다른 형태로 우리에게 보여주는 사람이며, 새로운 재료의 사용은 창조적 요소만큼이나 중요한 것이기 때문이야. 조각 역시 그만의 비평가를 가지고 있다네. 그리스 시대에 있었던 것과 같은 보석 세공사나, 만테냐[10]처럼 캔버스 위에 조형적 선의 아름다움과 행렬을 이룬 부조(浮彫)의 조화로운 위엄을 재현하고자 했던 화가가 바로 그들이지. 그리고 이 모든 예술의 창조적 비평가들의 경우에 있어서, 진정한 해석을 위해 개성이 절대적으로 중요하고 말이지. 루빈스타인[11]이 우리에게 베토벤의 〈열정 소나타〉를 연주할 때, 그는 우리에게 베토벤뿐만 아니라 자기 자신을 함께 보여주며, 그럼으로써 우리에게 완벽한 베토벤을 선사하는 것이지. 풍부한 예술적 기질을 통해 재해석된 베토벤, 새롭고 강렬한 개성에 의해 생생하고 멋지게 재탄생한 베토벤을 말이지. 위대한 배우가 셰익스피어 작품을 연기할 때도 우린 같은 경험을 할 수 있어. 배우의 개성이 극 해석의 필수적인 부분이 되는 거지. 사람들은 때로 배우들이 셰익스피어의 햄릿이 아닌 그들 고유의 햄릿을 우리에게 보여준다고 말하곤 하지. 그리고 유감스럽게도 이런 오류—그건 오류가 분명하니까—가 최근에 하원의 평화를 위해 혼란스러운 문학을 저버린 매력적이고 우아한 작가에 의해 반복되었지. 난 지금《부수적 의견》의 작가[12]를 애기하고 있는 거야. 사실은 셰익스피어의 햄릿 같은 건 없어. 햄릿이 예술 작품의 명확성을 어느 정도 지니고 있다면 삶에 속하는 그 모든 모호함 역시 가지고 있는 거야. 다양한 우울증만큼이나 많은 햄릿이 존재하지.

어니스트 : 우울증만큼 많은 햄릿이 존재한다고?

길버트 : 그래. 개성으로부터 예술이 탄생하는 만큼, 예술은 오직 개성에만 자신을 드러낼 수 있어. 그리고 그 둘의 만남에서 제대로 된 해석비평이 나올 수 있는 것이고 말이지.

어니스트 : 그렇다면 해석자로 간주되는 비평가는 그가 받는 것만큼만 주고, 빌리는 것만큼만 빌려준다는 건가?

길버트 : 비평가는 우리에게 언제나 우리 시대와의 새로운 관계 속에서의 예술 작품을 보여줄 거야. 그리고 언제나 우리에게 위대한 예술 작품은 살아 있는 것이라는—사실상 유일하게 살아 있는 것이지—사실을 상기시켜줄 거고 말이지. 비평가는 그런 사실을 아주 절실하게 느낄 거야. 내가 장담하건대, 문명이 진보하고 우리 사회가 고도로 조직화될수록 각 시대의 선택된 정신들, 비판적이고 개화된 정신들은 현실의 삶에 점점 더 흥미를 잃어가면서 거의 대부분 **예술**이 관여한 것으로부터 감동을 받고자 하게 될 거야. **삶**이란 그 형식이 너무 형편없기 때문이지. 삶의 재앙들은 잘못된 방식으로 엉뚱한 사람들에게 닥치잖나. 삶의 코미디에는 기괴한 공포가 담겨 있고, 삶의 비극은 웃음거리로 끝이 나곤 하지. 삶에 가까이 갈수록 언제나 상처받을 수밖에 없어.

모든 건 너무 오래가거나 너무 빨리 끝나지.

어니스트 : 불쌍한 삶! 불쌍한 인간의 삶이여! 자네는 로마의 한 시인이 삶의 정수, 그 한 부분을 차지한다고 했던 눈물에도 감동받은 적이 없었나?

길버트 : 너무 빨리 감동받아서 탈이지. 강렬한 감정을 느꼈던, 환희나 기쁨의 열렬한 순간들로 채워진 시절들을 돌이켜보면 모든 게 꿈만 같고 환상인 것만 같아. 한때 불같이 우리를 타오르게 했던 열정이 비현실적인 게 아니라면 무엇이겠는가? 우리가 충실하게 믿었던 것이 못 믿을 게 아니면 무엇이겠는가? 있을 법하지 않은 것은 무엇이겠는가? 그건 우리 자신이 했던 일들이라네. 그래, 어니스트, 삶은 그림자들로 우리를 속이지. 마치 꼭두각시 놀이를 하듯 말이야. 우린 삶에 기쁨을 달라고 요청하지만, 삶은 우리에게 씁쓸함과 실망을 함께 안겨주지. 우리는 때로 우리 시대에 비극의 찬란한 위엄을 부여해줄 거라고 생각하는 어떤 고귀한 슬픔과 마주칠 때가 있지. 하지만 그건 이내 우리에게서 멀어지고 그보다 덜 고귀한 것들이 그 자리를 차지하게 되지. 그리고 바람 부는 어느 회색빛 새벽이나 향기로운 조용한 은빛 저녁에, 우린 예전에 그토록 열렬하게 숭배하고 미친 듯이 키스했던 금빛 머리 단을 냉담한 놀라움으로 또는 돌처럼 굳은 마음으로 바라보고 있는 우리 자신을 발견하게 되는 거야.

어니스트 : 그럼 삶은 실패작인가?

길버트 : 예술적 관점에서 보면 그렇다네. 그리고 이러한 예술

적 관점에서 볼 때 삶을 실패작으로 만드는 주된 요소는, 삶에 비루한 안정감을 부여하는 것, 즉 사람은 결코 정확히 똑같은 감정을 반복해서 느낄 수 없다는 사실이야. 하지만 예술의 세계는 얼마나 다른가! 자네 뒤쪽 서가에 《신곡》이 꽂혀 있지. 책의 어떤 페이지를 열게 되면, 내게 결코 아무런 잘못을 한 적이 없는 누군가에게 격렬한 증오를 느끼거나, 한 번도 본 적이 없는 누군가를 향한 위대한 사랑이 소용돌이치기도 하지. 예술이 안겨주지 못할 기분이나 열정은 없어. 그리고 예술의 비밀을 발견한 이들은 앞으로 자신들이 어떤 경험을 하게 될지 미리 예측할 수가 있지. 우린 자신이 원하는 날짜와 시간을 선택할 수 있는 거야. "내일 새벽, 우리는 엄숙한 베르길리우스와 함께 죽음의 그림자 계곡을 통과해 걸어가리라."라고 중얼거리면, 하! 새벽은 우리를 어두컴컴한 숲 속[13]에서 발견하고, 그 만토바인[14]은 우리 옆에 서 있지. 우리는 희망을 파멸시키는 전설의 문을 지나, 연민이나 기쁨과 함께 또 다른 세상의 공포를 마주하게 돼. 위선자들은 얼굴을 칠하고 금을 씌운 납으로 된 망토를 입고 지나가지. 그들을 몰고 가는 세찬 바람 속에서, 육욕을 가진 자가 우리를 바라보고 있고, 우리는 이교도가 자기 살을 찢고, 식탐의 죄를 저지른 자가 비의 채찍을 맞고 있는 광경을 지켜보지. 우리가 하르피아이[15]의 숲에 있는 나무의 시든 가지들을 꺾으면, 독이 있는 어두운 빛깔의 잔가지들은 우리 앞에서 붉은 피를 흘리면서 비통하게 울부짖지. 오디세우스는 불기둥 밖으로 우리에게 말을 걸고, 위대한 기벨린당원[16]이 불길이 타오르는 무덤에서 몸을 일으키면, 그러한 침상의 고문을 이겨냈다는 자부심이 잠시 우리 것이 되지. 흐릿한 자줏빛 공기 사이로 죄악의 아름다움으로 세상을 더럽혔던 이들이 날아다니고, 역겨운 질병의 구덩이 속에는 수종(水腫)으로 고통받으며 몸이 기괴한 류트 모양으로 부어오른 위조화폐 제조자 아다모 디 브레시아가 누워 있어. 그는 우리에게 자신의 비참함을 들어달라고 애원하고, 우리가 걸음을 멈추면 그는 메마르고 갈라진 입술로 자신이 얼마나 밤낮으로, 상쾌한 물줄기로 초록빛 카센티노 언덕 아래로 세차게 흘러내리는 맑은 개울을 꿈꾸었는지를 얘기하지. 트로이의 거짓된 그리스인 시논[17]은 그를 비웃지. 그가 시논의 얼굴을 치자 다툼이 벌어져. 우리는 그들의 치욕에 매료되고, 베르길리우스가 우리를 꾸짖고 멀리 거인들이 요새를 지키는 도시, 위대한 니므롯[18]이 나팔을 불고 있는 그곳으로 우리를 데리고 가기 전까지 배회하지. 끔찍한 일들이 우리를 기다리고 있고, 우린 단테의 옷을 입고 단테의 마음으로 그것들을 만나러 가는 거야. 우리가 스틱스 강의 습지를 건너가면 아르젠티[19]가 질척대는 진흙탕을 헤치고 우리가 탄 배를 향해 헤엄쳐 와. 그는 우리를 소리쳐 부르지만 우린 그를 외면하지. 그가 죽어가는 소리가 들리면 우린 즐거워하고, 베르길리우스는 우리의 신랄한 경멸에 찬사를 보내지. 우리는 배신자들이 유리 속 지푸라기처럼 박혀 있는 코키투스 강[20]의 차가운 수정 위를 밟고 지나가지. 그러다 발이 보카의 머리에 부딪치는 거야. 그는 우리에게 자기 이름을 말하지 않으려 하고, 우린 비명을 지르는 머리통에서 머리카락을 한 움큼 뽑아내지. 알베리고[21]는 조금이라도 눈물을 흘릴 수 있도록 그의 얼굴 위의 얼음을 깨달라고 우리에게 간청해. 우리는 그러겠다고 약속하고, 그가 자신의 비통한 이야기를 다 하고 나면 우리가 했던 말을 저버리고 그를 지나쳐 가지. 사실 그런 잔인함이 정중한 태도인 거야. 신에게 저주받은 자에게 자비를 베푸는 것보다 더 비열한 게 어디 있겠나? 루시퍼[22]의 아가리에서 그리스도를 팔아먹은 사람이 보이고, 루시퍼의 아가리에서 카이사르를 살해한 이들이 보여. 우리는 몸을 떨면서 별들을 다시 보기 위해 계속 위로 올라가지.

정화(淨化)의 땅[23]에는 공기가 더 자유롭고, 신성한 산이 환한 빛을 받으며 우뚝 솟아 있어. 이곳에서 우린 평화로울 수 있고, 잠시 이곳에 머무는 사람들도 어느 정도 평화로울 수 있지. 비록 마렘마의 독으로 얼굴이 해쓱해진 마돈나 피아가 우리 앞을 지나가고, 여전히 지상의 슬픔에서 헤어나지 못하고 있는 이스메네[24]도 이곳에 머물긴 하지만. 이곳의 영혼들은 차례차례 우리로 하여금 그들의 회한과 기쁨을 함께 나누게 한다네. 홀로된 아내의 애도에서 고통의 약초를 삼키는 법을 배운 남자는 우리에게 쓸쓸한 침상에서 기도하는 넬라의 이야기를 들려주고, 우리는 본콘테로부터 어떻게 눈물 한 방울이 죽어가는 죄인을 악마로부터 구해낼 수 있는지를 알게 되지. 고귀하고 오만한 롬바르디아인 소르델로[25]는 마치 누워 있는 사자처럼 멀리서 우리를 살피고 있

어. 베르길리우스가 만토바 출신이라는 것을 알게 되자 그의 목
을 껴안고, 베르길리우스가 로마의 시인이라는 것을 알게 되자
그의 발 앞에 무릎을 끓어. 에메랄드 조각과 자단보다 더 아름답
고. 진홍색과 은색보다 더 환한 색의 풀과 꽃들이 피어 있는 계곡
에서 한때 세상의 왕이었던 이들이 노래를 하고 있군. 하지만 합
스부르크가(家) 루돌프의 입술은 다른 사람들의 노래에 맞추지
않고, 프랑스의 필리프는 자기 가슴을 두드리고, 영국의 헨리는
혼자 떨어져 앉아 있어. 우리는 길을 멈추지 않고 경이로운 계단
을 계속 올라가고, 별들은 점점 더 커지고, 왕들의 노랫소리는 점
차 희미해져. 우리는 마침내 일곱 그루의 황금 나무와 지상낙원
의 정원에 닿은 거야. 그때 이마에 올리브 가지를 두르고 새하얀
베일을 쓰고 초록색 망토를 걸치고 타오르는 불 같은 색깔의 옷
을 입은 사람이 그리핀[26]이 끄는 마차를 타고 나타난 거야. 그러
자 우리 안에서 태곳적 불길이 다시 타오르고, 심하게 고동치는
심장에 피가 빠르게 돌지. 우리는 그녀를 알아봐. 우리가 경배해
온 여인, 베아트리체야.[27] 우리 심장 주위에 얼어붙었던 얼음이
녹아. 우리도 모르게 비통함의 거친 눈물이 터져 나오고, 우리는
땅에 이마가 닿도록 조아리지. 우리가 죄를 졌음을 알기 때문이
야. 우리가 속죄를 하고, 정화되고, 레테의 강물을 마시고, 에우
노에의 강물[28]에 몸을 씻고 나면, 우리 영혼의 여주인은 우리를
천상의 천국으로 끌어 올리지.

영겁의 진주인 달로부터 피카르다 도나티가 우리를 굽어보면

잠시간 그녀의 아름다움이 우리를 방해하지. 그리고 그녀가 물에 빠져들듯 서서히 멀어져가면 우리는 아쉬워하는 눈빛으로 그녀를 물끄러미 떠나보내. 달콤한 행성인 금성은 연인들로 가득하다네. 소르델로가 사랑했던, 에첼리노의 여동생 쿠니차도 거기 있고, 아잘라이스에 대한 그리움 때문에 세상을 저버린 프로방스의 열정적인 가수 폴코, 그리고 그리스도가 처음으로 영혼을 구원해준 가나안의 창녀도 그곳에 있지. 플로라의 요아킴이 햇빛을 받으며 서 있고, 햇빛 속에서 아퀴나스는 성 프란체스코의 이야기를, 보나벤투라는 성 도미니크의 이야기를 들려주고 있어. 화성의 불타는 루비 사이로 카치아귀다가 다가오고 있군. 그는 우리에게 추방의 활에서 날아온 화살에 대해 말하고, 다른 사람의 빵이 얼마나 짠지, 남의 집 계단이 얼마나 가파른지를 이야기해주지.²⁹ 토성에서는 영혼이 노래하지 않아. 우리를 안내한 그녀조차 웃지 못하지. 황금 사다리 위에서는 불길이 오르내려. 우리는 마침내 **신비의 장미**가 펼쳐 보이는 장관을 목도하지. 베아트리체는 신의 얼굴에 눈길을 고정하고는 다른 데로 돌릴 생각을 하지 않아. 우린 지복(至福)의 광경을 보고 있는 거야. 우리는 태양과 모든 별들을 움직이는 **사랑**을 알게 된 거야.

우리는 그렇게 600년을 거슬러 그 위대한 피렌체인과 하나가 된 듯, 그와 같은 제단에 무릎을 꿇고 그의 환희와 경멸을 함께 나눌 수 있는 거야. 그리고 우리가 고대에 싫증을 느끼고 피로와 죄악으로 물든 우리 시대를 느껴보고자 한다면, 단 한 시간 만에

20년간 수치스러운 삶에서 경험하는 것보다 더 많은 것을 경험하게 해 줄 수 있는 책들이 있지 않은가? 자네 바로 옆에만 해도 단단한 상아로 매끄럽게 손질되고 금빛 수련 가루가 뿌려진 담녹색 가죽의 작은 책이 놓여 있군. 그게 바로 고티에가 사랑했던 보들레르의 걸작이라네. 이렇게 시작하는 슬픈 마드리갈이 있는 쪽을 펼쳐보게.

그대가 현명한 게 나와 무슨 상관이란 말인가?
아름다워라! 그리고 슬퍼해라!

그러면 자네는 기쁨을 숭배해본 적이 없는 것처럼 슬픔을 숭배하고 있는 자신을 발견하게 될 거야. 스스로를 괴롭히는 사람에 관한 시로 넘어가 그 섬세한 음악이 자네의 머릿속으로 스며들고 자네의 생각을 물들이게 놔두어보게. 그러면 자넨 잠시 동안 그 시를 쓴 사람이 되겠지. 아니, 잠깐 동안이 아니라, 처량한 달빛이 비추는 수많은 밤들과 해가 안 난 황량한 낮들 동안, 자네 것이 아닌 절망이 자네 마음속에 자리를 잡고, 다른 이의 비참함이 자네 마음을 조금씩 갉아먹게 될 거야. 책 전체를 읽고 그 책이 단 한 가지 비밀이라도 자네 영혼에 이야기할 수 있게 해보게. 그러면 자네 영혼은 점점 더 많이 알고 싶은 열망에 사로잡히면서 독이 든 꿀을 먹고 자라게 될 거야. 그리고 자네는 아무 죄가 없는 기이한 죄를 뉘우치려 하고, 결코 알지 못했던 엄청난 쾌락에

대한 속죄를 하고자 할 거야. 그리고 이 모든 악의 꽃들에 싫증이
나면 페르디타[30]의 정원에서 자라는 꽃들에게로 시선을 돌려봐.
그리하여 이슬에 젖은 그들의 성배들로 자네의 달아오른 이마를
식히고, 그들의 사랑스러움으로 자네 영혼을 치유하고 회복하도
록 하게. 또는 다정한 시리아인 멜레아그로스[31]를 그의 잊힌 무
덤에서 깨우고, 헬리오도로스[32]의 연인에게 음악을 연주해달라
고 청해보게나. 그의 노래 속에도 꽃들이 있으니까. 붉은 석류꽃,
몰약(沒藥) 향이 나는 아이리스, 방울이 달린 수선화, 짙푸른 히
아신스와 마저럼과 톱니 같은 잎을 가진 데이지가. 그가 사랑하
는 것은, 저녁에 콩밭에서 풍기는 향기, 시리아 언덕에서 자라는
싹이 난 향기로운 감송(甘松), 상큼한 초록색 백리향, 포도주 잔
의 매력이라네. 정원을 거니는 그의 연인의 발은 백합 위에 놓인
백합과도 같아. 그녀의 입술은 잠에 취한 양귀비 꽃잎보다 더 부
드럽고, 바이올렛보다 더 부드럽고 그만큼 향기롭지. 불꽃을 닮
은 크로커스는 풀밭에서 고개를 내밀어 그녀를 바라보지. 그녀
를 위해 가냘픈 수선화는 차가운 빗물을 모아두고, 그녀 때문에
아네모네는 시칠리아의 바람이 자신에게 구애했던 사실을 잊어
버리지. 크로커스도 아네모네도 수선화도 그녀만큼 아름답지는
않아.
　참으로 이상하지, 감정의 전이란 것은. 우리는 시인과 같은 병
을 앓고, 노래하는 이는 우리에게 그의 고통을 전하지. 죽은 입술
은 우리에게 전할 메시지를 간직하고 있고, 먼지가 된 심장은 우

리에게 그의 기쁨을 전할 수 있지. 우리는 팡틴[33]의 피 흘리는 입에 키스하러 달려가고, 마농 레스코[34]를 따라 전 세계를 누비지. 우리는 또한 티레인의 광적인 사랑과 오레스테스[35]의 공포도 함께 느끼지. 우리가 느끼지 못할 열정은 없으며, 우리가 누리지 못할 쾌락도 없어. 그리고 우린 무언가에 뛰어들 때와 자유로워질 수 있는 순간도 선택할 수가 있어. 삶! 삶이라니! 성취나 경험을 얻기 위해 삶의 문을 두드리진 말잔 말이야. 삶이란 건 상황에 제약받고, 그 표현에도 일관성이 없으며, 그 속에서는 예술적이고 비판적인 기질을 유일하게 충족시킬 수 있는, 형식과 정신의 아름다운 일치도 찾아볼 수 없어. 삶은 그 산물을 사는 데 너무 비싼 값을 치르게 하지. 우린 아주 하찮은 삶의 비밀을 알아내는 데에도 터무니없고 끝없는 대가를 치러야만 하는 거라고.

어니스트 : 그럼 우리는 모든 것에 있어서 **예술**로 향해야 하나?

길버트 : 그래, 모든 것에 있어서. **예술**은 우리를 다치게 하지 않기 때문이지. 우리가 연극을 보며 흘리는 눈물은 **예술**이 일깨우는 정교한 불모(不毛)의 감정들의 한 유형이야. 우린 눈물을 흘리지만 상처받지는 않지. 우리는 슬퍼하지만 그 슬픔은 씁쓸하지 않지. 스피노자가 어딘가에서 말한 것처럼, 인간의 실제 삶에서는 슬픔은 더 낮은 차원의 완벽으로 가는 통로인 거야. 하지만 그리스의 위대한 예술비평가[36]의 말을 다시 인용하자면, 예술을 채우고 있는 슬픔은 우리를 정화시키고 새롭게 시작하게 하지.

우리는 예술을 통해서, 오직 예술을 통해서만 완성될 수 있어. 예술을 통해서, 오직 예술을 통해서만 실제 삶의 추악한 위험으로부터 우리 자신을 지킬 수 있는 거야. 이러한 결론은 단지 인간이 상상할 수 있는 것을 행할 필요가 없고, 모든 것을 상상할 수 있다는 사실뿐만 아니라, 감정적 힘 또한 물리적 영역의 힘처럼 그 범위와 정도에 있어서 제약을 받는다는 미묘한 법칙에서 비롯되는 거야. 인간은 많은 것을 느낄 수 있지만, 그것뿐이지. 결코 존재한 적이 없었던 이들의 삶의 광경 속에서 기쁨의 진정한 비밀을 발견하고, 코델리아와 브라반쇼의 딸[37]처럼 결코 죽지 않는 이들의 죽음을 두고 내내 눈물을 흘릴 수 있는데, 삶이 쾌락으로 우리를 유혹하고, 고통으로 우리 영혼을 망가뜨리고 해치든 말든 무슨 상관이 있겠는가?

어니스트 : 잠깐만. 자네가 말하는 것들은 모두가 굉장히 부도덕한 부분이 있는 것 같은데.

길버트 : 모든 예술은 부도덕한 거야.

어니스트 : 모든 예술이?

길버트 : 그래. 감정을 위한 감정은 예술의 목적이고, 행동을 위한 감정은 삶의 목적이자, 우리가 사회라고 부르는 삶의 실제적인 조직의 목적인 거야. 모든 도덕의 시작이자 근간이 되는 사회는 단지 인간의 에너지를 한군데로 집결하기 위해 존재하는 거야. 그리고 사회의 존속과 건강한 안정성을 확보하기 위해 각 시민에게 아주 당연하게 공공의 안녕에 생산적인 노동의 형태로 기

여할 것과, 하루 일과가 낳을 고생과 고역을 요구하지. 사회는 종종 범죄자를 용서하지만 몽상가는 결코 용서하지 않아. 예술이 우리 마음속에 불러일으키는 아름답고 무익한 감정들은 사회가 보기에는 증오스러운 거야. 사람들은 이런 무시무시한 사회적 이상의 독재에 철저하게 지배당한 나머지 특별 전시회나 일반 대중에게 공개된 또 다른 장소에 당당하게 나타나서는 아주 커다란 목소리로 "무슨 일을 하시나요?"라고 묻곤 하지. 교양을 갖춘 사람이 유일하게 다른 사람에게 속삭일 수 있는 질문은 "무슨 생각을 하시나요?"인데 말이지. 희색이 만면한 이 사람들의 의도는 물론 순수하지. 어쩌면 그래서 그들이 그렇게까지 따분한 건지도 모르겠고. 하지만 누군가는 그들에게, **관조**(觀照)는 사회적 관점에서는 시민이 저지를 수 있는 범죄 중에 가장 심각한 죄악이고, 고도의 문화적 관점에서는 인간의 참된 업이라는 것을 가르쳐주어야만 해.

어니스트 : 관조라고?

길버트 : 그래, 관조 말이야. 얼마 전에 내가 자네한테 무언가를 하는 것보다 그것에 관해 말하는 게 훨씬 더 어려운 일이라고 말한 바 있지. 이번에는 아무것도 하지 않는 게 이 세상에서 가장 어려운 일이라고 말하려 하네. 그건 가장 어렵고도 가장 지적인 일이지. 지혜를 향한 열정을 품은 플라톤에게 관조는 가장 고귀한 형태의 에너지였지. 마찬가지로 지식을 향한 열정을 품은 아리스토텔레스에게도 관조는 가장 고귀한 형태의 에너지였어. 성

인과 중세의 신비주의자들의 신성함을 향한 열정도 그들을 관조로 이끌었지.

어니스트 : 그럼 우린 아무것도 하지 않기 위해 존재한다는 건가?

길버트 : 선택받은 이들이 아무것도 하지 않기 위해서 존재하는 것이지. 행동은 제약을 받기 마련이고 상대적일 수밖에 없어. 편하게 앉아서 지켜보는 사람, 홀로 거니는 몽상가의 시야는 무한하고 절대적인 거야. 하지만 이 멋진 시대의 끝자락에 태어난 우리는 삶을 대가로 삶에 관한 어떤 사색을 받아들이기에는 지나치게 교양을 갖추고, 지나치게 비판적이고, 지나치게 지적으로 섬세하고, 강렬한 쾌락들에 대한 지나친 호기심을 가지고 있지. 우리에겐 신의 도시[38]는 무미건조하고, 신의 향유[39]는 무의미해. 형이상학은 우리의 기질을 충족시켜주지 못하고, 종교적 황홀경은 구식이 되었지. **아카데믹한** 철학자[40]가 '모든 시대와 모든 존재의 관객'이 될 수 있는 세상은, 이상적인 세상이 아니라 단지 추상적인 관념들로 이루어진 세상일 뿐이야. 그 안으로 들어가면 우리는 사상의 차가운 수학(數學) 속에서 굶주리게 될 거야. 신의 도시의 궁전은 지금 우리에겐 열려 있지 않아. 그 문은 **무지**(無知)가 지키고 있어서, 그곳을 통과하려면 우리 본성 중에서 가장 신성한 모든 것을 포기해야만 해. 우리 선조들이 믿었던 것으로 충분한 거야. 그들은 이미 인류가 지닌 믿음의 능력을 소진해버렸어. 우리에게는 그들이 두려워했던 회의주의라는 유산

을 물려주었지. 그들이 만약 그것을 언어로 표현했더라면 아마도 우리 안에 사상으로 살아남지는 못했을 거야. 우리는 성인(聖人)으로 되돌아갈 수 없어. 안 돼, 어니스트, 안 될 일이야. 죄인에게서 배울 게 훨씬 더 많기 때문이야. 우리는 철학자에게로 되돌아갈 수도 없어. 그리고 신비주의자는 우리를 헤매게 만들지. 월터 페이터가 어딘가에서 말한 것처럼, 그 누가 플라톤이 그토록 높이 평가한 무형의 막연한 **존재**와 장미꽃잎 하나의 곡선을 바꾸려고 하겠냔 말이야. 필로의 **계시**와 에크하르트의 **심연**, 뵈메의 **비전**, 눈 먼 스웨덴보리에게 나타난 무시무시한 **천국**[41]이 우리에게 다 무슨 소용이란 말인가? 그런 것들은 들판에 활짝 핀 한 송이 노란 수선화보다 못하고, 가장 하찮은 시각예술보다도 못한 거야. **자연**이 정신으로 나아가는 물질이라면, **예술**은 물질을 빌려 자신을 표현하는 정신인 것이지. 따라서 가장 낮은 단계의 발현에서조차도 예술은 감각과 영혼 둘 다에 말을 거는 거야. 심미적 기질은 언제나 모호함에 질색하지. 그리스인들은 예술가 민족이었어. 그들은 무한의 감각으로부터 자유로울 수 있었던 거지. 아리스토텔레스처럼, 칸트를 읽고 난 후의 괴테처럼, 우리는 구체적인 것을 갈망하고 구체적인 것만이 우리를 만족시킬 수 있는 거야.

어니스트 : 그래서 자네가 제안하고 싶은 게 뭔가?

길버트 : 비평 정신을 발달시킴으로써 우린 우리 자신의 삶뿐만 아니라 인간의 집단적 삶도 이해할 수 있게 되고, 그럼으로써

완벽하게 현대적인—진정한 의미의 현대성을 말하는 거야—존재가 될 수 있다고 생각해. 현재만이 현존하는 것이라고 생각하는 사람은 그가 살고 있는 시대에 관해 아무것도 알지 못하는 거야. 19세기를 제대로 이해하기 위해서는, 오늘의 19세기를 형성하는 데 기여한 앞선 시대들을 이해해야 해. 자신에 관해 무언가를 알고 싶으면 다른 사람들에 관한 것부터 알아야 하는 것처럼 말이지. 인간이 공감하지 못할 기분이란 없고, 되살리지 못할 죽은 삶의 양식(樣式)도 없어. 불가능한 일이라고? 난 그렇게 생각하지 않아. 과학적인 **유전법칙**[42]은, 모든 행동의 절대적인 메커니즘을 우리에게 밝히고, 도덕적 책임이라는 스스로를 구속하는 무거운 짐으로부터 우리를 자유롭게 해줌으로써, 말하자면 관조적인 삶에 정당성을 부여한 거야. 그것은 우리가 행동하려 할 때만큼 자유롭지 못한 때도 없다는 것을 우리에게 보여주었지. 유전법칙은 사냥꾼의 그물처럼 우리를 꼼짝 못하게 옭아매고, 우리들의 운명에 관한 예언을 벽에 새겨놓았어. 우린 그것을 경계할 수 없어, 그건 우리 안에 있기 때문이지. 우리는 그것을 볼 수 없어, 영혼을 비추는 거울을 통해서가 아니라면 말이지. 그것은 가면을 쓰지 않은 네메시스[43]이고, 운명의 여신들[44] 중 가장 무시무시한 막내이며, 우리가 진짜 이름을 알고 있는 유일한 신이야.

그런데 실제적이고 외적인 삶의 영역에서는 유전법칙은 자유의 에너지와 선택적인 행위를 박탈하지만, 영혼이 작용하는 주관적인 영역에서는 그 무시무시한 그림자가 많은 선물을 손에 쥔

채 우리에게로 다가온다네. 기이한 기질과 미묘한 감성의 선물, 거친 열정과 냉담한 무관심의 선물, 서로 상충하는 생각들의 복잡하고 다양한 선물, 서로 맞서 싸우는 열정들의 선물을 가지고 말이지. 따라서 우리는 우리 자신의 삶을 사는 게 아니라 죽은 이들의 삶을 사는 거야. 그리고 우리 안에 머무르는 영혼은, 우리를 위해 창조되고 우리의 기쁨을 위해 우리 안으로 스며들어 우리의 개성과 개별성을 돋보이게 하는 단일한 정신적 개체가 아니야. 그건 무서운 장소들에서 지내왔고, 고대의 무덤들을 집으로 삼아 살아왔던 무엇인가야. 또한 수많은 질병들로 아프기도 하고, 기이한 죄악들에 대한 기억을 간직하고 있기도 하지. 그것은 우리보다 더 현명하고, 그 지혜는 쓰라리지. 또한 우리를 불가능한 욕망들로 채우고, 우리로 하여금 결코 얻을 수 없음을 알고 있는 것을 추구하게 만들지.

하지만 어니스트, 그러한 영혼이 우리를 위해 할 수 있는 게 한 가지 있다네. 익숙함의 안개로 인해 그 아름다움이 가려져 있거나, 비천한 추함과 추악한 요구들이 우리의 완벽한 발전을 저해하는 환경으로부터 우리를 멀리 데려가줄 수 있다는 거야. 우리로 하여금 우리가 태어난 시대를 떠나 다른 시대로 옮겨가면서도 그곳에서 낯설게 느끼지 않도록 해주는 거지. 어떻게 우리 자신의 경험으로부터 벗어나 우리보다 더 위대한 사람들의 경험을 실현할 수 있는지를 우리에게 가르쳐주는 거야. 삶을 향해 절규하던 레오파르디[45]의 고통은 곧 우리의 고통이 되지. 테오크리토스[46]가 피리를 불면 우리는 님프와 양치기가 되어 웃음을 터뜨리지. 우린 피에르 비달[47]의 늑대 가죽을 덮어쓴 채 사냥개 앞에서 도망치기도 하고, 랜슬롯[48]의 갑옷을 입고 왕비의 정원으로부터 말을 타고 도망가기도 하지. 우리는 아벨라르[49]의 망토를 걸치고 사랑의 비밀을 속삭이거나, 비용[50]의 누더기 옷을 입고 우리의 수치심을 노래로 표현하기도 하지. 우리는 셸리[51]의 눈으로 새벽을 보고, 엔디미온[52]과 함께 거닐 때면 달의 여신이 우리의 젊음에 사랑을 느끼지. 우리의 괴로움은 아티스[53]의 괴로움이며, 우리는 덴마크인[54]과 함께 무기력한 분노와 고귀한 슬픔을 느끼게 되지. 자네는 우리가 이 무수한 삶을 살 수 있는 게 상상력 덕분이라고 생각하나? 맞아, 그건 상상력의 힘 때문이고, 상상력은 유전의 결과물이야. 상상력은 인간 경험의 응축인 거야.

어니스트 : 하지만 이 모든 게 비평 정신의 기능과 무슨 상관이 있는 거지?

길버트 : 인간 경험의 전달로 인해 가능해진 문화는 오직 비평 정신에 의해서만 완성될 수 있고, 사실상 비평 정신과 하나야. 진정한 비평가란 자신의 내면에 수많은 세대들의 꿈과 사상과 감정들을 지니고 있으며, 어떤 생각의 형태도 낯설게 느끼지 않으며, 어떤 감정적 충동도 이해할 수 있는 사람이 아니면 누구이겠는가? 또한 진정한 교양인이란 훌륭한 학식과 까다로운 선택으로 본능을 자의식이 강한 지적 감각이 되게 하며 탁월한 작품과 그렇지 않은 작품을 구분할 줄 알고, 접촉과 비교를 통해 스스로를

양식(樣式)과 학파의 비밀에 정통하게 하고, 그 비밀의 의미를 이해하고 그 목소리에 귀 기울이며, 지적인 삶의 꽃이자 진정한 뿌리이기도 한 치우침 없는 호기심을 발달시키고, 그리하여 지적인 명확성에 도달하고, '세상에 알려지고 생각되어진 최상의 것'[55]을 익힘으로써 **불멸의 존재들**과 함께 살아가는—허황된 말이 아니야—그런 사람이 아닐까.

그래, 어니스트, 관조적 삶, '행하는 것(doing)'이 아닌 '존재하는 것(being)', 그리고 단지 '존재하는 것'이 아닌 '무언가가 되는 것(becoming)'을 목적으로 하는 삶, 그것이 바로 비평 정신이 우리에게 줄 수 있는 것이라네. 그건 신들이 살아가는 방식이기도 하지. 아리스토텔레스가 들려준 것처럼, 자신들의 완벽함에 대해 궁리하거나, 에피쿠로스가 상상했던 것처럼, 자신들이 만든 세상에서 일어나는 희비극을 관객의 차분한 눈으로 바라보는 것 말이야. 우리도 그들처럼 살 수 있어. 인간과 자연이 제공하는 다양한 광경들을 적절한 감정들과 함께 관조하면서 살 수 있다니까. 우리 자신을 행동으로부터 분리함으로써 정신적인 존재가 되고, 동력을 거부함으로써 완벽해질 수 있는 거라고. 나는 종종 브라우닝이 이런 것을 느끼고 있었다는 생각이 들어. 셰익스피어는 햄릿을 적극적인 삶 속으로 뛰어들게 해서는 그로 하여금 노력으로 자신의 임무를 달성하게 만들지. 하지만 브라우닝이라면 우리에게 생각을 통해 자신의 임무를 달성하는 햄릿을 선사했을 거야. 그에게 사건 사고는 모두 비현실적이고 무의미했어. 그는 영혼을 삶의 비극의 주인공으로 만들었고, 행동을 비(非)극적인 요소로 간주했어. 어쨌거나 우리에게 진정으로 이상적인 삶은 관조적 삶인 거야. 우리는 **생각**의 높은 탑 위에서 세상을 내려다 볼 수 있지. 차분하고 자기중심적이며 완벽한 심미비평가는 삶을 관조하지. 그리고 함부로 쏜 화살로는 그의 갑옷의 솔기도 가를 수 없어.[56] 적어도 그는 안전해. 살아가는 법을 터득한 거지.

그러한 삶의 방식이 부도덕한 것일까? 그래, 모든 예술은 부도 덕해. 악하거나 선한 행동을 조장하려는 방종하거나 설교적인 저 급한 형태의 예술들을 제외하고는 말이지. 모든 종류의 행동은 윤리의 영역에 속하기 때문이야. 예술의 목적은 단지 분위기를 조성하는 거야. 그런 삶의 방식이 비실용적인 것일까? 아! 비실 용적으로 산다는 게 무지한 속물이 생각하는 것만큼 그리 쉬운 게 아니라네. 그게 쉬운 일이었다면 영국으로서는 잘된 일이었을 거야. 세상에서 영국만큼 비실용적인 사람들을 간절히 필요로 하는 나라는 없기 때문이지. 이 나라에서는 끊임없이 실용성과 결부되면서 **생각**이 점점 비천해지고 있어. 말 많은 정치인, 요란 한 사회 개혁가, 자신과 운명을 같이하는 공동체의 중요하지 않 은 일부 집단의 고통에 눈이 먼 편협하고 불쌍한 사제처럼 실존 의 긴장과 혼란 속에서 살아가는 사람들 중에서 그 어떤 것에라 도 치우침 없이 지적 판단을 내릴 수 있다고 진지하게 주장할 이 가 있을까? 모든 직업은 편견으로 물들어 있고, 사람들은 출세를 하기 위해 어느 한쪽 편에 서기를 강요받지. 우린 과도하게 일하면서 교육은 제대로 받지 못하는 시대에 살고 있어. 사람들은 너무나 부지런한 나머지 완전히 바보가 되고 말지. 이런 말이 가혹하게 들릴지 모르지만, 그들에게 이런 비운은 마땅하다고 밖에 할 수 없어. 삶에 관해 무지해지기 위한 확실한 방법은, 자신을 유용한 존재로 만들려고 노력하는 거야.

어니스트 : 멋진 이론인걸, 길버트.

길버트 : 글쎄, 적어도 사실이라는 작은 장점을 지니긴 했지. 다른 이들에게 좋은 일을 하려는 욕망이 도덕군자연하는 사람들을 양산한다는 사실은, 그러한 욕망이 야기하는 해악 중 가장 하찮은 거야. 도덕군자연하는 사람들은 심리학적으로 매우 흥미로운 연구 대상이지. 모든 허식 중에서 도덕적 허식이 가장 역겨운 것이긴 하지만, 그래도 어쨌든 허식을 부린다는 것은 의미가 있는 일이야. 분명하고 합리적인 관점에서 삶을 다루는 것의 중요성을 공식적으로 인정하는 것이지. 패자의 생존을 보장함으로써 **자연**에 반하는 **인도주의적인 공감**은 과학자로 하여금 그 값싼 미덕을 혐오하게 만들지도 몰라. 정치경제학자는 앞날을 대비하지 않는 사람을 앞날을 내다보는 사람과 같은 차원에서 다룸으로써, 가장 비천하기 때문에 가장 강한 근면에의 동기를 삶에서 빼앗아가는 데 대해 맹렬한 분노를 터뜨리게 될 거야. 하지만 사상가가 보기에 감정적 공감이 초래하는 진정한 폐단은, 지식을 제한하고, 우리로 하여금 어떤 사회적 문제도 해결하지 못하도록 가로막는다는 거야. 지금 우리는 실업수당과 구호품으로 다

가오는 위기, 내 페이비언주의자[57] 친구들의 말로는 다가오는 혁명을 늦추려고 애쓰고 있는 거야. 이러다 혁명이나 위기가 도래하면 우린 무기력할 테지. 아무것도 모를 테니까. 그러니까 어니스트, 속지 말자고. 영국은 그 지배권에 유토피아를 추가하지 않는 한 결코 문명화되지 못할 거야. 영국은 그토록 아름다운 땅을 위해 포기해도 손해보지 않을 만큼 식민지들을 많이 가지고 있는데 말이야. 우리가 원하는 건 지금 이 순간보다 멀리 볼 수 있고, 오늘보다 멀리까지 생각할 수 있는 비실용적인 사람들이야. 인간의 지도자가 되고자 하는 사람들은 군중을 따르기만 하면 돼. 하지만 신들의 방식을 갖추기 위해서는 황야에서 외치는 단 한 사람의 목소리가 필요한 거야.

하지만 어쩌면 자네는 단지 바라보는 기쁨을 위해 바라보고, 관조를 위해 관조하는 태도에는 자기중심적인 면이 있다고 생각할지도 모르겠군. 그렇게 생각하더라도 그렇다고 말하지는 말게. 우리 시대처럼 철저히 이기적인 시대는 자기희생을 신격화하지. 또한 우리가 살고 있는 시대처럼 철저하게 탐욕적인 시대에서는 그 시대에 즉각적이고 실제적인 이익이 되는 얄팍하고 감정적인 미덕들이 훌륭하고 지적인 미덕들보다 더 우위에 놓이지. 언제나 누군가에게 이웃에 대한 의무에 관해 떠들어대는 우리 시대의 박애주의자들과 감상주의자들 역시 그들이 원하는 바를 이루지는 못할 거야. 인류의 발전이 개인의 발전에 달려 있으며, 자기 수양이 더는 이상(理想)이 되지 못하는 곳에서는 그 즉시 지적 기준이 낮아지거나 종종 영원히 자취를 감춰버리기 때문이지. 자네가 저녁 식사 자리에서 자신을 수양하는 데 평생을 바친 사람—물론 우리 시대에는 드물긴 하지만 때로 만나질 때도 있는—을 만난다면, 자네는 한층 더 풍요로워져서 식탁에서 일어나게 될 거야. 그리고 고귀한 이상이 잠시 자네를 스쳐가면서 자네의 날들을 신성하게 해주었다는 것을 알게 되지. 하지만 오! 어니스트, 다른 이들을 가르치는 데 평생을 바친 사람 옆에 앉게 된다면! 그 얼마나 끔찍한 경험인지! 자기 의견을 다른 사람에게 전하는 치명적인 습관의 피할 수 없는 결과인 무지는 얼마나 무서운 것인지! 그런 사람의 정신은 얼마나 편협한지! 끝없는 반복과 역겨운 중언부언이 얼마나 우리를 지치게 하고, 그 자신을 피곤하게 하는지! 그런 정신 속에서는 그 어떤 지적 성장의 요소도 전혀 찾아볼 수가 없어! 언제나 악순환 속에서 움직이니까!

어니스트 : 자네 너무 격앙되어 있군, 길버트. 혹시 최근에 자네가 말하는 그 끔찍한 경험을 한 적이 있나?

길버트 : 그것을 피할 수 있는 사람은 거의 없어. 사람들은 이 나라에 교사가 없다고 하지. 나는 부디 그랬으면 좋겠어. 하지만 그도 결국 어떤 유형을 대표하는 사람 중 하나—그중에서도 분명 가장 덜 중요한—일 뿐인데, 바로 그 유형이 우리의 삶을 진정으로 지배하고 있다는 생각이 들어. 그리고 박애주의자가 윤리적 영역의 골칫거리인 것처럼, 지적 영역의 골칫거리는 다른 사람들을 가르치는 데 몰두하는 사람이야. 정작 자기 자신을 가르칠

시간은 전혀 내지 않으면서 말이지. 안 될 일이야, 어니스트, 자기 수양이야말로 인간의 진정한 이상인 거야. 괴테는 그 사실을 간파했고, 우리는 그리스 시대 이후 어떤 인물보다도 괴테에게 많은 빚을 지고 있어. 그리스인들도 그 사실을 간파했고, 현대 사상에 유산을 물려준 것처럼, 관조적 삶의 개념과 유일하게 그런 삶을 진정으로 실현시킬 수 있는 비평 방식을 우리에게 남겨주었지. 자기 수양만이 위대한 **르네상스**를 만들 수 있었고, 그것만이 우리에게 **휴머니즘**을 물려줄 수 있어. 그것만이 우리 시대를 위대하게 만들 수 있어. 영국의 진정한 약점은 불완전한 군사력이나 무방비의 해안, 햇빛이 들지 않는 골목길로 스며드는 가난이나 추악한 법정에서 소동을 벌이는 취객이 아니라, 나라의 이상이 지적인 것이 아닌 감정적인 것이라는 사실인 거야.

지적인 이상을 실현하기가 어렵다는 것을 부인하는 건 아니야. 그리고 아마도 앞으로도 오랫동안 대중에게 인기가 없을 거라는 건 더더욱 부인하지 않고. 사람들이 고통에 공감하기란 아주 쉬운 일이지. 하지만 생각에 공감하기는 아주 어려운 거야. 사실 보통 사람들은 생각이 진정 무엇인지도 잘 몰라. 그래서 어떤 이론이 위험하다고 말하는 건 그것을 공개적으로 비난하는 거라고 믿는 듯해. 어떤 진정한 지적 가치를 지닌 것은 오직 그런 이론들밖에 없는데 말이야. 위험하지 않은 생각은 생각이라고 불릴 가치조차 없어.

어니스트 : 길버트, 자네 나를 당혹스럽게 하는군. 자넨 모든

예술이 본질적으로 부도덕하다고 했어. 이젠 모든 생각이 본질적으로 위험하다고 말하려는 건가?

길버트 : 그래, 실용적 영역에서 생각은 위험해. 사회의 안전은 관습과 무의식적 본능에서 비롯되지. 그리고 건강한 유기체로서의 사회의 안정성은 그 구성원들 사이에 지성이 완전히 부재하는 데 기반하는 거야. 그 사실을 충분히 인식하고 있는 대부분의 사람들은 그들을 존엄한 기계의 반열에 올려놓는 굉장한 시스템 편에 자연스럽게 서면서, 삶에 관한 어떤 문제에 지적 능력이 개입하는 것에 불같이 화를 내지. 인간을 '이성의 지시에 따라 행동하도록 요구될 때는 언제나 냉정을 잃고 마는 이성적 동물'로 규정하고 싶은 유혹이 느껴질 정도야. 그런데 이제 그만 실용적 영역에서 벗어나는 게 어때. 사악한 박애주의자들에 관한 이야길랑은 그만하자고. 그런 자들은 가느다란 눈을 가진 황하의 현자, 장자의 자비에 맡겨두는 게 좋겠어. 그는 그들처럼 불쾌한 선의의 호사가들이 인간에게 내재된 단순하고 자발적인 미덕을 파괴했음을 입증해보인 바 있거든. 그들은 따분한 주제야. 난 얼른 비평의 자유로운 영역으로 돌아가고 싶다고.

어니스트 : 지성의 영역 말인가?

길버트 : 그래. 자넨 내가 비평가도 자신만의 방식으로 예술가만큼 창조적일 수 있다고 이야기한 것을 기억할 거야. 사실 예술가의 작품이란, 비평가에게 어떤 새로운 기조의 생각이나 감정을 제시하여 비평가가 이를 그 작품만큼 특별하거나 그보다 더

특별한 형식으로 구현하고, 신선한 표현 수단을 통해 다르게 아름답거나 더 완벽하게 만들 때에만 가치가 있는 거야. 그런데 자네 내 이론에 대해 다소 회의적인 것 같군. 내가 잘못 본 건가?

어니스트 : 꼭 회의적인 건 아니네. 하지만 자네가 말하는 비평가의 작품—그 작품도 분명 창조적인 것임을 인정해야겠지만—은 어쩔 수 없이 순전히 주관적일 수밖에 없을 거라는 생각이 강하게 드는 건 사실이야. 가장 위대한 예술 작품은 언제나 객관적이고, 객관적이면서 비개인적인데 말이지.

길버트 : 객관적인 작품과 주관적인 작품의 차이는 단지 외형의 차이일 뿐이야. 우연한 것이지 본질적인 게 아니라고. 모든 예술적 창조는 순전히 주관적인 거야. 코로가 바라보았던 풍경은 그가 말한 것처럼, 자기 마음의 상태였던 거야. 그리고 그리스나 영국 연극의 위대한 인물들은 그들에게 형태를 부여하고 창조해낸 시인들과는 별개로 그들만의 삶을 소유한 것처럼 보이지만, 궁극적으로 분석해보면 그들은 결국 시인 자신인 거야. 자신일 거라고 생각했던 모습이 아니라, 자신이 아닐 거라고 생각했던 그 모습 말이지. 그리고 신기하게도 그런 생각을 하다 보면, 비록 잠깐이지만 정말 그런 모습이 되기도 해. 우린 결코 우리 자신을 벗어날 수 없을 뿐 아니라, 창작자에게 없는 것이 창작품에 있을 수가 없기 때문이지. 아니, 창작품이 더 객관적으로 보일수록 실제로는 더 주관적인 거라고 말하고 싶네. 셰익스피어는 런던의 새하얀 거리에서 로젠크랜츠와 길든스턴[58]을 실제로 만났을 수

도 있고, 광장에서 서로 원수 사이인 집안의 하인들이 서로를 심하게 모욕하는 것을 보았을 수도 있어. 하지만 햄릿은 그의 영혼에서 나왔고, 로미오는 그의 열정으로부터 탄생한 거야. 그들은 그가 가시적인 형태를 부여한 그의 본성의 일부였고, 그의 마음속을 마구 휘젓던 충동이었어. 그래서 그는 부득이 그들이 억눌린 에너지를 구현할 수 있게 해주었던 거야. 구속받고 제한되고 불완전할 수밖에 없는 실제 삶의 저급한 차원에서가 아니라, 예술이라는 상상적 차원에서 말이지. 그곳에서는 사랑은 죽음 속에서 비로소 충만하게 완성될 수 있고, 커튼 뒤에서 몰래 엿듣는 자를 칼로 찔러 죽일 수도 있으며, 새로 생긴 무덤 속에서 몸싸움을 벌일 수도 있고,[59] 죄지은 왕으로 하여금 독이 든 술을 마시게 할 수도 있으며,[60] 완전무장을 한 채 달빛 아래 안개 낀 성벽을 배회하는 자기 아버지의 영혼을 만날 수도 있지. 제약을 받는 행동은 셰익스피어를 불만족스럽고 침묵한 상태로 남아 있게 했을 거야. 그가 아무것도 하지 않았기에 모든 것들을 성취할 수 있었던 거야. 마찬가지로 셰익스피어의 극작품이 우리에게 그를 철저하게 드러내 보여주고, 심지어 투명한 눈에 자신의 은밀한 마음의 벽장을 내보인 그 기이하고 절묘한 소네트들보다도 훨씬 더 완전하게 그의 진정한 본성과 기질을 보여줄 수 있는 것도 그가 극작품에서 결코 자신에 관해 얘기하지 않았기 때문이지. 그래, 객관적인 형식은 사실 가장 주관적인 내용을 담고 있는 거야. 인간은 자기 자신으로서 이야기를 할 때 자신에게서 가장 멀어지는 거라고. 인간에게 가면을 줘보게, 그럼 진실을 말하게 될 테니까.

어니스트 : 그렇다면 주관적인 형식에 국한된 비평가는, 비개인적이고 객관적인 형식들을 언제나 자유자재로 사용할 수 있는 예술가보다 필연적으로 자신을 충분히 표현할 수 없겠군.

길버트 : 꼭 그런 것만은 아니야. 그리고 전혀 그렇지 않기도 해. 주관적 형식에 국한된 비평가가, 가장 발달된 단계에서 비평의 각 양식은 단지 마음의 상태를 표현한 것이며, 일관성이 없을 때 우리는 가장 진실한 자신이 될 수 있음을 인식할 수 있다면 말이지. 모든 것에 있어서 오직 아름다움의 원칙에만 충실한 심미 비평가는 다양한 학파로부터 그들의 매력의 비결을 배우고, 외국의 제단 앞에 절을 할 수도 있으며, 기분이 내키면 낯선 새로운 신들에게도 미소 지으면서 끊임없이 새로운 인상(印象)들을 추구할 거야. 사람들이 누군가의 과거라고 부르는 것은 전적으로 그네들하고만 상관있는 것이지 그 당사자와는 아무런 상관이 없는 거야. 자신의 과거를 돌아보는 사람은 고대할 만한 미래가 없어야 마땅해. 일단 어떤 마음 상태를 위한 표현을 발견하면 그걸로 끝인 거야. 자네 지금 웃는 건가? 하지만 내 말은 틀림없는 사실이야. 어제 사람들을 매혹시킨 것은 **사실주의**였어. 사람들은 사실주의로부터 그것이 창조하고자 목표했던 새로운 전율(nouveau frisson)[61]에 이를 수 있었지. 사람들은 그것을 분석하고 설명하고 싫증을 냈지. 해 질 녘에는 그림에서는 루미니스트(Lumin-iste)[62]가, 시에서는 상징주의자(Symboliste)[63]가 나타났어. 그리고

중세 시대의 정신, 시대가 아니라 기질에 속하는 그 정신이 상처 투성이의 러시아에서 느닷없이 깨어나 고통의 강력한 매력으로 우리를 잠시 흔들어놓았지. 오늘은 **로맨스**를 갈구하는 외침이 들려오고 있어. 벌써 계곡에는 나뭇잎들이 흔들리고, 자줏빛 언덕 꼭대기에서는 **미녀**가 가냘픈 금빛 발로 사뿐히 걷고 있어. 오 래된 창작 양식이 계속 머물고 있는 거라고. 예술가들은 자기 자신이나 서로를 재생산하는 것을 지루하게 반복하고 있어. 하지만 **비평**은 언제나 앞으로 나아가고, 비평가는 계속 발전하지.

다시 말하지만, 비평가는 결코 주관적인 표현 형식에만 국한되지 않아. 서사시의 방식이 그의 것이듯 극의 방식도 그의 것이야. 비평가는 밀턴이 마블[64]에게 희극과 비극의 본질에 관해 이야기하게 하거나, 펜스허스트의 떡갈나무들 아래에서 시드니[65]가 브룩 경과 문학에 관한 담론을 벌이게 한 인물[66]처럼 대화를 사용할 수도 있어. 또는 월터 페이터가 즐겨 했던 것처럼 내레이션의 형식을 채택할 수도 있어. 그는 《상상적 초상화》[67]—이게 그 책의 제목이 맞나?—에서 허구를 가장하여 우리에게 훌륭하고 섬세한 몇몇 비평들을 제시했지. 화가인 와토에 관한 비평 하나, 스피노자의 철학에 관한 비평 하나, 초기 르네상스의 **이교적** 요소에 관한 비평 하나, 그리고 마지막으로, 어떤 면에서는 가장 시사하는 바가 많았던, 지난 세기에 독일에서 시작되었고 우리 문화가 큰 빚을 지고 있는 계몽주의(Aufklärung)[68]의 기원에 관한 비평을 말이지. 플라톤부터 루키아노스까지, 루키아노스부터 조르다노 브루노까지, 그리고 브루노부터 칼라일을 즐겁게 했던 그 위대한 나이 든 **이교도**[69]에 이르기까지 이 세상의 창조적 비평가들이 늘 사용해왔던 훌륭한 문학 형식인 대화는 사상가들에게 하나의 표현 방식으로서의 매력을 결코 잃지 않을 것이네. 비평가는 대화라는'방식으로 자신을 드러내거나 숨길 수도 있고, 모든 상상에 형식을 부여하고, 모든 기분에 실체를 부여할 수 있지. 또한 대화를 통해 다양한 관점에서 대상을 제시하고, 우리가 조각가처럼 그 대상을 사방에서 관찰할 수 있게 하지. 그런 식으로, 중심 아이디어가 전개되는 동안 불쑥 제시되고 아이디어를 더 완벽하게 이해하게 해주는 부수적인 쟁점들로부터, 또는 뒤늦게 떠올라 주제를 더욱더 완벽하게 만들어주고 우연에서 오는 미묘한 매력을 선사하는 절묘한 생각들로부터 비롯되는 충만함과 사실성을 획득하면서 말이지.

어니스트 : 그렇다면 비평가는 대화를 통해 가상의 적대자를 만들어내고, 마음이 내킬 때면 터무니없는 궤변으로 그를 개종시킬 수도 있겠군.

길버트 : 오! 다른 이들을 개종시키는 건 아주 쉽다네. 하지만 스스로를 개종시키는 건 아주 어려운 거야. 자신이 진정으로 믿는 것에 도달하기 위해서는 내가 아닌 다른 사람의 입술로 말해야만 해. 진실을 알기 위해서는 무수한 거짓을 상상해봐야 하지. 진실이 뭔가? 종교에서는 그건 단지 살아남은 견해일 뿐이야. 과학에서 진실은 궁극적인 감각이고. 예술에 있어서 진실은 최종

적인 느낌이지. 어니스트 자네도 이제 비평가도 예술가처럼 다양한 객관적 표현 양식을 사용할 수 있다는 걸 알겠지. 러스킨은 창의적인 산문 속에 자신의 비평을 담아냈고, 표변(豹變)과 반박에 뛰어났어. 브라우닝은 무운시의 형식으로 비평을 하면서, 화가와 시인으로 하여금 우리에게 그들의 비밀을 털어놓게 했지. 르낭은 대화를 사용했고, 페이터는 허구를, 로세티는 다양한 표현 양식을 지닌 이의 본능으로 궁극적인 예술은 문학이며 가장 훌륭하고 효율적인 매체는 바로 언어임을 감지하고는, 조르조네의 색깔과 앵그르의 디자인, 그리고 자신의 디자인과 색깔을 소네트의 음악으로 나타냈지.[70]

어니스트 : 알겠네. 그럼 비평가가 모든 객관적인 형식들을 마음대로 사용할 수 있다고 결론낸 김에 진정한 비평가를 규정짓는 특징이 어떤 것들이 있는지 말해줄 수 있겠나?

길버트 : 자네 생각엔 어떤 것들일 것 같나?

어니스트 : 글쎄, 비평가는 무엇보다 공정해야 하지 않을까?

길버트 : 천만에. 공정하다니, 비평가는 일반적인 의미에서 결코 공정할 수가 없어. 사람들은 흥미를 느끼지 못하는 것에 대해서만 진정으로 편파적이지 않은 견해를 제시할 수 있어. 그게 바로 편파적이지 않은 견해가 언제나 전적으로 무가치한 이유지. 어떤 문제의 양면을 모두 보는 사람은 아무것도 보지 못하는 것과 같아. 예술은 열정이야, 그리고 예술에 있어서 **생각**은 필연적으로 감정으로 물들게 돼 있지. 따라서 예술은 불변하기보다는

가변적이고, 섬세한 기분과 절묘한 순간에 따라 좌우되기 때문에 엄밀한 과학적 공식이나 신학적 도그마로 좁혀질 수가 없는 거야. **예술**은 영혼에 말을 걸고, 영혼은 육체와 마찬가지로 정신의 포로가 될 수도 있어. 물론 아무런 편견을 갖지 않을 수도 있지. 하지만 백 년 전쯤 어느 위대한 프랑스인이 지적했듯이, 그런 문제에서 어떤 것을 선호하는 것은 자기 마음이야. 그리고 무언가를 선호하게 되면 더 이상 공정할 수가 없는 거지. 모든 예술 학파에 똑같이 공평하게 찬사를 보낼 수 있는 건 경매인밖에 없어. 아니, 공정성은 진정한 비평가의 특징이 아니야. 그건 비평의 조건도 못 돼. 우리가 만나게 되는 각각의 예술 형식은 그 순간만큼은 다른 모든 형식을 배제하고 우리를 지배하지. 작품의 비밀을 캐내고자 한다면 어떤 작품이든지 해당 작품에 절대적으로 집중해야 하는 거라고. 그러는 동안에는 다른 어떤 것을 생각해서도 안 되고, 사실상 다른 어떤 것을 생각할 수도 없고 말이지.

어니스트 : 어쨌거나 진정한 비평가는 합리적이겠지, 안 그런가?

길버트 : 합리적이라고? 예술을 싫어하는 방법이 두 가지가 있네, 어니스트. 하나는 예술을 싫어하는 것이고, 다른 하나는 예술을 합리적으로 좋아하는 거야. 예술은 플라톤이 다소 애석해하며 간파했던 것처럼, 듣는 사람과 보는 사람의 내면에 일종의 신성한 광증(狂症)을 만들어내는 것이거든. 예술은 어떤 영감에서 비롯되는 게 아니라, 다른 이들이 영감을 받을 수 있게 하는

거야. 예술은 이성에 호소하지 않아. 어쨌든 예술을 사랑한다면, 이 세상 그 무엇보다도 예술을 사랑해야 해. 그리고 이성의 목소리에 귀를 기울이면, 이성은 그런 사랑에 맹렬하게 반대한다는 것을 알 수 있지. 아름다움을 숭배하는 것은 제정신으로는 할 수 없는 것이거든. 제정신으로 바라보기에는 아름다움이 너무나 찬란하기 때문이지. 아름다움이 삶의 대부분을 차지하는 이들은 세상 사람들의 눈에는 언제나 순전히 몽상가로 보일 거야.

어니스트 : 그렇다면, 비평가는 적어도 성실해야겠지.

길버트 : 약간의 성실성은 위험한 것이며, 전적인 성실성은 절대적으로 치명적인 것이라네. 사실 진정한 비평가는 아름다움의 원칙에 자신을 바친다는 의미에서는 언제나 성실하다고 볼 수 있을 거야. 하지만 그는 모든 시대와 모든 학파를 초월해서 아름다움을 추구하면서, 결코 어떤 고정된 생각의 틀이나 사물을 바라보는 정형화된 방식에 자신을 국한시키지 않아. 비평가는 다양한 형식과 각기 다른 수많은 방식으로 자신을 표현하고, 새로운 감각과 신선한 관점에 끊임없이 호기심을 나타내지. 그는 지속적인 변화를 통해서, 오직 지속적인 변화를 통해서만 진정한 일관성을 발견할 수 있어. 그는 결코 스스로의 견해에 얽매이지 않을 거야. 지적 영역에 있어서 정신이라는 게 움직임이 아니라면 무엇이겠나. 삶의 본질과 마찬가지로 생각의 본질은 성장에 있어. 결코 말 따위에 겁먹어서는 안 되네, 어니스트. 사람들이 불성실이라고 일컫는 것은 단지 우리가 자신의 개성을 다양화하는 방식

일 뿐이니까.

어니스트 : 나는 어쩌 하는 말마다 운이 없는 것 같군.

길버트 : 자네가 말한 세 가지 특징 중에서 성실성과 공정성은 사실상 도덕과 관련이 없더라도 적어도 도덕의 경계선에 위치해 있지. 그리고 비평의 첫 번째 조건은, 비평가는 **예술**의 영역과 **윤리**의 영역이 철저하게 구분돼 있고 별개라는 사실을 인식할 줄 알아야 한다는 거야. 그 둘이 뒤섞이게 되면 또다시 혼란이 찾아오고 말 거야. 오늘날 영국에서는 그 둘이 너무 자주 혼동되고 있어. 그리고 우리의 현대판 청교도들이 아름다운 것을 파괴할 수는 없지만, 그들의 유별난 금욕에 대한 열망이 한순간 아름다움을 오염시킬 수는 있는 거야. 그런 사람들이 자신을 드러내는 건, 이런 말을 하게 되어서 유감이지만, 대부분 저널리즘을 통해서야. 참으로 유감이야. 현대 저널리즘의 편에서도 할 말이 많은데 말이야. 언론은 우리에게 못 배운 사람들의 견해를 전달함으로써 공동체의 무지와 계속 접촉하게 만들지. 이 시대의 최근 사건들을 주의 깊게 기록함으로써 그런 사건들이 실제로는 얼마나 하찮은지를 우리에게 보여주고 있어. 변함없이 불필요한 것들을 논의함으로써 우리로 하여금 문화를 위해 요구되는 것과 그렇지 않은 것이 무엇인가를 깨닫게 하지. 하지만 불쌍한 타르튀프에게 현대 예술에 관한 글을 쓰도록 허용해서는 안 되는 거야. 그랬다가는 언론은 스스로의 어리석음을 드러내게 될 테니까. 그래도 타르튀프의 기사나 채드밴드[71]의 단평은 적어도 다음과 같은 유

용한 면이 있긴 해. 그런 글들은 윤리나 도덕적 고찰이 영향을 미칠 수 있는 영역이 얼마나 극도로 제한돼 있는지를 잘 보여주거든. 과학은 도덕의 영역 밖에 있지. 과학의 시선은 영원한 진리에 고정돼 있기 때문이야. 예술 또한 도덕의 손길이 닿지 않는 곳에 있어. 아름답고 불멸하며 계속 변화하는 것들에 그 시선이 고정돼 있기 때문이야. 도덕에 속하는 것은 그보다 수준이 낮고 덜 지적인 영역들이지.

그런데 입으로만 떠들어대는 청교도들 얘기는 이쯤에서 그만하는 게 좋겠네. 그 사람들도 때로는 우리에게 웃음을 선사하기도 하니까. 평범한 저널리스트가 예술가가 다루는 주제를 제한하자고 진지하게 제안하는 걸 보고 어떻게 웃지 않을 수 있겠나? 내가 보기에는 그런 제약은 몇몇 신문이나 그 기자들과 기고자들에게 가해지는 게 좋을 것 같고, 곧 그렇게 되기를 바라고 있네. 그들은 우리에게 노골적이고 추악하고 역겨운 삶의 실상들을 전달해주기 때문이야. 천박한 탐욕과 함께 질 낮은 사람들의 죄악을 낱낱이 기록하고, 무지한 이들의 지나친 성실함과 함께 흥미로운 요소라고는 도무지 찾아볼 수 없는 사람들의 행위를 지겹도록 세세하고 정확하게 전달해주지. 하지만 예술가는 삶의 실상들을 받아들이고는, 그것들을 아름다운 형태로 변화시켜 연민이나 경외심을 전달하는 수단이 되게 하고, 그것들 속에 깃든 색채요소와 경이로움과 진정한 윤리적 의의를 보여주고, 그것들로부터 실재(實在)보다 더 사실적이고 더 고귀하고 고결한 세상을 만들어내지. 그런데 누가 예술가에게 제약을 가하겠냐 말이야. 누가 봐도 오랜 저급함에 불과한 새로운 **저널리즘**의 사도들은 그럴 수 없지. 글도 말도 엉터리인 위선자의 불평불만에 불과한 새로운 청교도주의의 사도들은 당치 않지. 그런 생각을 하는 것만으로도 웃음이 나오는군. 이제 그런 사악한 자들은 내버려두고 진정한 비평가에게 필요한 예술가적 자질에 대한 논의를 해보도록 하세.

어니스트 : 그게 어떤 것들인가? 얘기해주게.

길버트 : 비평가에게 첫 번째로 요구되는 조건은 기질이라네. 아름다움과 아름다움이 우리에게 주는 다양한 인상에 매우 민감한 기질 말이야. 어떤 조건하에서 어떤 식으로 이러한 기질이 민족이나 개인에게 생겨나는지에 대해서는 지금 논하지 말자고. 지금으로서는 그러한 기질이 존재한다는 사실과 우리에게 미적 감각이 내재돼 있음을 아는 것만으로도 충분하니까. 다른 감각들과 구별되고 그것들보다 우위에 있는, 이성과 구별되고 그보다 더 고귀한 의미를 지닌, 영혼과 구별되고 그와 똑같은 가치를 지닌 미적 감각, 즉 어떤 사람들은 창조하도록 이끌고, 또 어떤 이들—더 예리한 정신을 지닌 사람들이겠지—은 단지 관조하게 만드는 감각 말일세. 하지만 이러한 감각이 정화되고 완전해지려면 일종의 섬세한 환경이 요구되지. 그런 환경이 없이는 그 감각은 굶어 죽거나 둔화되고 말아. 자네도 젊은 그리스인이 어떤 교육을 받아야 하는지를 묘사한 플라톤의 아름다운 구절을 기억

하겠지. 환경의 중요성을 거듭 강조한 그 구절 말이야. 좋은 광경과 소리 가운데서 청년이 어떻게 성장하는지, 그래서 어떻게 물질적인 것의 아름다움이 그의 영혼으로 하여금 정신적인 아름다움을 받아들이도록 준비시키는지에 대한 것이었지. 청년은 서서히, 그 이유를 의식하지도 못한 채, 플라톤이 우리에게 교육의 참된 목적이라 주지시키는 데 지치는 법이 없었던, 아름다움에 대한 진정한 사랑을 키워나가게 되는 거야. 그의 내면에서는 서서히 그러한 기질이 자리를 잡으면서, 그로 하여금 자연스럽고 단순하게, 나쁜 것보다는 좋은 것을 선호하고, 저속하고 조화를 이루지 못하는 것을 거부하며, 첨예한 직관적 감각으로 우아함과 매력과 사랑스러움을 지닌 모든 것을 따르게 만들지. 이러한 감각은 시간이 흐름에 따라 궁극적으로 비판적이면서 의식적인 것으로 변하게 되지만 처음에는 단지 세련된 본능으로 존재할 뿐이야. 그리고 '내면적 인간의 진정한 교양을 쌓은 그는 분명하고 확실한 시각으로 예술이나 자연에서 부족한 점과 결함을 간파하고, 실수를 범하지 않는 감각으로 좋은 것에 찬사를 보내고, 그 속에서 기쁨을 찾고, 그것을 자신의 영혼에 받아들여 선하고 고귀해지는 한편, 당연히 나쁜 것을 비난하고 혐오하게 될 거야.' 지금 그의 젊은 날에 그 이유를 깨닫기도 전에 말이지. 그리고 훗날 그의 내면에서 비판적이고 의식적인 정신이 자라나게 되면, 그는 '그것을 교육으로 인해 매우 친근해진 친구로 인식하고 반기게 될 거야.' 이런 말을 굳이 할 필요도 없겠지만, 어니스트, 영국이 이런 이상과는 얼마나 거리가 먼지는 자네도 잘 알고 있을 거야. 속물 같은 사람에게 교육의 참된 목적은 아름다움을 사랑하는 것이며, 이를 위해 교육은 기질의 발달과 감각의 계발 그리고 비평 정신의 함양에 중점을 두어야 한다고 과감하게 말한다면, 아마도 웃음이 그자의 번드르르한 얼굴을 밝히겠지.

하지만 우리에게는 아직 몇몇 아름다운 환경이 남아 있다네. 우리가 모들린[72]의 회색빛 회랑을 어슬렁거리거나, 웨인플리트 예배당[73]에서 울려 퍼지는 플루트 소리 같은 노랫소리에 취하거나, 초록빛 목초지에서 뱀 무늬가 있는 기이한 패모꽃들 가운데 누워 있거나, 정오의 뜨거운 햇살에 종탑[74]의 금빛 풍향계가 더 섬세한 금빛으로 반짝거리는 것을 구경하거나, 크라이스트 처치[75] 성당의 아치 천장의 그늘진 부채꼴 아래 계단을 이리저리 돌아다니거나, 세인트 존 칼리지의 로드[76] 건물의 조각이 새겨진 입구를 통과해 지나갈 때면 강사들이나 교수들의 따분함이 잊히지. 아름다움에 대한 감각이 형성되고 단련되고 완성될 수 있는 것은 옥스퍼드나 케임브리지에서만이 아니야. 지금 영국 전역에 장식예술의 르네상스가 움트고 있지. 추함의 시대는 끝이 난 거야. 부자들의 집에도 취향이라는 게 생겨났고, 부자가 아닌 이들의 집도 우아하고 아름다우며 살기에 쾌적해졌어. 캘리밴, 가엾고 소란한 캘리밴은 자신이 어떤 사물을 보고 얼굴 찌푸리기를 관두면 그 사물이 더 이상 존재하지 않는 것이라고 생각하지. 그런데 그가 조롱하기를 관둔다면 자신의 것보다 더 날래고 예리한 또 다른 조롱과 맞닥뜨렸기 때문인 거야. 그리고 잠시 동안 침묵—추하고 일그러진 그의 입을 영영 봉해버려야 할 침묵—하도록 혹독히 단련받았기 때문인 거지. 지금까지 행해진 것들은 주로 길을 치우기 위한 것이었어. 창조하는 것보다 파괴하는 게 언제나 더 어려운 법이거든. 그리고 파괴해야 하는 대상이 천박함과 어리석음일 때는 파괴의 과업에 용기뿐만 아니라 무시 또한 요구되지. 그래도 그 일은 지금까지 그럭저럭 잘되어온 것 같아. 우린 나쁜 것을 제거한 거야. 그리고 이제는 아름다운 것을 만들어나가야 해. 비록 심미주의 운동의 임무가 창조하기보다는 관조하는 삶을 살도록 사람들을 이끄는 것이라고는 해도, 켈트족은 창조적 본능이 강하고 예술을 선도하고 있는 것도 켈트족이야. 그러니 앞으로 이 기이한 르네상스가 수세기 전 이탈리아의 도시들에서 시작되었던 예술의 새로운 탄생만큼이나 강력한 것이 되지 말란 법도 없지.

그래, 기질의 함양을 위해서는 우린 장식예술로 시선을 돌려야만 해. 우리에게 가르침을 주는 예술이 아니라, 우리를 감동시키는 예술에게로 말이지. 현대의 그림들이 눈을 즐겁게 해주는 건 사실이야. 적어도 그중 몇몇은 그래. 하지만 그것들과 함께 살아가는 건 불가능해. 그 그림들은 지나치게 영리하고 너무나 확신에 차 있으면서 너무나 지적이야. 그 의미가 너무나 명백하고, 그 기법이 지나치게 명확하게 규정돼 있고. 그림이 말하고자 하는 게 금세 파악되면서 우리가 아는 사람들처럼 따분해지는 거야. 난 파리와 런던의 **인상파** 화가들의 작품을 아주 좋아해. 그들의 그림에서는 여전히 미묘함과 탁월함을 엿볼 수 있거든. 그들의 몇몇 배열과 조화는 고티에의 불멸의 작품 〈백색 장조의 교향악〉의 범접할 수 없는 아름다움을 떠올리게 해. 흠잡을 데 없는 색채와 음악의 걸작으로, 인상파 화가들의 상당수 걸작들의 제목뿐만 아니라 그 유형까지 암시했을 작품이지. 무능한 자들을 열렬한 동정심으로 환영하고, 기괴한 것과 아름다운 것, 저속한 것과 진실한 것을 혼동하는 계층에게는 그들의 재능이 차고 넘치지. 그들의 동판화는 경구(警句)의 재치를 표현해내고, 그들의 파스텔화는 역설만큼 매혹적이지. 그들의 초상화에는, 평범한 사람들이 뭐라고 비난하건 간에 순수한 허구에 속하는 독특하고 멋진 매력이 담겨 있음을 아무도 부인할 수 없고 말이지. 하지만 아무리 성실하고 부지런한 인상파 화가들이라 할지라도 못하는 게 있지. 난 그들을 좋아해. 그들의 백색 기조(基調)는 연보라색 변조(變調)와 함께 색채에 있어서 새로운 역사를 썼지.[77] 순간이 사람을 만들지는 않지만, 순간은 분명 인상파 화가들을 있게 했어. 그리고 예술에 있어서의 순간과 로세티의 표현대로 '순간의 기념비'[78]에 대해서는 할 말이 아주 많아. 인상파 화가들은 많은 것을 시사해주기도 해. 그들이 눈먼 사람들의 눈을 뜨게 하지는 못했지만, 적어도 근시안들에게 많은 용기를 주었지. 그들 중 노장들은 세상 물정에 어두운 면이 있고, 젊은 화가들은 지나치게 현명한 나머지 분별력이 부족하지. 게다가 그들은 그림을 마치 문맹을 위해 고안된 일종의 자서전처럼 다루기를 고집하면서, 모래처럼 거친 그들의 캔버스 위에서 그들의 불필요한 자아와 불필요한 견해를 끊임없이 떠들어대고, 저속한 과장으로 그들의 가장 나은 점이자 유일하게 겸손한 면인 자연에 대한 격조 높은 모독을 망치고 말았어. 그래서 사람들은 결국 언제나 요란하고 대체로 재미도 없는 개성을 지닌 개인들의 작품에 싫증을 내게 되지.

그보다는 파리에 새로 등장한 화파의 화가—그들 스스로 '의고주의자들(Archaicistes)'[79]이라고 칭하는—들이 훨씬 더 찬사를 받을 만해. 그들은 예술가가 전적으로 날씨에 좌우되거나, 예술의 이상을 단순한 대기의 효과 속에서 찾는 것을 거부하고, 디자인의 상상적 아름다움과 선명한 색깔의 아름다움을 추구하며, 눈에 보이는 것만을 그리는 이들의 고리타분한 리얼리즘을 거부하고 볼 만한 가치가 있는 무언가를 보려고 애쓰거든. 단지 현실적이고 육체적인 눈을 통해서가 아니라, 예술적 목적에서 훨씬 더 훌륭한 만큼 정신적 영역에서도 훨씬 더 폭넓은 영혼의 고귀한 눈으로 바라보는 것이지. 어쨌거나 그들은 각각의 예술의 완성을 위해 요구되는 장식의 조건 아래 작업하고, 수많은 인상파 화가들의 몰락을 초래한 형식의 절대적인 현대성이라는 하찮고 어리석은 제약들을 유감스럽게 생각할 만한 심미적 본능을 지니고 있어.

하지만 우리가 함께 살아갈 수 있는 예술은 전적으로 장식예술이야. 모든 시각예술 중에서 유일하게 우리 안에 분위기와 기질을 동시에 생겨나게 하는 예술이지. 의미에 의해 훼손되지 않고 구체적 형태와도 관련이 없는 단순한 색채는 각기 다른 수많은 방식으로 영혼에 말을 걸 수 있기 때문이야. 선과 덩어리의 미묘한 비율에서 비롯되는 조화로움은 우리 마음에 반영되고, 패턴의 반복은 우리에게 휴식을 선사해주지. 디자인의 경이로움은 우리의 상상력을 자극하고 말이지. 사용된 재료의 매력 속에도 문화의 잠재적인 요소가 들어 있어. 이게 다가 아니야. 장식예술은 아름다움의 이상으로서의 **자연**과, 평범한 화가의 모방적 방식의 이상으로서의 그것을 의도적으로 거부함으로써 영혼으로 하여금 진정한 상상적 작품의 수용에 대비하게 해줄 뿐만 아니라, 비평적 성취 못지않게 창조적 성취의 기반이 되는 형식에 대한 감각을 영혼 속에서 키워갈 수 있게 해준다네. 왜냐하면 진정한 예술가는 느낌에서 형식이 아닌, 형식에서 생각과 열정으로 옮겨가기 때문이야. 먼저 어떤 아이디어를 떠올리고는 "내 아이디어를 14행의 복잡한 운율로 표현해야겠어"라고 중얼거리는 게 아니라고. 시인은 소네트 형식의 아름다움을 깨닫고는 특정한 음악적 방식과 운율법을 생각하게 되는 거야. 그럼 그 형식을 무엇으로 채울 것인지, 어떻게 지적이고 감정적으로 완벽한 작품이 되게 할 것인지를 형식 스스로가 암시해준다네. 때로 세상 사람들은 어떤 매력적인 예술 시인을 두고, 케케묵은 우스꽝스러운 표현을 빌리자면, 그는 '할 말이 없다'는 이유로 소리 높여 비난하기도 하지. 하지만 그가 무언가 할 말이 있었다면 아마도 그는 그것을 말했을 테고, 그 결과는 따분한 것이 되고 말았을 거야. 그가 아름다운 시를 쓸 수 있는 건 전달할 새로운 메시지가 없기 때문이란 말이지. 시인은 형식으로부터 영감을 얻는 거야. 모름지기 예술가라면 그래야 하는 것처럼, 순전히 형식으로부터 말이지. 실제의 열정은 그를 망치고 말 거야. 무엇이든 실제로 일어나는 것은 예술에는 해가 되는 법이거든. 하찮은 시들은 모두 실제의 감정에서 비롯되는 거야. 자연스럽다는 것은 명백하다는 것이고, 명백한 것은 예술적이라고 볼 수 없어.

어니스트 : 궁금해서 그러는데, 자넨 정말 자신이 말하는 걸 모두 믿는 건가?

길버트 : 그런 게 왜 궁금하지? 육체가 곧 영혼이라는 사실은 예술의 영역에만 해당되는 건 아니야. 삶의 모든 영역에서 **형식**은 모든 것의 시작이야. 플라톤도 그랬지, 춤의 율동적이고 조화로운 몸짓은 우리 마음속에 리듬과 조화를 전달해준다고. 뉴먼은 언젠가 우리로 하여금 그를 존경하고 그의 참모습을 알게 한, 그 위대한 성실성을 보여준 순간에 '**형식**은 믿음의 양식(糧食)이다'라고 외쳤지. 그가 옳았던 거야. 그는 비록 자신이 얼마나 철저하게 옳았는지 알지 못했을지 모르지만. 사람들이 교리(敎理)를 신봉하는 건, 그것이 합리적이어서가 아니라 그것을 반복해서 접하기 때문인 거야. 그래, **형식**은 곧 모든 것이야. 삶의 비밀이 거기에 있는 거라고. 슬픔에 어울리는 표현을 찾아보게, 그럼 슬픔조차 자네에게 소중한 것이 될 테니까. 기쁨을 위한 표현을 찾아보

게, 그럼 그 희열이 배가될 테니까. 사랑이 하고 싶은가? **사랑의 길고 긴 기도**를 써보게. 그럼 그 말들이 사랑의 열망을 생겨나게 해줄 거야. 사람들은 그 열망으로부터 말들이 생겨났다고 믿겠지만 말이지. 혹시 비탄에 빠져 마음이 고통스러운가? 그렇다면 슬픔의 언어에 흠뻑 빠져보고, 햄릿 왕자와 콘스턴스 왕비[80]로부터 슬픔을 말하는 법을 배우도록 하게. 그럼 표현이 곧 위로의 한 방식이며, 열정을 생겨나게 하는 **형식**을 끝내기도 한다는 것을 알 게 될 거야. 따라서 **예술**의 영역으로 돌아가서 말하자면, 비평적 기질뿐만 아니라 심미적 본능—아름다움의 조건하에 있는 모든 것을 틀림없이 드러내 보여주는 본능—까지도 창조하는 것이 바로 **형식**이라는 얘기야. 먼저 형식을 숭배해보게, 그럼 예술에 관한 모든 비밀이 자네에게 드러나게 될 거야. 창작에서와 마찬가지로 비평에 있어서도 기질이 전부이며, 예술의 유파들을 역사적으로 분류하는 것은 그들의 창작 연대에 의해서가 아니라, 그들이 어떤 기질에 호소하느냐에 따라야 한다는 것을 잊지 말게.

어니스트 : 자네의 교육론은 무척 재미있군. 하지만 그토록 섬세한 환경 속에서 성장한 비평가가 어떤 영향력을 지니고 있지? 자넨 비평의 영향을 받을 예술가가 정말로 있을 거라고 생각하나?

길버트 : 비평가의 존재 자체가 곧 그의 영향력을 말하게 될 거야. 그는 완벽한 유형의 인간을 대표하게 될 테니까. 그의 안에서 그 세기의 문화가 구현될 것이고 말이지. 그에게 자신을 완성시

키는 것 말고 또 다른 목표를 가지라고 요구해서는 안 되네. 누군 가가 아주 적절하게 표현한 것처럼, 지성이 요구하는 것은 단지 그 자신이 살아 있음을 느끼는 것뿐이야.[81] 물론 비평가도 영향 력을 발휘할 수 있기를 바랄 수 있어. 하지만 만약 그렇게 한다면, 그는 개인이 아닌 시대에 관심을 기울이게 될 거야. 새로운 갈망 과 욕구를 생겨나게 하고, 그 시대에 한층 더 커다란 그의 비전과 더욱더 고결한 분위기를 부여함으로써, 시대를 일깨우고 반응하 게 만들 거란 말이지. 현재의 예술은 미래의 예술보다 그를 덜 사 로잡을 것이고, 과거의 예술보다는 훨씬 더 그의 관심을 받지 못 할 거야. 그리고 지금 열심히 일하는 이런저런 사람들에 관해 말 하자면, 부지런한 건 전혀 중요한 게 아니야. 그런 사람들은 물론 할 수 있는 한 최선을 다하겠지만, 그로 인해 우리는 최악의 결과 물을 얻게 될 거야. 최악의 작품은 언제나 최선의 의도에서 비롯 되는 법이지. 게다가 어니스트, 사람이 마흔 살쯤 되거나, 왕립 미술원 회원이나 애서니엄 클럽[82]의 회원으로 선출되거나, 교외 기차역에서 많이 팔리는 대중적인 소설가로 인정받게 되면, 우 린 그에 대해 폭로하는 즐거움은 누릴 수 있어도 그를 교화하는 기쁨은 맛볼 수 없어. 그리고 감히 말하건대, 이는 그를 위해서 는 아주 다행스러운 일일 거야. 교화는 형벌보다 훨씬 더 고통스 러운 과정이며, 가장 가혹하고 도덕적인 형식의 형벌이기 때문이 야. 공동체로서의 우리가 소위 상습범이라고 불리는 흥미로운 존 재를 교도(矯導)하는 데 철저하게 실패하는 이유도 이것이지.

어니스트 : 하지만 시의 가장 훌륭한 심판은 시인이고, 그림을 가장 잘 판단하는 것은 화가가 아닐까? 각각의 예술은 우선적으로 그 분야에서 활동하는 예술가에게 평가를 받아야 하는 거란 말이지. 어쨌거나 전문가의 판단이 가장 믿을 만한 게 아니겠나?

길버트 : 모든 예술은 오로지 예술적 기질에만 호소를 하는 거야. 예술은 전문가에게 의견을 묻지 않아. 예술이 주장하는 바는, 예술은 보편적인 것이며, 어떻게 발현이 되든지 간에 결국은 하나라는 것이야. 사실 예술가가 예술의 가장 훌륭한 심판이라는 것은 전혀 사실도 아닐 뿐더러, 진정으로 위대한 예술가는 결코 다른 사람의 작품을 평가할 수 없고 사실상 자기 작품에 대한 판단을 내릴 수도 없어. 한 사람을 예술가로 만드는 것은 다름 아닌 집중된 상상력인데, 바로 그 강렬함 때문에 섬세한 평가 능력이 제약을 받게 되는 것이지. 창작의 에너지는 예술가로 하여금 맹목적으로 자신의 목표를 향해 돌진하게 만들지. 그의 마차 바퀴는 마치 구름처럼 그의 주위에 먼지를 일으켜. 신들은 서로의 모습을 볼 수 없어. 단지 그들의 숭배자들을 알아볼 수 있을 뿐이야. 그게 다라고.

어니스트 : 위대한 예술가는 자신의 작품과 다른 작품의 아름다움은 알아보지 못한다는 거로군?

길버트 : 그렇다네. 워즈워스는 〈엔디미온〉[83]을 단지 **이교주의**를 다룬 사랑스러운 작품으로 보았어. 현실적인 것을 싫어하는 셸리는 그 형식을 혐오하여 워즈워스의 메시지를 듣지 못했고,

위대하고 열정적이며 인간적이고 불완전한 존재인 바이런[84]은 구름의 시인이나 호반의 시인[85]을 제대로 평가하지 못했고 키츠의 경이로움도 알지 못했지. 소포클레스는 에우리피데스의 사실주의를 아주 싫어했어. 에우리피데스의 뜨거운 흐느낌이 그에게는 음악으로 다가오지 않았던 거야. 밀턴은 웅장한 스타일에 대한 그의 감각으로도 조슈아 경[86]이 게인즈버러[87]의 방식을 이해하지 못한 것만큼이나 셰익스피어의 방식을 이해하지 못했어. 형편없는 예술가들은 언제나 서로의 작품에 감탄하지. 그런 게 관대하고 편견이 없는 행동이라고 자처하면서 말이야. 하지만 진정으로 위대한 예술가는 자신이 선택한 것이 아닌 다른 어떤 조건 하에서 그려진 삶과 창조된 아름다움을 생각할 수가 없는 거야. 창작이란 본래 자신의 영역 내에서만 그 비평 능력을 모두 활용하는 법이거든. 다른 사람들에게 속한 영역에서는 그것을 발휘하지 않을 수도 있어. 인간이 어떤 것의 적절한 심판이 될 수 있는 것은 그것을 할 수 없기 때문이야.

어니스트 : 정말 그렇게 생각하나?

길버트 : 그렇다네. 관조는 시야를 넓히지만 창작은 시야를 제한하거든.

어니스트 : 하지만 기법은 어떤가? 각각의 예술은 개별적인 기법을 갖고 있지 않나?

길버트 : 물론이지. 모든 예술에는 저마다의 문법과 재료가 있지. 둘 중 어느 것도 특별한 건 없어. 무능력한 사람도 언제나 정

확할 수 있고 말이지. 하지만 **예술**의 근본을 이루는 법칙들이 아무리 불변이고 명확한 것이라 할지라도, 그것들이 실제로 구현되려면 상상력에 의한 아름다움이 더해져야 하는 거야. 마치 각각의 법칙이 하나의 예외인 것처럼 보이게끔 말이지. 개성이 곧 기법이야. 그게 바로 예술가가 기법을 가르칠 수 없고, 학생이 기법을 배울 수도 없으며, 심미비평가만이 그것을 이해할 수 있는 이유인 거야. 위대한 시인에게는 오직 한 가지—그 자신의—음악적 방식만이 존재하는 거야. 위대한 화가에게는 오직 한 가지—그 자신이 사용하는—그림의 방식만이 존재하는 것이고. 오직 심미비평가만이 모든 형식과 방식을 제대로 알아볼 수 있어. **예술**은 심미비평가에게 호소하는 것이란 말이지.

어니스트 : 어쨌거나 난 이제 할 수 있는 질문은 다한 것 같네. 그러니 이제 내가 인정해야…….

길버트 : 오, 내 말에 동의한다는 말일랑 절대 하지 말아주게. 나는 사람들이 내 말에 동의한다고 할 때마다 내 생각이 틀린 게 아닌가 하는 생각이 들거든.

어니스트 : 그렇다면 자네 말에 동의하는지 아닌지는 얘기하지 않겠네. 그보다는 다른 질문을 하도록 하지. 자넨 내게 비평은 창조적 예술이라고 설명했지. 그럼 비평의 미래는 어떤가?

길버트 : 미래는 비평에 달려 있네. 창작의 소재는 그 범위와 다양함이 매일 조금씩 줄어들고 있는 형편이지. 신의 섭리와 월터 베전트[88]가 명백한 것들을 고갈하고 말았거든. 앞으로도 창

작을 지속할 수 있으려면 지금보다 훨씬 더 비평적이 되어야만 해. 오래된 길들과 먼지 나는 큰길들은 너무 많은 사람들이 거쳐 갔지. 수많은 사람들의 발에 밟히다 보니 그 매력도 함께 닳아버렸어. 그리고 로맨스에 가장 중요한 새로움이나 놀라움 같은 요소가 모두 사라졌지. 이제 허구로 우리를 감동시키고자 하는 사람은 우리에게 완전히 새로운 배경을 제시하거나, 가장 내밀한 곳에서 움직이는 인간의 영혼을 우리에게 드러내 보여주어야만 할 거야. 지금으로서는 첫 번째는 러디어드 키플링[89]이 우리에게 그 본을 잘 보여주고 있어. 그가 쓴《언덕에서 들려주는 평범한 이야기들》의 책장을 넘기다 보면, 마치 종려나무 아래 앉아 범속성의 번쩍이는 빛 아래에서 삶을 읽고 있는 듯하지. 시장의 현란한 색깔들은 우리의 눈을 현혹시켜. 인도에 거주하는 삶에 지친 이류 영국인들은 그들의 주위 환경과 묘한 부조화를 이루고 있어. 이야기꾼에게 고유의 스타일이 결여돼 있다는 사실은 그의 이야기에 기묘한 저널리즘식의 사실성을 부여해준다네. 문학의 관점에서 보자면, 키플링은 자기 목소리를 제대로 내지 못하는 천재야. 삶의 관점에서 보면, 그는 범속성에 관해 그 누구보다도 훤히 꿰고 있는 리포터와도 같아. 디킨스는 범속성의 외관과 코미디에 대해 잘 알고 있지만, 키플링은 그것의 본질과 심각성에 대해 잘 알고 있지. 그는 이류에 관한 한 최고의 권위자가 틀림없어. 그는 열쇠 구멍으로 기막힌 것들을 보았고, 그의 작품의 배경은 진정한 예술 작품으로 평가할 수 있어. 두 번째 조건으로 말하자면 우리에게는 브라우닝과 메러디스가 있지. 하지만 자기 성찰의 영역에서는 아직 해야 할 일이 많이 있어. 사람들은 때로 허구가 너무 병적인 것이 되어간다고 말하곤 하지. 하지만 심리학적으로 보자면 아직까지 결코 충분히 병적이지 않아. 우린 겨우 영혼의 표면만을 건드렸을 뿐이야, 그게 다라고. 우리 뇌의 상앗빛 세포 하나하나마다 《적과 흑》[90]의 작가처럼 영혼의 가장 비밀스런 곳까지 추적하여 삶으로 하여금 가장 대가가 큰 죄악들을 고백하게 만들고자 했던 이들이 상상했던 것보다 훨씬 더 경이롭고 더 무시무시한 것들이 축적돼 있단 말이지. 하지만 낯선 배경의 시도에도 한계가 있고, 내성(內省)의 습관이 거듭되다 보면 오히려 그것이 신선한 재료를 공급하고자 애쓰는 창작 능력에 치명적인 결과를 초래할 수도 있어. 나로서는 창작은 이제 그 운이 다했다고 생각해. 창작은 너무 원초적이고 너무 자연스러운 충동에서 비롯되기 때문이지. 어쨌거나 창작이 마음대로 사용할 수 있는 소재는 계속 줄어들고 있는 반면, 비평의 소재는 점점 더 많아지고 있어. 정신에 대한 새로운 태도와 새로운 관점은 언제나 존재하기 마련이니까. 세상이 진보한다고 해서 혼돈에 형식을 부과하는 의무가 줄어드는 건 아니야. **비평이** 지금보다 더 절실하게 요구되는 시대는 없었어. **인류는** 오직 비평에 의해서만 지금 어느 지점에 와 있는지 깨달을 수 있는 거야.

어니스트, 자넨 몇 시간 전에 내게 **비평**의 용도에 대해 물었지. 그보다는 생각의 용도에 대해 물어보는 게 더 나았을 거야. 아널드가 지적한 것처럼, 그 시대의 지적 분위기를 조성하는 것은 **비평**이야. 언젠가 나 자신이 분명히 지적하고 싶은 것처럼, 정신을 훌륭한 도구로 만드는 것도 바로 **비평**인 거야. 현재의 교육 시스템에서 우리는 서로 아무 연관성이 없는 사실들로 기억에 무거운 짐을 지우고는, 힘들게 습득한 우리의 지식을 힘들게 전달하기 위해 애쓰고 있지. 우리는 사람들에게 기억하는 법만을 가르치고 성장하는 법은 결코 가르치지 않지. 사람들의 정신 속에 이해와 분별 같은 좀 더 섬세한 자질이 발달되도록 노력해야 한다는 생각은 해본 적이 없는 거야. 그런데 그리스인들은 그렇게 했고, 그리스인의 비평적 지성과 접촉하게 되면 우린 우리가 다루는 소재가 모든 면에서 그들의 것보다 더 광범위하고 다양한데도 불구하고 그들의 방식만이 그 소재를 해석할 수 있는 유일한 것이라는 사실을 깨닫지 않을 수 없는 거야. 영국이 이룬 것이 한 가지가 있긴 해. 바로 **여론**을 만들어내고 확립했다는 거야. 이는 공동체의 무지를 체계화해서 그것을 물리적 힘의 위엄으로 격상시키려는 시도인 거야. 하지만 여론에서 **지혜**를 찾아보긴 힘들어. 사고의 도구로서의 영국인의 정신은 조야하고 미성숙해. 그것을 정화시킬 수 있는 유일한 방법은 비평적 본능을 키우는 것밖엔 없어.

다시 말하지만, 집중에 의해 문화를 가능하게 하는 건 **비평**이야. 비평은 창작품이라는 다루기 힘든 덩어리를 가지고 좀 더 섬세한 정수(精髓)로 정제해내는 거야. 형식에 대한 감각을 조금이라도 유지하기를 원하는 사람들 중에서 세상이 쏟아낸 수많은 끔찍한 책들, 불분명한 생각과 막된 무지가 판치는 책들 때문에 고역을 치르고 싶어 하는 이가 누가 있겠는가? 지루한 미궁 속에서 우리를 이끄는 실은 **비평**의 손안에 있어. 그뿐만 아니라, 아무런 기록이 남아 있지 않은 곳, 역사가 소실되었거나 전혀 쓰인 적이 없는 곳에서도 비평은 우리를 위해 아주 작은 언어나 예술의 파편으로부터 과거를 재창조할 수 있어. 마치 과학자가 미세한 뼛조각이나 바위 위에 찍힌 발자국으로부터 한때 발걸음만으로 세상을 뒤흔들었던 날개 달린 용이나 거대한 도마뱀을 되살려내고, 베헤못을 그의 동굴에서 불러내고 리바이어던으로 하여금 또다시 놀란 바다를 가로질러 헤엄칠 수 있게 할 수 있는 것처럼 말이지. 선사시대의 역사는 언어학적이고 고고학적인 비평가의 영역이야. 사물의 기원을 밝히는 것이 그가 하는 일인 거야. 한 시대의 의식적인 침전물은 거의 대부분 사실을 호도하기 마련이지. 우리는 언어학적인 비평을 통해서만 어떤 실제적인 기록이 보존되지 않은 세기들에 관해 문헌들을 남겨놓은 세기들에 관해서보다 더 많은 것을 알 수 있는 거야. 그것은 우리에게 물리학이나 형이상학이 할 수 없는 것을 해주지. 언어학적 비평은 정신이 발전하는 과정에 대한 정밀한 학문을 선사해줄 수도 있어. 우리를 위해 **역사**가 할 수 없는 것을 해주지. 인간이 글 쓰는 법을 배우기 전에 무슨 생각을 했는지를 우리에게 말해주는 거야.

자넨 내게 **비평**의 영향에 대해 물었지. 그 문제에 대해서는 이미 대답한 것 같지만 이 말도 해야 할 것 같군. **비평**은 우리로 하여금 세계주의자가 되게 한다네. 맨체스터학파[91]는 평화의 상업적 이익을 강조함으로써 인간으로 하여금 인류의 형제애를 깨닫게 하고자 했지. 경이로운 세상을 물건을 사고파는 이들을 위한 평범한 장터로 격하시키려고 했던 거야. 그들은 인간의 가장 저급한 본능에 호소하고자 했던 거고, 그로 인해 실패하고 말았지. 전쟁이 잇따라 일어났고, 상인들의 신조는 프랑스와 독일이 피비린내 나는 전쟁을 치르는 것[92]을 막지 못했어. 우리 시대에도 단순히 감정적인 공감이나, 추상적 윤리학의 막연한 체계로부터의 얄팍한 도그마에 호소하고자 하는 사람들이 있지. 그들은 감상주의자들이 아주 소중하게 생각하는 평화 협회를 결성하기도 하고, 역사책을 결코 읽은 적이 없는 사람들에게 아주 환영받는 비무장의 국제 중재 재판을 제안하기도 했지. 하지만 단순한 감정적 공감만으로는 될 일이 아냐. 그건 너무나 가변적이고, 열정과 너무나 밀접하게 연관되어 있기 때문이야. 인류의 보편적인 행복을 위해 그들의 결정을 실행에 옮기는 힘을 박탈당하는 편이 더 나을 중재단 같은 건 별로 쓸모가 없어. **불의**보다 더 나쁜 게 꼭 한 가지가 있는데, 그건 손에 칼을 쥐고 있지 않은 **정의**야. **옳은 것**이 **힘**을 갖추지 못하면 **악**과 다를 바 없다는 얘기야.

아니, 이익을 위한 탐욕이 그럴 수 없듯이 감정은 우리를 세계주의자로 만들어주지 못해. 인종적 편견을 넘어설 수 있는 유일한 길은 지적 비평의 습관을 기르는 거야. 괴테는—내 말을 오해하지 말게—독일인 중의 독일인이었지. 그는 그 누구보다도 자기

나라를 사랑했어. 독일 국민을 소중히 여겼고 그들을 이끌었지. 하지만 나폴레옹이 쇠로 된 말발굽으로 독일의 포도밭과 옥수수밭을 짓밟았을 때 그는 침묵을 지켰어. "증오하지 않으면서 어떻게 증오의 노래를 쓸 수 있겠나?" 그는 에커만[93]에게 이렇게 말했어. "문화와 야만에 관한 문제만을 중요하게 생각하는 내가, 지구상에서 문화가 가장 발달된 나라 중 하나이자 나의 교양의 많은 부분을 빚지고 있는 나라를 어떻게 미워할 수 있겠는가 말이야." 괴테에 의해 현대 세계에 가장 먼저 울려 퍼진 이 말은 아마도 미래의 세계시민주의를 위한 출발점이 될 거라고 생각해. 비평은 다양한 형식에도 불구하고 인간의 정신은 결국은 하나라는 사실을 강조함으로써 인종적 편견을 없애게 될 거야. 다른 나라에 전쟁을 일으키고 싶은 유혹이 느껴질 때면, 우린 우리들 문화의 한 요소, 어쩌면 가장 중요한 요소를 파괴하려고 한다는 사실을 떠올리게 될 거야. 전쟁이 사악한 것으로 여겨지는 한 언제나 매혹적으로 느껴지는 법이지. 하지만 전쟁이 저속한 것으로 간주되면 더 이상 사람들의 관심을 끌지 못할 거야. 물론 그 변화는 더디 진행되고, 사람들은 그 사실을 의식하지 못하겠지만. 사람들은 "프랑스의 산문은 완벽하기 때문에 우린 그 나라와는 전쟁을 하지 않을 거야"라고 말하지는 않을 거야. 하지만 프랑스의 산문이 완벽하기 때문에 그들은 그 땅을 미워할 수 없을 거라고. 지적 비평은 상인이나 감상주의자들이 이루어낸 결속보다 더 단단하게 유럽을 하나로 묶어줄 거야. 우리에게 이해에서 비롯된 평화를 가져다줄 거란 말이지.

그리고 그게 다가 아니네. **비평**은 어떤 입장도 결정적인 것으로 받아들이지 않고, 어떤 종파나 학파의 피상적인 구호에 얽매이기를 거부하면서, 진리 그 자체를 사랑하며, 도달 불가능한 진리라고 해도 여전히 사랑할 줄 아는 평온한 철학적 기질을 창조한다네. 우리 영국은 이런 기질이 얼마나 부족하고 얼마나 필요한가 말이야! 영국의 정신은 언제나 분노하고 있지. 이류 정치인들이나 삼류 신학자들의 추하고 어리석은 언쟁에 인류의 지성이 낭비되고 있어. 아널드가 우리에게 그토록 현명하게, 하지만 안타깝게도 별 효과 없이 얘기한 '달콤한 합리성'의 최고의 예를 보여주는 것은 과학자의 몫이 되어버린 거야. 《종의 기원》의 작가는 어쨌거나 철학적 기질을 지니고 있었어. 누군가가 영국의 일상적인 설교단이나 연단을 지켜본다면 율리아누스[94]의 경멸이나 몽테뉴의 무관심을 느끼지 않을 수 없을 거야. 우리는 성실성이라는 가장 큰 악을 지닌 광신자들의 지배를 받고 있어. 정신의 자유로운 유희에 근접하는 어떤 것도 사실상 우리에겐 알려져 있지 않은 거야. 사람들은 죄인을 큰 소리로 비난하지만, 우리가 정작 부끄러워해야 할 사람은 죄인이 아니라 어리석은 자야. 어리석음이 아닌 다른 죄란 없어.

어니스트 : 이런! 자넨 정말 철저한 도덕률 폐기론자인 것 같군!

길버트 : 예술적 비평가는 신비주의자와 마찬가지로 언제나

도덕률 폐기론자일 수밖에 없어. 선(善)의 통속적인 기준에 따르면, 선해지기란 분명 아주 쉬운 거야. 그저 어느 정도의 추악한 공포, 창의적 생각의 적당한 결핍, 그리고 중산층의 품위에 대한 저급한 열정 정도만 있으면 되니까. 미학은 윤리학보다 우위에 있어. 더 정신적인 영역에 속하는 거란 말이지. 어떤 대상의 아름다움을 알아보는 것은 우리가 도달할 수 있는 최고의 지점인 거야. 심지어 개인의 발전에 있어서도 옳고 그름에 대한 감각보다 색채에 대한 감각이 더 중요해. 사실 의식적인 문명 세계에 있어서 미학과 윤리학의 관계는, 외적 세계에 있어서 성선택(性選擇)과 자연선택의 관계와도 같아.[95] 윤리학은 자연선택처럼 생존을 가능하게 하지. 미학은 성선택처럼 삶을 아름답고 멋진 것으로 만들어주고 새로운 형식으로 채워주며, 삶에 진보와 다양성과 변화를 선사하지. 그리하여 우리의 목표인 진정한 문화를 꽃피우게 되면 우린 성인들이 꿈꾸었던 완전함의 경지에 이르게 되는 거야. 죄악을 저지르는 것이 불가능한 이들의 완전함의 경지 말이야. 금욕주의자처럼 포기를 해서가 아니라, 영혼을 다치게 하지 않고도 무엇이든 할 수 있고, 영혼을 다치게 할 수 있는 어떤 것도 바라지 않을 수 있기 때문에 말이지. 지극히 신성한 실체인 영혼은 더 풍부한 경험이나 더 섬세한 감수성으로 변화할 수 있어. 또는 더 새로운 생각과 행동 또는 열정의 방식으로 변화할 수도 있는데, 이 모든 게 평범한 이들에게는 그저 진부한 것으로, 무지한 이들에게는 상스러운 것으로, 수치스러운 이들에게는 천박한 것으로 여겨질 뿐이지. 위험한 생각이라고? 맞아, 위험한 생각이야. 내가 말했듯이, 모든 생각은 다 위험한 것이거든. 한데 이 밤도 지쳐가고 램프의 불도 깜빡거리는군. 아직 한 가지 더 얘기할게 남아 있는데 말이야. 자넨 비평을 무익한 것이라고 깎아내렸지. 19세기는 딱 두 사람, **자연의 책**의 비평가인 다윈과 신의 책의 비평가인 르낭 덕분에 역사에 있어서 하나의 전환점이 될 수 있었어. 그 사실을 깨닫지 못하는 것은 세계의 진보에 있어 가장 중요한 시대들 중 한 시대의 의미를 놓치는 거야. **창작**은 언제나 시대에 뒤처지지. 우리를 이끄는 것은 **비평**이야. **비평 정신**과 **세계 정신**은 하나인 거라고.

어니스트 : 그럼 그런 정신을 지닌 사람이나, 그런 정신에 사로잡힌 사람은 아무것도 하지 않는다는 건가?

길버트 : 랜더가 우리에게 들려준 페르세포네처럼, 수선화와 아마란스가 그 새하얀 발 주위로 피어 있는, 생각에 잠긴 사랑스러운 페르세포네처럼 그는 '인간들은 딱하게 여기지만 신들은 그 상태를 향유하는 깊고 움직임이 없는 고요함' 가운데 만족한 채 앉아 있게 될 거야. 그리고 세상을 살피면서 그것의 비밀을 알아내게 될 거야. 그는 신성한 것들과 접촉함으로써 그 자신도 신성해질 거야. 그의 삶은 완전한 삶이 될 것이고, 오직 그의 삶만이 완전해질 수 있을 거야.

어니스트 : 오늘 밤 자넨 정말 이상한 얘기들을 많이 한 것 같군. 어떤 것을 하는 것보다 그것에 대해 얘기하는 게 더 어렵다

고 했고, 아무것도 하지 않는 게 이 세상에서 가장 어려운 것이라고도 했지. 모든 **예술**은 부도덕하고, 모든 생각은 위험하다는 말도 했지. 또한 비평은 창작보다 더 창조적이며, 최고의 비평은 **예술** 작품 속에서 예술가가 표현하지 않은 것을 드러내 보이는 것이며, 인간이 어떤 것의 적절한 심판이 될 수 있는 것은 그것을 할 수 없기 때문이라고도 했지. 그리고 진정한 비평가는 불공정하고 불성실하며 비합리적이라고 했지. 이보게 친구, 자넨 정말 몽상가가 분명한 것 같군.

길버트 : 그래 맞아, 난 몽상가라네. 몽상가는 달빛에 의해서만 길을 찾을 수 있고, 다른 사람들보다 먼저 새벽을 맞이하는 벌을 받지.

어니스트 : 벌이라고?

길버트 : 그가 받는 보상이기도 하지. 그런데 보게, 벌써 새벽이 밝았네. 커튼을 걷고 창문을 활짝 열라고. 아침 공기가 정말 상쾌하지 않나! 피커딜리[96]가 마치 기다란 은빛 리본처럼 우리 발밑에 펼쳐져 있군. 공원 위로는 희미한 자줏빛 안개가 드리워져 있고, 새하얀 집들의 그림자도 온통 자줏빛이야. 잠들기엔 너무 늦었어. 코번트 가든[97]으로 내려가서 장미꽃들이나 구경하자고. 얼른 가세! 생각하는 것도 피곤하군.

미주

1 호메로스의《일리아스》에 나오는 인물로, 트로이 전쟁에 참가한 그리스의 병사다. 엄청나게 못생긴 모습에 지독한 독설가이자 수다쟁이로 알려져 있다. 자신의 낮은 신분에도 불구하고 여러 영웅들과 왕들을 조롱하고 독설을 퍼붓다가 결국 그로 인해 죽임을 당했다.

2 시온은 예루살렘 성지의 언덕이다. 매슈 아널드가 저서《교양과 무질서》에서 토머스 칼라일이 한 말을 인용한 것이다. 인용된 구절은, 경외심이 요구되는 상황에서 태평스럽게 편안한 태도를 취하는 것을 뜻한다.

3 1861년 링컨 칼리지의 총장으로 선출되었던 마크 패티슨(Mark Pattison)은 밀턴에 관한 전기(傳記) 연구를 출간한 바 있다.

4 각각 엘리자베스 1세와 제임스 1세를 가리킨다.

5 Christopher Marlowe(1564~1593) 영국 극작가 겸 시인. 대표작으로는《포스터스 박사(Dr. Faustus)》와《몰타 섬의 유대인(The Jew of Malta)》등이 있다.

6 셰익스피어를 가리킨다.

7 고대 그리스의 비극 시인 아이스킬로스를 가리킨다.

8 페리클레스 시대는 아테네의 황금시대였다.

9 고대 그리스 도시 테베의 왕 라이오스와 왕비 이오카스테의 아들로 태어난 오이디푸스는 '장차 아비를 죽이고 어미를 범한다'는 신탁으로 인해 태어나자마자 버림을 받고 코린토스의 왕과 왕비의 손에 길러졌다. 버림받고 양치기에게 발

견될 당시 발이 상처로 인해 너무나 부풀어 올라 있었기 때문에 고대 그리스어로 '퉁퉁 부은 발'이라는 뜻의 오이디푸스라는 이름으로 불리게 되었다고 한다.

10 Andrea Mantegna(1431~1506) 전기 르네상스 시대의 이탈리아 미술을 대표하는 화가로, 동시대는 물론 후대의 화가들에게도 깊은 영향을 미친 인물이다. 조각가 도나텔로의 영향을 받아 견고한 조각적 성격의 작품을 그렸다. 조각적인 치밀함을 보여주는 대표작으로 〈죽은 예수(The Lamentation over the Dead Christ)〉 등이 있다.

11 Anton Grigoryevich Rubinstein(1829~1894) 러시아의 세계적 피아니스트이자 작곡가.

12 영국의 정치가, 변호사, 작가였던 비렐(Augustine Birrell)을 가리킨다.

13 단테의 《신곡》의 〈지옥편〉 1곡은 어두컴컴한 숲 속에서 길을 잃고 헤매는 단테의 모습으로 시작된다.

14 고대 로마의 최고의 시인인 베르길리우스는 이탈리아 북부 만토바 출신으로, 《신곡》에서 단테를 영원의 세계로 안내하는 길잡이로 나온다. 그는 먼저 단테를 지옥으로, 다음에는 연옥의 산으로 안내하고는 베아트리체에게 그를 맡긴다. 베아트리체와 함께 단테는 지고천(至高天)에까지 이르고, 그곳에서 한순간 신의 모습을 우러러보게 된다.

15 고대 그리스 로마 신화에 나오는, 여자의 머리와 몸에 새의 날개와 발을 가진 괴물.

16 Ghibellines 중세 말기, 교황과 신성로마제국 황제와의 다툼에서 황제를 지지하던 당파로 황제당이라 불렸다.

17 탈주병인 것처럼 꾸며서 트로이 앞에 목마와 함께 내버려진 그리스인. 트로이 최후의 왕 프리아모스에게 트로이가 그 말을 성 안에 끌어들이면 그리스인을 정복할 수 있을 것이라고 속였다.

18 구약성서에 나오는 인물로 '야훼께서도 알아주시는 힘센 사냥꾼'으로 묘사되고 있다.

19 Filippo Argenti 《신곡》의 〈지옥편〉 8곡에 묘사된 인물이다. 〈천국편〉 16곡에 나오는 아디마르 가문의 파벌로 흑당에 속해 있어, 백당에 속하는 단테의 적이었다.

20 '통곡'에서 이름이 유래된 강으로 배신자들의 눈물로 이루어진 강이다. 육친과 조국, 은인과 친구, 손님들을 배반한 자들이 잠겨 벌을 받는 얼음으로 된 차가운 강으로, 강가에는 무덤을 갖지 못한 영혼들이 지옥으로 향하는 길을 찾아 떠돌고 있다고 한다.

21 Alberigo dei Manfredi《신곡》의 〈지옥편〉 33곡에 묘사된 인물로 수도사 알베리고라고도 불린다. 그는 1285년, 친척들을 식사에 초대해 과일을 내오라는 지시(그들을 죽이라는 신호)를 내려 그들을 살해했다. 그 후 '알베리고 형제의 과일'은 배신을 상징하는 표현으로 쓰이고 있다.

22 밀턴의《실낙원》등에서는 본래 하늘의 대천사였는데 신에게 반항하다 천국에서 쫓겨나 사탄이 된 것으로 그려지고 있다. 단테의《신곡》에서 루시퍼는 지옥의 지배자다.

23 가톨릭 교리에서 천국으로 가기에는 부족하지만 지옥으로 갈 만큼의 죄를 짓지 않은 자들의 영혼이 머무르는 곳이다. 이곳에서 영혼들은 고통을 견디며 이승에서의 죄를 씻는다.

24 그리스 신화에 나오는 테베 왕 오이디푸스의 딸이자 이부(異父) 남매간이다.

25 Sordello(?~?) 13세기에 활동했던 롬바르디아 출신의 음유시인. 롬바르디아 주 만토바 현의 고이토에서 태어났다.

26 사자의 몸통에 독수리의 머리와 날개와 앞발을 가진 전설의 동물.

27 단테는 베아트리체를 아홉 살 때 처음 만났고, 베아트리체는 그가 25세 되던 1290년 6월 9일에 죽었다. 그녀는 지상의 삶에서 천국의 삶으로 옮겨간 것이다. 단테는《향연(Convivio)》에서 인생의 두 번째 시기는 스물다섯 살부터 시작한다고 쓰고 있다.

28 속죄를 하고 연옥의 산에 있는 천국의 정원에 도달한 이들은 먼저 레테 강(망각의 강)에 몸을 씻어 그들이 저지른 세속의 죄에 대한 기억을 모두 잊어버리고, 그다음에는 에우노에 강(기억의 강)에 몸을 씻어 생전의 선행에 대한 좋은 기억만을 간직하게 된다고 한다. 에우노에는 단테가 만들어낸 강의 이름이다.

29 카치아귀다는 단테의 고조부다. 〈천국편〉 15~17곡에 등장하며, 특히 17곡에서는 단테의 추방을 예언하고 있다. 단테는 정쟁에 휘말려 1302년 흑당에 의해 추방, 1321년 라벤나에서 말라리아로 사망할 때까지 피렌체로 결코 다시 돌아가지 못했다.

30 셰익스피어의《겨울 이야기(The Winter's Tale)》에서 레온테스와 헤르미오네의 딸이자, 보헤미아의 왕자인 플로리젤의 연인으로 나오는 인물이다.

31 Meleager(?~?) 재능이 뛰어났던 그리스의 단시(短詩) 작가로 시리아의 가다라 출생이다. 주로 사랑과 죽음에 관한 아름다운 시를 썼다.

32 Heliodoros(?~?) 3세기 시리아 에메사 출신의 그리스 작가로, 현존하는 그리스 소설 중 가장 길고 읽을 만한 가치가 있다고 평가되는《에티오피아 이야기(Aethiopica)》의 저자이다. 소설은 테아게네스와 카리클레이아의 환상적인 사랑

을 이야기하고 있다.

33 빅토르 위고의 《레미제라블(Les Misérables)》에 나오는 팡틴은 어린 딸 코제트의 양육비를 마련하기 위해 자신의 앞니를 뽑아 판다.

34 1731년에 발표된 프랑스의 소설가 아베 프레보의 대표작 《마농 레스코(Manon Lescaut)》의 여주인공.

35 아가멤논의 아들로, 자신의 어머니와 그녀의 정부에게 살해당한 아버지의 복수를 위해 어머니와 그 정부를 죽인 죄로 복수의 세 여신에게 쫓기는 신세가 되었다.

36 아리스토텔레스를 가리킨다. '정화(카타르시스)'는 아리스토텔레스가 《시학(Poetica)》에서 비극이 관객에 미치는 중요 작용의 하나로 든 것이다.

37 코델리아는 셰익스피어의 비극 《리어 왕(King Lear)》에 나오는 리어 왕의 막내딸이고, 브라반쇼의 딸은 셰익스피어의 《오셀로》에 나오는 데스데모나를 가리킨다.

38 città divina '이상적인 도시'라는 의미로도 쓰이며, 《르네상스》 '산드로 보티첼리' 편에서 오스카 와일드가 인용한 말이다.

39 Fruitio Dei 아우구스티누스는 '신의 향유'라는 개념을 통해 최고선을 행함으로써 행복에 이를 수 있다고 말한다.

40 플라톤의 《국가론》에서 소크라테스에 의해 묘사된 진정한 철학자를 가리킨다.

41 필로(Philo)는 헬레니즘 시대의 유대교를 대표하는 가장 중요한 철학자로, 인간화된 신의 이미지를 부인하고 전적으로 실체가 없는 존재로서의 신을 제시했다. 에크하르트(Echhart)는 독일의 철학자, 신비주의 신학자이고. 뵈메(Böhme)는 독일의 신비주의 작가다. 스웨덴보리(Swedenborg)는 스웨덴의 철학자, 신비주의 사상가로 영계(靈界)와 인간의 교류를 믿었다.

42 에밀 졸라를 필두로 하는 자연주의 문학의 밑바탕을 이루는 법칙을 가리킨다.

43 그리스 신화에 나오는 율법의 여신이다.

44 그리스 신화에서는 모이라이, 로마 신화에서는 파르카이라고 불리는 인간의 운명을 관장하는 세 여신. 클로토는 운명의 실을 뽑고, 라케시스는 운명의 실을 감거나 짜서 인생의 길이를 정하고, 막내 아트로포스는 가위로 실을 잘라 생을 끝내게 하는 역할을 맡고 있다.

45 Giacomo Leopardi(1798~1837) 이탈리아의 시인, 언어학자. 해박한 지식과 뛰어난 재능을 가졌으나 어릴 적부터 여러 가지 병을 앓아 지독한 염세관을 지

니게 되었다.

46 Theocritus(?~?) 기원전 3세기 전반의 그리스의 시인으로 전원시와 목가시로 유명하다.

47 Pierre Vidal(?~?) 12세기 프랑스 프로방스 지방의 음유시인. 그는 '늑대'라는 별명으로 불리던 자신의 마지막 아내를 지극히 사랑해서 늑대 가죽을 덮어쓴 채 들판을 달리면서 사냥개 무리에게 쫓기는 것을 즐겼다.

48 아서 왕 전설에 나오는 원탁의 기사 중 가장 훌륭하고 강한 용사로 왕비 기네비어의 연인이었다.

49 Pierre Abélard(1079~1142) 중세 저명한 스콜라 철학자이자 신학자, 논리학자. 나이 어린 제자 엘로이즈와의 연애 사건으로 파란을 일으켜 거세를 당했다. 그 후 그는 수도사가 되었고, 엘로이즈는 수도원으로 들어가 그와 연서를 주고받았다.

50 François Villon(1431~?) 15세기 프랑스의 시인으로 과실치사와 절도, 감옥 생활, 방랑 등으로 파란만장한 삶을 살았다.

51 Percy Bysshe Shelley(1792~1822) 영국의 낭만파 시인. 바이런, 키츠와 더불어 3대 시인으로 불린다. 작품이나 생애가 압제와 인습에 대한 반항, 이상주의적인 사랑과 자유의 동경으로 일관하여 바이런과 함께 낭만주의 시대의 가장 인기 있는 작가였다.

52 그리스 신화에 나오는 미소년. 달의 여신 셀레네는 그의 잠자는 모습에 끌려 영원히 잠들어 있게 하였으며, 밤마다 찾아와 그와 관계하여 50명의 딸을 낳았다고도 한다.

53 소아시아 프리기아 신화에 나오는 미소년으로, 산신들의 어머니 신으로 알려진 키벨레 여신이 그를 사랑했으나, 그가 다른 여자를 사랑하는 것을 보고 스스로 거세하게 만들었다고 한다. 그때 그가 흘린 피에서 훗날 바이올렛이 피었다고 한다.

54 햄릿을 가리킨다.

55 the best that is known and thought in the world 매슈 아널드의 '문화'에 대한 정의로, 아널드는 《비평론집》에 수록된 〈우리 시대의 비평의 기능(The Function of Criticism at the Present Time)〉에서 이 표현을 종종 사용하고 있다.

56 구약성서 《열왕기상》 22장 34절에 나오는 구절을 인용한 것이다.

57 Fabianism 페이비언 사회주의는 1884년 런던에서 설립된 영국 사회주의 단체인 페이비언 협회(Fabian Society)의 이념으로, 혁명적인 수단이 아니라 보편적 선거권과 의회 정치 등 점진적인 개혁을 통해 민주적 사회주의의 이상과 원칙

을 실현하고자 하는 사회 사상이다.

58 햄릿의 옛 친구들로 클로디어스 왕의 명령으로 그를 살해하려고 했다.

59 《햄릿》의 5막 1장에서 오필리어의 무덤 속에서 레어티스와 햄릿이 몸싸움을 벌이는 장면을 언급한 것이다.

60 실상은 클로디어스 왕은 햄릿의 독이 묻은 칼에 찔려 죽었으며, 햄릿 대신 독주를 마시고 죽은 것은 거트루드 왕비였다.

61 빅토르 위고는 보들레르에 관해 시에 새로운 전율을 도입했다는 유명한 말을 남긴 바 있다.

62 루미니즘은 19세기 미국의 풍경화 양식 또는 19세기 프랑스 인상파의 한 유파로 빛의 효과와 부드러운 대기의 묘사가 특징이다.

63 상징주의는 19세기 말 프랑스에서 사실주의, 자연주의, 객관적 조형성을 강조하는 고답파에 대한 심미적·이상주의적 반동 사조를 가리킨다. 보들레르, 베를렌, 랭보, 말라르메, 네르발 등이 그 대표적인 시인들이다.

64 Andrew Marvell(1621~1678) 17세기의 영국 시인. 라틴어 비서관으로서 밀턴을 도왔다.

65 Philip Sidney(1554~1586)은 영국의 시인이자 정치가로 헨리 시드니의 아들이다. 영국 르네상스의 대표적인 인물로 그의 평론 《시의 변호(Defence of Poesie)》는 영국의 첫 번째 문학 비평으로 알려져 있다. 펜스허스트 플레이스는 그의 가문의 저택이 있는 곳이다.

66 월터 랜더(Walter Savage Landor)를 가리킨다. 영국 시인 겸 산문 작가로 《가상 대화집(Imaginary conversations)》에서 역사적으로 유명한 인물들을 서로 짝지어 가상 대화를 나누게 했다.

67 월터 페이터의 《상상적 초상화(Imaginary Portraits)》를 가리킨다.

68 18세기 유럽을 지배한 낡은 지식과 구제도의 폐해를 철저하게 비판하고 타파하려 했던 지적 혁신 운동이다.

69 랜더를 가리킨다.

70 영국의 화가이자 시인인 단테 가브리엘 로세티가 1881년에 발표한 《발라드와 소네트(Ballads and Sonnets)》에는 그의 최대 걸작으로 꼽히는 연작 소네트인 〈생명의 집(The House of Life)〉이 포함돼 있는데, 이는 이탈리아 풍의 소네트 형식을 최고도로 개화케 했다는 평가를 받고 있다.

71 찰스 디킨스의 장편 소설 《황폐한 집(Bleak house)》에서 구변 좋은 위선적인 성직자로 나오는 인물이다.

72 오스카 와일드는 옥스퍼드 대학의 모들린 칼리지에서 공부했다.

73 William Waynflete(1398~1486) 윈체스터의 주교와 영국의 대법관을 지낸 인물로 1458년 모들린 칼리지를 설립했다. 모들린 칼리지는 옥스퍼드 대학에서 가장 아름다운 대학 건물로 평가받는다. 설립자의 이름을 딴 웨인플리트 예배당은 아름다운 노래를 부르는 소년 합창단으로 유명하다.

74 옥스퍼드의 상징 모들린 타워를 가리킨다.

75 옥스퍼드 대학의 성당 겸 칼리지로 1532년 헨리 8세가 설립했다.

76 William Laud(1573~1645) 성공회의 캔터베리 대주교이자 영국 교회의 수장으로, 1629년 옥스퍼드 대학의 총장이 되어 강력한 혁신을 단행했다.

77 인상파 화가들은 백색의 빛이 검은색이 아닌 연보라색 그림자를 드리운다는 사실을 처음으로 보여주었다.

78 a moment's monument 로세티의 연작 소네트 〈생명의 집〉의 처음에 나오는 구절을 언급한 것이다.

79 상징주의 또는 초현실주의의 선구적 작가일 뿐만 아니라 20세기 회화의 길을 연 위대한 지도자로 간주되는 프랑스 화가 귀스타브 모로와 그 그룹을 가리킨다. 모로는 낭만적 상징주의의 틀 안에서 주로 역사와 신화, 종교에서 소재를 딴 환상적이고 신비적인 작품으로 자신의 내적 감정을 표현했다.

80 셰익스피어의 사극《존 왕(King John)》에 나오는 인물로, 아들 아서가 죽은 줄 알고 몹시 슬퍼한다.

81 The demand of the intellect is to feel itself alive. 월터 페이터의《르네상스》에서 '빙켈만' 편에 나오는 구절을 인용한 것이다.

82 Athenaeum Club 애서니엄('아테나 신전'이라는 뜻) 클럽은 1824년 런던에서 설립된 신사들의 클럽으로 문학, 예술, 과학 분야에서 뛰어난 저명인사들이 주축을 이루었다. 오늘날에는 여성도 회원으로 참여하고 있다.

83 영국의 낭만파 시인 존 키츠의 장편시로, 달의 여신 셀레네가 양치기 청년 엔디미온의 잠자는 모습에 반해 그를 영원히 깨어나지 못하게 했다는 그리스 신화에서 발상을 얻은 작품이다.

84 George Gordon Byron(1788~1824) 영국의 세계적 낭만파 시인.

85 각각 셸리와 워즈워스를 가리킨다.

86 Joshua Reynolds(1723~1792) 영국의 초상화가. 게인즈버러와 나란히 하는 당대 대표적인 화가로, 1768년 로열 아카데미가 창설되자 그 초대 위원장이 되었다. 그 후 기사 작위를 받고 1784년 궁정화가가 되었다.

87 Thomas Gainsborough(1727~1788) 영국의 풍경화가이자 초상화가. 조슈아 경과 경쟁 관계에 있었다.

88 Walter Besant(1836~1901) 영국의 소설가, 역사가. 주로 런던의 역사와 지형학에 관한 글을 썼다.

89 Rudyard Kipling(1865~1936) 인도 봄베이 태생의 시인, 소설가. 인도와 미얀마의 영국 군인들을 다룬 작품들을 썼다. 1907년 노벨상을 수상했으며, 디즈니 애니메이션 영화로 유명한 소설《정글 북(The Jungle Book)》의 저자이다.

90 《Le Rouge et le Noir》19세기 프랑스의 소설가 스탕달의 소설.

91 19세기 전반 영국 맨체스터 시의 상공회의소를 본거지로 한 경제적 자유주의의 급진파를 가리킨다.

92 1870~1871년에 일어난 프로이센-프랑스 전쟁(보불전쟁)을 가리킨다.

93 Johann Peter Eckermann(1792~1854) 독일의 문필가. 1823년부터 1832년 괴테가 죽을 때까지 그의 문학 조수로 지내면서 그와의 대화를 충실히 기록했다.

94 Julianus(331~363) 콘스탄티누스 황제의 조카이며 로마의 황제(재위 361~363). 황제로 즉위한 후 기독교에 박해를 가하였으며 이교의 부흥과 개혁을 기도하여 후세에 '배교자'로 불리고 있다.

95 찰스 다윈은 1859년《자연선택에 의한 종의 기원에 관하여(On the Origin of Species by Means of Natural Selection)》를, 1871년에는《인간의 유래와 성선택 (The Descent of Man and Selection in Relation to Sex)》을 발표했다.

96 영국 런던 시 중앙에 있는 가장 번화한 거리. 그 동쪽 끝에 있는 피커딜리 서커스가 유명하다.

97 본래 웨스트민스터 수도원의 농지가 있던 곳으로 콘번트 가든(Convent Garden)으로 불렸다. 17세기부터 영국 최대의 청과물 시장이 들어서서 채소, 과일, 화훼류가 거래되었다. 그 후 상점과 카페, 레스토랑, 극장과 거리 공연 등으로 유명한 거리가 되었다.

사회주의에서의 인간의 영혼

사회주의 확립의 가장 큰 이점을 꼽으라면 말할 것도 없이, 다른 사람들을 위해 살아야 하는 고통스러운 필요성에서 우리를 해방시켜준다는 점일 것이다. 사실, 현재의 여건 속에서 대부분의 사람들을 무겁게 짓누르는 그러한 필요성에서 벗어날 수 있는 사람은 거의 없다.

금세기에 때때로 다윈 같은 위대한 과학자, 키츠 같은 위대한 시인, 르낭 같은 위대한 비평가, 플로베르 같은 최고의 예술가는 다른 사람들의 소란스러운 요구들로부터 벗어나 스스로를 고립시키면서, 플라톤의 표현대로 '그들을 둘러싼 담의 보호 속에서' 지낼 수 있었다. 그럼으로써 자신의 완벽성을 실현해 자신의 가치를 드높이고, 온 세상 사람들에게도 더할 나위 없는 무궁한 혜택을 가져다줄 수 있었다. 하지만 그들의 경우는 예외에 속한 것이다. 대부분의 사람들은 해롭고 지나친 이타주의에 의해 스스로의 삶을 망가뜨리며, 사실상 망가뜨리도록 강요받고 있다. 그들은 끔찍한 가난과 끔찍한 추레함과 끔찍한 굶주림에 둘러싸여 있다. 그리고 필연적으로 그 모든 것들에 커다란 영향을 받는다. 인간의 감정은 지성보다 훨씬 더 빨리 자극에 반응하기 때문이다. 그리고 내가 언젠가 비평의 기능에 관한 글[1]에서 언급했던 것처럼, 인간은 누군가의 생각보다는 누군가의 고통에 훨씬 더 쉽게 공감을 느끼는 법이다. 따라서 사람들은 방향이 잘못되긴 했어도 훌륭한 의도로, 매우 진지하게 그리고 매우 감상적으로 자신들이 목격하는 악들을 바로잡고자 하는 임무를 스스로에게 부과한다. 하지만 그들이 제시하는 처방은 질병을 치유해주지 못한다. 처방은 병을 연장시킬 뿐이다. 말하자면 그들의 처방은 질병의 일부인 셈이다.

예를 들어, 사람들은 가난한 이들의 생을 유지시킴으로써, 혹은 매우 진보적인 한 학파의 경우처럼 가난한 이들을 즐겁게 해주는 것과 같은 방식으로 빈곤의 문제를 해결하고자 한다.

하지만 그런 것들은 해결책이 될 수 없으며 어려움을 더욱더 가중시킬 뿐이다. 바람직한 목표는, 가난이 존재할 수 없는 기반 위에 사회를 재건하는 것이 되어야 한다. 그런데 고결한 이타주의가 그 목표를 실현하는 데 걸림돌이 되어온 게 사실이다. 최악의 노예 소유주는 자신의 노예들에게 친절히 대해주는 사람이다. 그럼으로써 노예제도로 고통받는 이들이 그 제도의 끔찍함을 깨닫지 못하게 하고, 그 제도를 고찰하는 이들이 문제점을 제대로 파악하지 못하게 하기 때문이다. 그와 마찬가지로, 지금의 영국에서 가장 유해한 사람들은 가장 선한 일을 많이 하려고 애쓰는 사람들이다. 그리고 결국 우리는 그러한 문제를 깊이 연구하고 삶의 원리를 잘 이해하는 사람들—이스트엔드[2]에 사는 교육받은 이들—이 지역사회에 자선과 동정심과 같은 이타적인 충동을 자제해달라고 간청하는 광경을 목도하기에 이르렀다. 그들은 그러한 자선 행위가 사람들을 타락시키고 의욕을 잃게 만든다는 믿음으로 그리한 것이다. 그들의 생각은 전적으로 옳다. 자선은 수많은 죄악을 야기한다.

여기서 짚고 넘어가야 할 게 한 가지 더 있다. 사유재산 제도에서 비롯된 끔찍한 악들을 해소하기 위해 사유재산을 이용하는 것은 부도덕하다. 그것은 부도덕하며 부당한 일이다.

물론 **사회주의**에서는 이 모든 게 달라질 것이다. 더럽고 해진 누더기를 걸친 채 악취 풍기는 빈민굴에 살면서 극도로 역겨운 환경 속에서 병들고 굶주린 아이들을 키우는 사람들은 더 이상 존재하지 않게 될 것이다. 지금처럼 사회의 안녕이 날씨에 좌우되는 일도 없을 것이다. 추위가 찾아올 때마다 10만 명이 넘는 사람들이 일감이 없어 극심한 가난 속에서 정처 없이 거리를 헤매거나 이웃에 구걸하고, 불결한 숙소에서 하룻밤을 보내고 한 덩이 빵을 얻기 위해 역겨운 보호소 문 앞으로 꾸역꾸역 모여드는 광경은 더 이상 볼 일이 없게 될 것이다. 사회의 구성원들은 각자에게 배당된 행복과 번영의 몫을 나눠 가지게 될 것이며, 추위가 닥치더라도 그 누구도 지금보다 더 고통받는 일은 없을 것이다.

한편, **사회주의**가 그 자체로서 가치가 있는 것은 그것이 **개인주의**를 야기하기 때문이다.

사회주의, 공산주의 또는 다른 어떤 이름으로 부르든 간에 사회주의는 개인의 재산을 공공의 재산으로 변환시키고 경쟁을 협동으로 대치함으로써 더없이 건강한 유기체로서의 사회를 복원시키고 공동체의 각 구성원들에게 물질적 행복을 보장해줄 것이다. 말하자면 **삶**에 필요한 기반과 적절한 환경을 제공해주는 것이다. 하지만 **삶**을 더없이 완벽하고 충만하게 꽃피우기 위해서는 한 가지 더 필요한 것이 있다. **개인주의**가 바로 그것이다.

만약 **사회주의**가 **권위주의적**이라면, 만약 지금 정치 권력을 휘두르는 것처럼 경제적 권력으로 무장한 **정부**가 들어선다면, 한마디로 **산업 독재**의 시대를 살아야 한다면, 인간의 상황은 처음보다 더 나빠질 것이다.

지금은 사유재산의 존재로 인해 극히 제한된 범위의 개인주의를 발전시키며 살아갈 수 있는 사람들이 많이 있다. 먹고살기 위해 일할 필요가 없거나, 자신에게 정말 잘 맞고 즐거움을 줄 수 있는 활동 분야를 선택할 수 있는 이들이 그들이다. 시인, 철학자, 과학자, 교양인이 그에 해당한다. 한마디로 진정한 인간들로, 그들은 자아를 실현하면서, 전 **인류**가 그들 안에서 부분적으로나마 자아실현을 할 수 있게 해준다.

다른 한편으로는, 수많은 사람들이 아무런 재산도 없고 언제나 굶어 죽기 일보 직전이라서 가축처럼 일할 수밖에 없거나, 위압적이고 불합리하며 모멸적인 결핍의 독재에 의해 자신에게 전혀 맞지 않는 일을 하도록 강요받으며 살아가고 있다. 빈곤한 사람들이 그렇다. 그들에게서는 우아한 격식이나 매력적인 대화, 문화나 교양, 세련된 쾌락이나 삶의 기쁨 같은 것은 전혀 찾아볼 수 없다. **인류**는 그들의 집단적 힘으로부터 엄청난 물질적 번영을 이끌어낸다. 하지만 인류가 얻고자 하는 것은 단지 물질적인 결과일 뿐이다. 가난한 사람은 그 자체로는 아무런 가치가 없다. 그를 존중하기는커녕 그를 짓밟고자 하는 힘의 극미한 원자일 뿐이다. 사실 그 힘은 그가 짓밟혀 있기를 더 원한다. 그럴 때 훨씬 더 순종적이기 때문이다.

물론, 사유재산이라는 조건하에 생겨난 **개인주의**가 언제나 훌륭하거나 이상적인 것은 아니다. 아니 거의 대부분 그렇지가 못하다. 그리고 가난한 사람들도 설령 교양이나 매력이 없다 할지라도 많은 덕목을 지니고 있을 수 있다. 이 두 서술은 모두가 사실이다. 사유재산의 소유는 종종 사람의 진을 빼놓으며, 그것이 바로 **사회주의**가 그 제도를 없애고자 하는 이유 중 하나다. 사실 재산은 정말 성가신 것이다. 몇 년 전에 사람들이 온 나라를 돌아다니면서 재산의 소유는 의무들을 포함한다는 이야기를 떠들고 다닌 적이 있다. 어찌나 자주 끈질기게 떠들고 다니던지 마침내 **교회**에서도 그 사실을 인정하기에 이르렀다. 그리하여 이제는 어느 설교단에서나 그 이야기를 들을 수 있게 되었다. 그리고 그 말은 절대적으로 옳다. 재산은 의무를 포함하고 있고, 그것도 아주 많은 의무를 포함하고 있어서, 상당한 재산을 소유한다는 것은 아주 지겨운 일이다. 끊임없이 청탁에 시달리며 끊임없이 일에 신경을 써야 하고 끊임없이 성가심을 겪게 되는 것이다. 재산이 단지 즐거움만을 느끼게 한다면 얼마든지 참을 수 있을 것이다. 하지만 그에 따라오는 의무들이 그것을 견딜 수 없게 만든다. 따라서 부자들을 위해서라도 그것을 없애야만 한다. 가난한 이들의 덕목은 쉽게 인정될 수 있지만, 한편 매우 유감스럽기도 하다. 우리는 종종 가난한 사람들이 자선에 대해 고마워한다는 이야기를 전해 듣는다. 물론 그들 중 일부는 그럴 것이다. 하지만 그들 중에서 가장 뛰어난 사람들은 결코 고마워하는 법이 없다. 그들은 은혜를 모르고 불평을 늘어놓거나, 결코 복종하지 않으며 반항적이다. 그들이 그러는 것은 지극히 당연하다. 그들이 느끼기에는 자선은 우스우리만치 부적절한 부분적인 보상 방식이거나 감상적인 적선에 지나지 않으며, 종종 자선을 베풂으로써 그들의 사생활을 좌지우지하려는 감상주의자들의 어쭙잖은 시도가 동반되기 때문이다. 그들이 왜 부자들의 식탁에서 떨어지는 빵 부스러기를 고마워해야 한단 말인가? 그들도 부자들과 함께 식탁에 앉아야 마땅한 것이다. 그리고 그들은 그 사실을 깨닫기 시작했다. 불만으로 말하자면, 그런 환경과 비참한 삶의 방식에 불만을 표시하지 않는 사람은 짐승이나 다름없을 것이다. 역사책을 읽어본 사람이라면 누구라도 불복종이 인간의 고유한 덕목임을 안다. 인류의 진보는 불복종을 통해서, 불복종과 반항을 통해 이루어진 것이다. 사람들은 때로 가난한 사람들이 검약한 것을 칭찬하기도 한다. 하지만 가난한 이들에게 검약을 권하는 것은 참으로 우스꽝스럽고 모욕적이다. 그건 마치 굶어 죽어가는 사람에게 덜 먹으라고 충고하는 것과도 같다. 도시나 시골의 노동자가 검약을 실천하는 것은 전적으로 부도덕하다. 인간은 제대로 먹이를 얻어먹지 못하는 가축처럼 살아갈 수 있다는 것을 보여줄 태세를 하고 있어서는 안 된다. 인간은 그러한 삶을 거부해야만 하며, 도둑질을 하거나 구제 기금—많은 사람들이 이 또한 도둑질의 한 형태라고 여긴다—으로 살아야 한다. 구걸로 말하자면, 빼앗는 것보다는 구걸이 더 안전하다. 하지만 구걸하는 것보다는 빼앗는 것이 모양새가 더 낫다. 그렇다, 가난한 사람들 중에서 은혜도 모르고 검약할 줄도 모르며 불만과 반항심으로 가득 찬 사람이 있다면 그는 필시 개성이 뚜렷하고 많은 것이 내재된 사람이다. 어쨌거나 그는 강건한 반항아가 틀림없다. 고분고분한 이들은 동정을 받을 수는 있지만 감탄의 대상은 될 수 없다. 그들은 하찮은 수프 한 그릇과 자신들의 타고난 권리를 맞바꿈으로써 적과 타협한 것이다.[3] 그들은 또한 엄청나게 어리석은 게 분명하다. 물론 그러한 환경 속에서도 어떤 형태의 아름답고 지적인 삶을 살아갈 수 있는 이가 있어, 그가 사유재산을 보호하고 그것의 축적을 허용하는 법을 받아들인다면, 그것은 얼마든지 이해할 수 있다. 하지만 그런 법으로 인해 자신의 삶이 끔찍하게 망가진 사람이 그 법의 지속을 용인하는 것은 정말 이해가 되지 않는다.

하지만 그 이유는 어렵지 않게 찾을 수 있다. 아주 간단하다. 고통과 빈곤은 사람을 몹시 비천해지게 하면서 인간의 본성을 마비시키는 힘을 지니고 있다. 따라서 어떤 계층의 사람들도 자신의 고통을 진정으로 의식하지 못한다. 다른 사람들이 말을 해 줘야만 하고, 그들은 종종 그런 말들을 믿지 않는다. 대다수의 고용주들이 선동가들에 대해 하는 말은 절대적으로 옳다. 선동가들은 남의 삶에 끼어들어 방해하는 무리로, 자신의 삶에 더없이 만족하며 살아가고 있는 사람들을 부추기며 그들 사이에 불화의 씨앗을 뿌리는 사람들이다. 그게 바로 선동가들이 절대적으로 필요한 이유다. 우리의 불완전한 상태에서 그들이 없다면 문명의 진보는 없을 것이다. 미국의 노예제도 폐지는 노예들의 어떤 행동이나, 자유롭고 싶다는 그들의 분명한 열망에서 비롯된 것이 아니었다. 그것은 보스턴이나 다른 곳의 일부 선동가들의 지극히 불법적인 행동으로 인해 이루어졌다. 그들은 노예도 노예 소유주도 아니었으며, 이 문제와는 사실상 아무런 상관이 없는 사람들이었다. 횃불을 밝히고 이 모든 것을 시작한 것은 의심할 여지 없이 **노예제 폐지론자**들이었다. 그런데 참으로 이상한 것은 그들은 정작 노예들 스스로에게 거의 협조를 받지 못했을 뿐만 아니라 일말의 공감조차도 얻지 못했다는 사실이다. 그리고 전쟁이 끝나자 노예들은 자신들이 자유의 몸이 되었으며, 너무나도 완벽하게 자유로워서 굶어 죽는 것도 자유라는 사실을 깨달았다. 그들 대부분은 자신들의 새로운 처지를 한탄했다. 사상가들에게는 프랑스대혁명과 관련된 모든 것 중에서 가장 비극적인 사실은 마리 앙투아네트가 왕비이기 때문에 죽임을 당한 게 아니라, 방데의 굶주린 농민들이 끔찍한 봉건제도를 위해 자발적으로 목숨을 바쳤다는 것이다.[4]

따라서 **권위주의적인 사회주의**는 답이 될 수 없음이 자명하다. 현재의 제도하에서는 많은 사람들이 어느 정도의 자유를 보장받으면서 표현의 자유와 행복을 누릴 수 있지만, 군대 조직화된 산업 체제나 경제적 독재 체제 아래에서는 그런 자유조차 전혀 누릴 수 없게 될 것이기 때문이다. 우리 사회의 한 부분이 사실상 노예 상태로 전락하는 것은 유감스러운 일이다. 하지만 그 문제를 해결하기 위해 사회 전체를 노예화할 것을 제안하는 것은 유치하다. 인간은 누구나 자신의 일을 자유롭게 선택할 수 있어야 한다. 거기에는 어떤 형태의 강요도 행해져서는 안 된다. 만약 강요가 발생한다면, 그 일은 그 자신에게도 좋지 않을 것이며, 일 자체로서도 유익하지 않으며, 다른 사람들에게도 이로울 리가 없다. 여기서 일은 모든 종류의 활동을 일컫는 것이다.

나는 오늘날, 매일 아침 감독관이 모든 시민들의 집을 방문해 하루에 여덟 시간씩 육체노동을 하기 위해 그들이 기상해 있는지 확인해야 한다고 진지하게 주장할 수 있는 **사회주의자**가 존재하리라고 생각하지 않는다. 인류는 이미 그런 단계를 넘어섰으며, 그런 형태의 삶은 임의적으로 범죄자들이라고 불리는 사람들의 몫으로 정해놓았다. 하지만 솔직하게 말하면, 그동안 내가 접해본 많은 사회주의적 관점들은 실제 강요는 아니더라도 권위주의적인 생각들에 물들어 있는 듯 보였다. 권위와 강요는 고려 대상이 절대 아니다. 모든 조직은 전적으로 자발적이어야만 한다. 인간은 오직 자발적인 조직에서만 온전할 수 있다.

그러나 어떻게 **개인주의**가 사유재산 폐지의 득을 볼 수 있는지 궁금할 수 있다. 지금으로서는 그 발전이 대부분 사유재산의 존재에 달려 있으니 말이다. 그 대답은 아주 간단하다. 현재의 환경 속에서 바이런, 셸리, 브라우닝, 빅토르 위고, 보들레르를 포함하여 개인적인 재력을 갖춘 어느 정도의 사람들은 거의 완벽하게 자아를 꽃피울 수 있는 것이 사실이다. 이들은 단 하루도 누군가에게 고용돼 일해본 적이 없는 사람들이다. 그들은 빈곤으로부터 해방된 사람들로 엄청난 삶의 혜택을 누리고 있다. 문제는, 그러한 혜택을 없애는 것이 **개인주의**를 위한 것이 될 수 있는가 하는 것이다. 그러한 혜택을 없앤다고 가정해보자. 그러면 **개인주의**는 어떻게 될 것인가? 그로 인한 어떤 혜택이 있을 것인가?

그것은 다음과 같이 득을 보게 될 것이다. 새로운 환경 속에서 **개인주의**는 지금보다 훨씬 더 자유롭고 훨씬 더 효율적이며 훨씬 더 강화될 것이다. 나는 지금 앞서 언급한 시인들의 경우처럼 상상에 의해 실현된 위대한 **개인주의**가 아니라, 일반적인 인간에게 내재된 잠재적이고 실제적인 위대한 **개인주의**에 대해 이야기하는 것이다. 사유재산의 인정은 진정으로 **개인주의**에 해를 끼쳤을 뿐만 아니라, 사람이 가진 것과 그 사람을 혼동하게 함으로써 그 개념을 모호하게 만들었다. **개인주의**로 하여금 완전히 길을 잃게 만든 것이다. 그럼으로써 성장이 아닌 재물의 획득을 그 목표가 되게 했다. 그리하여 인간은 중요한 것은 소유하는 것이라고 생각하게 되었고, 어떤 존재인지가 중요하다는 것을 알지 못하게 되었다. 인간의 진정한 완성은 무엇을 가졌느냐가 아니라 어떤 사람인가에 달려 있는 것이다. 사유재산은 진정한 **개인주의**를 짓밟고 거짓된 **개인주의**를 구축했다. 그것은 사회 구성원의 일부를 굶주리게 함으로써 개인이 되지 못하게 했다. 그리고 사회 구성원의 또 다른 일부를 잘못된 길로 들어서게 하고 방해함으로써 그들 역시 개인이 되지 못하게 했다. 사실, 인간의 소유물이 인간의 개성을 완전히 장악하다 보니 영국의 법은 언제나 사람 자체에 대한 침해보다 재산에 대한 침해를 훨씬 더 가혹하게 다루어 왔다. 그리고 재산은 여전히 완전한 시민권의 시험대이다.[5] 돈을 버는 데 요구되는 노력 또한 사람을 매우 지치게 만든다. 우리가 살고 있는 사회처럼 재산의 소유가 사회적 지위, 명예, 존경, 직위 그리고 또 다른 즐거운 것들에 엄청난 차이를 만드는 공동체에서는 본래 야심이 많은 인간은 그 재산을 축적하는 데 삶의 목표를 두게 된다. 그리고 자신이 원하거나, 사용할 수 있고, 즐길 수 있으며, 심지어 자신이 아는 것보다 훨씬 더 많이 소유하게 된 후에도 지칠 때까지 지겹게 재산을 축적해나간다. 그런 다음 그 재산을 안전하게 지키기 위해 또 죽도록 일을 한다. 사실 그 재산이 가져다주는 엄청난 혜택을 생각해볼 때 그리 놀랄 일도 아니다. 유감스러운 것은, 사회가 그런 기반 위에 형성되다 보니 인간은 자신 안에 있는 멋지고 매혹적이며 즐거운 것들을 자유롭게 발전시킬 수 없는 제한된 틀 속에 갇히게 된다는 사실이다. 그 속에서는 진정한 삶의 기쁨과 즐거움을 맛볼 수가 없다. 인간은 또한 현재의 조건 속에서는 매우 불안정한 삶을 살아갈 수밖에 없다. 엄청나게 부유한 상인은 어쩌면—자주 실제로—살면서 언제라도 그가 통제할 수 없는 일들을 겪을 수 있다. 바람이 거세게 불어온다거나 갑자기 날씨가 변하거나 어떤 사소한 일이 생기게 되면 그의 배가 가라앉거나 그의 예측이 어긋날 수가 있다. 그러면 그는 모든 재산과 더불어 그가 가진 사회적 지위마저 잃게 되는 것이다. 그런데 인간에게 해를 입힐 수 있는 것은 자기 자신 말고는 아무것도 없다. 그 무엇도 인간에게서 그 어떤 것도 빼앗아갈 수 없다. 인간이 진정으로 소유하는 것은 그의 안에 있기 때문이다. 그의 밖에 있는 것은 그게 무엇이든 조금도 중요하지 않아야 한다.

사유재산이 폐지된다면 우리는 진정으로 아름답고 건강한 **개인주의**를 누릴 수 있게 될 것이다. 그 누구도 재물과 그 재물의 상징들을 쌓아가는 데 인생을 낭비하지 않게 될 것이다. 살아가게 되는 것이다. 산다는 것은 세상에서 가장 드문 일이다. 대부분의 사람들은 단지 존재할 뿐이다.

여기서 우리는 예술의 상상적 영역을 제외하고는 한 사람의 개성이 충만하게 표출된 경우를 본 적이 있는지 자문하게 된다. 사실 결코 그런 경우를 본 적이 없다. 몸젠[6]은 카이사르를 완벽하고 완전한 인간으로 평가하고 있다. 하지만 카이사르가 얼마나 비극적으로 불안정한 삶을 살았는가! 어디든지 권력을 행하는 사람이 있는 곳에는 그 권력에 맞서는 사람이 있게 마련이다. 카이사르는 매우 완벽한 인물이었지만 그의 완벽성은 너무나 위험한 길을 거쳐 가야 했다. 르낭에게는 마르쿠스 아우렐리우스가 완벽한 인간이었다. 그렇다, 그 위대한 황제 역시 완벽한 인물이었다. 하지만 그를 향한 끝없는 불평들이 그를 얼마나 괴롭게 했는가! 그는 제국이라는 거대한 무게에 짓눌린 채 휘청거렸다. 그리고 한 사람이 그 거대한 천체의 무게를 견뎌내기는 불가능하다는 것을 잘 알고 있었다. 내게 완전한 사람이란, 이상적인 조건 속에서, 즉 상처받지 않고, 불안해하지 않고, 치명적인 타격을 입거나 위험에 처하지도 않으면서 발전해가는 사람을 의미한다. 지금까지 개성이 강한 사람들의 대부분은 반항적으로 살 수밖에 없었다. 그들이 가진 힘의 반은 갈등으로 인해 낭비되었다. 한 예로 바이런의 개성은 당대 영국인들의 어리석음과 위선 그리고 **속물근성**과의 충돌로 인해 비극적으로 낭비되었다. 그러한 싸움이 내면의 힘을 언제나 강하게 만드는 것은 아니다. 그 반대로 사람을 더욱더 나약하게 만들기도 한다. 바이런은 우리에게 그가 줄 수 있었던 것을 결코 주지 못했다. 셸리는 바이런보다는 그런 상황에서 좀 더 잘 벗어날 수 있었다. 그는 바이런처럼 가능한 한 빨리 영국을 떠났다.[7] 게다가 그는 그렇게 잘 알려진 인물이 아니었다. 만약 당시 영국인들이 그가 얼마나 위대한 시인인지를 조금이라도 간파했더라면 그들은 그에게 벌떼처럼 달려들어 무슨 수를 써서라도 그의 삶을 견디지 못할 것으로 만들었을 것이다. 하지만 당시 셸리는 사회에서 그렇게 주목받는 존재가 아니었기에 그들로부터 어느 정도 벗어날 수 있었다. 그런데 그런 셸리에게서조차 때로 반항적인 기색이 지나치게 강하게 느껴질 때가 있다. 완벽한 개성의 징표는 반항이 아닌 평화다.

우리가 그것—인간의 진정한 개성—을 알아볼 때, 그 모습은 경탄스러울 것이다. 그것은 마치 꽃이나 나무가 자라나듯 저절로 자연스럽게 자라날 것이다. 결코 불화하지 않을 것이며, 언쟁하거나 다투지 않을 것이다. 또한 아무것도 증명하려고 하지 않을 것이다. 모든 것을 알지만 지식에 연연하지 않을 것이다. 그것은 지혜로우며, 물질에 의해 그 가치가 평가되지 않을 것이다. 아무것도 소유하지 않을 것이며, 그러면서도 모든 것을 갖고 있을 것이다. 그리하여 누군가가 무언가를 빼앗아간다고 할지라도 조금도 달라지지 않고 여전히 풍요로울 수 있을 것이다. 끊임없이 다른 사람들의 일에 간섭하지 않을 것이며, 그들에게 자신과 같을 것을 요구하지 않을 것이다. 그리고 자신과 다르기 때문에 그들을 사랑할 것이다. 아름다운 것이 그 존재 자체로 우리를 돕는 것처럼, 그것은 다른 이들의 삶에 개입하지 않으면서도 모두를 도울 것이다. 인간의 개성은 매우 경이로울 것이다. 어린아이의 개성처럼 경이로울 것이다.

인간이 원한다면, 인간의 개성이 발전하는 데 있어서 그리스도교의 도움을 받을 수도 있을 것이다. 하지만 그것을 원하지 않는다고 해도 아무런 문제 없이 커나갈 수 있을 것이다. 개성은 지나간 일에 대해 걱정하지 않아서, 이미 일어난 일도 일어나지 않은 일도 신경 쓰지 않기 때문이다. 또한 스스로가 정한 법과 스스로의 권위 외에는 세상의 그 어떤 법이나 권위에도 굴하지 않을 것이다. 반면 그 개성을 더욱더 강하게 만들고자 했던 이들을 사랑할 것이며 그들에 관해 자주 이야기하게 될 것이다. 그리스도도 그들 중 하나다.

'너 자신을 알라'[8]라는 말은 고대 세계의 신전 입구에 쓰여 있었다. 새로운 세계의 입구에는 **'너 자신이 되어라'**라고 쓰여 있게 될 것이다. 그리스도가 인간에게 전한 메시지가 바로 **'너 자신이 되어라'**였다. 그것이 그리스도의 비밀이다.

예수가 가난한 이를 말할 때 그것은 단지 개성을 지닌 사람을 의미한다. 마찬가지로 예수가 말하는 부자들은 자신의 개성을 발전시키지 못한 사람들을 가리킨다. 예수는 오늘날 우리 사회처럼 사유재산의 축적을 허락하는 사회에서 살았다. 그리고 그는 복음을 통해, 그런 사회에서는 부족하고 불결한 음식을 먹고, 해지고 더러운 옷을 입으며, 역겹고 비위생적인 주거지에서 사는 것이 더 축복받은 삶이며, 건강하고 쾌적하고 좋은 환경 속에서 사는 것이 불행한 삶이라는 말을 하려던 게 아니었다. 그런 식의 견해는 그 시절 그곳에서도 잘못된 것이었을 테고, 물론 지금의 영국에서는 더욱더 타당하지 않을 것이다. 왜냐하면 북쪽으로 갈수록 삶의 물질적 필요성이 더욱더 중요시되며, 우리 사회는 고대 세계의 어떤 사회보다 훨씬 더 복잡하면서 극단의 호화로움과 빈곤을 더 잘 보여주고 있기 때문이다. 예수가 뜻한 바는 이것이었다. 그는 인간에게 이렇게 말한 것이다. "당신은 훌륭한 개성을 지니고 있습니다. 그것을 발전시키십시오. 당신 자신이 되십시오. 외적인 것들을 축적하거나 소유함으로써 자신이 완벽해진다고 생각하지 마십시오. 당신의 완벽성은 당신 안에 있습니다. 그 사실을 깨달을 수만 있다면 당신은 부자가 되기를 바라지 않을 것입니다. 보통의 부는 다른 사람에게 도둑을 맞을 수 있습니다. 진정한 부는 그럴 수 없습니다. 당신 영혼의 보물창고 안에는 더없이 소중한 것들이 간직돼 있으며, 그 누구도 당신에게서 그것들을 빼앗아갈 수 없습니다. 그러니 외적인 것들이 당신에게 해를 입힐 수 없도록 당신의 삶을 만들어나가도록 하십시오. 또한 사유재산을 없애버리십시오. 그것은 추악한 집착과 끊임없는 힘겨운 노력과 반복되는 과오를 동반하기 마련입니다. 사유재산은 **개인주의**의 매 걸음걸음에 장해물이 될 것입니다." 주목해야 할 것은 예수는 가난한 사람들은 반드시 선하거나 부유한 사람들은 반드시 나쁘다는 식의 말을 결코 한 적이 없다는 것이다. 그건 사실일 수 없었다. 전체를 놓고 볼 때 부유한 사람들은 대체로 가난한 사람들보다 더 나으며, 더 도덕적이고 더 지적이며 품행도 더 바르다. 이 사회에서 부자들보다 돈에 관해 더 많이 생각하는 계층은 오직 하나뿐이다. 가난한 이들이 바로 그들이다. 가난한 사람들은 다른 생각을 할 여유가 없다. 그것이 가난의 비참함이다. 예수는 인간이 완벽해지는 것은 그가 가진 것이나 그가 하는 일이 아니라 전적으로 그가 어떤 사람인가에 달려 있다고 했다. 어느 날, 부유한 청년이 예수를 찾아온다. 완벽하고 모범적인 시민이라 소개된 그는 국가의 법을 단 한 번도 어긴 적이 없으며 자신이 믿는 종교의 계율을 어긴 적도 없다. 그는 전혀 평범하지 않은 말의 평범한 의미로 볼 때 충분히 '존경할 만한' 사람이다. 예수는 그에게 이렇게 말한다. "당신은 당신이 가진 재산을 포기해야만 합니다. 당신이 완벽한 사람이 되는 것을 방해하기 때문입니다. 그것은 당신에게 방해물이자 짐입니다. 당신의 개성은 그런 것을 필요로 하지 않습니다. 당신 자신이 누구인지, 당신이 진정으로 무엇을 원하는지는 당신 밖에서가 아니라 당신 안에서 찾아야 하는 것입니다." 청년은 자기 친구들에게도 똑같은 말을 전한다. 그는 그들에게 자기 자신이 되어야 하며 그 밖의 다른 것들은 개의치 말라고 이야기한다. 다른 것들이 뭐가 중요하겠는가? 인간은 그 자체로서 완전하다. 그들이 세상 속으로 들어가면 세상은 그들에게 적대적인 태도를 보일 것이다. 그것은 불가피하다. 세상은 **개인주의**를 몹시 싫어한다. 그러나 그 사실이 그들에게 문제되지는 않을 것이다. 그들은 차분하고 자주적일 것이다. 누군가가 그들의 망토를 빼앗으면, 그들은 물질적인 것들은 조금도 중요하지 않다는 것을 보여주기 위해서 자신들의 코트를 내줄 것이다. 사람들이 그들을 속여도 대갚음하지 않을 것이다. 그런 게 무슨 의미가 있겠는가? 사람들이 누군가에 대해 수군거리는 것이 그 사람을 변화시키지는 않는다. 그는 그 자신일 뿐이다. 여론은 아무런 가치도 없다. 사람들이 폭력을 행사한다고 해도 똑같이 폭력을 사용해서는 안 된다. 그러면 똑같이 바닥으로 추락할 것이다. 인간은 감옥에서조차 얼마든지 자유로울 수 있다. 그의 영혼은 자유로울 수 있다. 그의 개성 또한 동요되지 않을 수 있다. 그는 평화로울 수 있다. 무엇보다 그는 다른 사람을 간섭하지 않고, 어떤 식으로도 재단하지 않을 것이다. 개성은 참으로 신비한 것이다. 인간은 반드시 그가 하는 일에 의해서만 평가되는 것은 아니다. 법을 잘 지키면서 하찮것없는 존재일 수 있다. 그 반대로, 법을 어기면서도 고결한 존재일 수 있다. 한 번도 나쁜 짓을 한 적이 없는데도 나쁜 사람이 될 수도 있다. 사회에 반하는 죄악을 저질렀는데도 그 범죄 행위를 통해 진정으로 완벽한 자아를 실현할 수도 있다.

여기 간통한 여인이 있다. 우리는 그녀가 어떤 사랑을 했는지는 알지 못한다. 하지만 무척 대단한 사랑이었음이 분명하다. 예수는 그녀의 죄가 사함을 받은 것은 그녀가 회개했기 때문이 아니라 그녀의 사랑이 지극히 강렬하고 아름다웠기 때문이라고 말했다. 훗날 예수가 죽기 직전 만찬에 참석했을 때 그 여인이 찾아와 그의 머리에 값비싼 향료를 부었다. 예수의 친구들은 여인의 행동을 저지하고자 했다. 그들은 그녀의 행동이 터무니없다고 비난하면서, 향료를 사는 데 들인 돈으로 가난한 사람들을 구제하거나 다른 자선을 베풀었어야 한다고 주장했다. 하지만 예수는 그들과는 생각이 달랐다. 그는 **인간**의 물질적 욕구는 매우 강하고 지속적이지만 **인간**의 정신적 욕구는 그보다 훨씬 더 강하기 때문에, 인간은 어느 신성한 순간에 자신만의 표현 방식을 선택함으로써 완벽함에 이를 수 있다고 지적했다. 세상 사람들은 지금까지도 그 여인을 성인으로 숭배하고 있다.

그렇다. **개인주의**는 도발적인 면들을 포함하고 있다. 예를 들어, 사회주의는 가정생활을 모두 없애버린다. 사유재산의 폐지와 더불어 현재 통용되는 방식의 결혼도 사라져야 한다. 그것은 계획에 이미 포함된 것이다. 개인주의는 이 점을 받아들이고 더 개선시킨다. 개인주의는 법적 구속의 폐지를, 개성의 충만한 발전을 돕고 남녀의 사랑을 더 멋지고 더 아름다우며 더 고귀하게 만들어줄 자유의 한 형태로 전환시키는 것이다. 예수는 그 사실을 잘 알고 있었다. 그는 당시 사회에서 매우 중요시되던 가정생활의 제약을 단호하게 거부했다. 예수는 그의 가족이 그와 이야기하고 싶어 한다는 말을 전해 듣고 이렇게 말했다. "누가 내 어머니입니까?" "누가 내 형제들입니까?" 한번은 그를 따르던 제자들 중 하나가 아버지의 장례를 치르러 가도록 허락해줄 것을 청했다. 그러자 예수는 "죽은 자로 하여금 죽은 자를 묻게 하라"라는 무시무시한 말로 대답을 대신했다. 그는 어떤 형태로든 인간의 개성에 가해지는 제약을 용납하지 않았다.

따라서 그리스도적인 삶을 사는 사람은 누구라도 완벽하게 전적으로 자기 자신일 수 있다. 그는 위대한 시인이나 위대한 과학자, 젊은 대학생, 황야에서 양을 지키는 양치기, 셰익스피어 같은 극작가, 스피노자 같은 신학자, 또는 정원에서 뛰노는 어린아이나 바다에 그물을 던지는 어부일 수 있다. 자신의 내면에 있는 영혼의 완벽성을 깨달을 수만 있다면 그가 어떤 사람인지는 전혀 중요하지 않다. 도덕과 삶에서 모방은 옳지 않다. 오늘날 예루살렘에는 어느 미치광이가 어깨에 나무 십자가를 지고 길바닥을 기어 다니고 있다. 그는 모방으로 인해 망가진 삶들의 상징이다. 나병 환자들과 함께 살러 갔던 다미앵 신부[9]는 그리스도적이었다. 자신 안에 있는 가장 훌륭한 것을 충만하게 실현한 것이다. 하지만 그가 음악 안에서 자신의 영혼을 표현한 바그너나, 시로써 자신의 완벽성을 추구한 셸리보다 더 그리스도적이었던 것은 아니다. 세상에는 한 가지 유형의 인간만 존재하지 않는다. 불완전한 인간이 많은 것처럼 완벽한 인간도 얼마든지 존재한다. 그리고 인간은 자선의 요구에 응하면서도 얼마든지 자유로울 수 있는 반면, 순응주의의 요구에 굴복하는 사람은 결코 자유로울 수 없다.

따라서 우리가 **사회주의**를 통해서 이루게 되는 것은 바로 **개인주의**다. 그리고 그 당연한 결과로서 **국가**는 통치에 대한 모든 생각을 버리게 될 것이다. 반드시 그래야만 한다. 기원전 몇 세기에 한 현자가 인류를 자연 상태로 내버려두어야 하며, 인류를 통치하려는 것은 바람직하지 못하다는 말을 한 적이 있다. 모든 방식의 통치는 결국 실패로 끝날 수밖에 없다. 독재주의는 독재자 자신을 포함해서 더 나은 삶을 살 수도 있었을 모두에게 부당하다. 과두제는 다수에게 부당하며, 중우정치는 소수에게 부당하다. 한때 민주주의에 커다란 희망을 걸었던 적이 있다. 하지만 민주주의는 단지 국민의, 국민에 의한, 국민을 위한 강압적 통치를 의미할 뿐이다.[10] 그것은 이미 간파되었다. 단언컨대, 매우 시기적절한 일이었다. 모든 권력은 인간의 삶을 심히 격하시키기 때문이다. 권력은 그것을 행사하는 사람이나 그 지배를 받는 사람 모두의 삶을 격하시킨다. 권력은 폭력적이고 거칠고 잔인하게 사용될 때는 긍정적인 효과를 불러일으킨다. 그 권력을 말살시킬 개인주의와 반항 정신을 생겨나게 하거나 밖으로 끄집어내기 때문이다. 반면에, 권력이 상과 보상을 제공하면서 유하게 사용될 때는 끔찍할 정도로 절망적이다. 그런 경우 사람들은 자신에게 가해지는 끔찍한 압박을 제대로 의식하지 못한 채 마치 애완동물처럼 천박한 안락감에 길들여져 살아가게 된다. 아마도 다른 사람들처럼 생각하고, 다른 사람들의 기준에 맞춰 살아가며, 사실상 다른 누군가가 입던 옷이라 할지도 모를 것을 입고 있다는 것을 깨닫지 못한 채 단 한순간도 자기 자신이 되지 못한다. 한 위대한 사상가는 "자유롭기를 원한다면 순응해서는 안 된다"라는 말을 남겼다. 권력은 순응하라고 사람들을 꼬드기면서 우리들 가운데에 몹시 역겨운 배부른 야만성을 퍼뜨리기 때문이다.

처벌도 권력과 함께 사라질 것이다. 이는 우리에게 정말 엄청난 이득, 헤아릴 수 없는 막대한 가치를 지닌 이득이 될 것이다. 우리는 역사책—중고등학생들과 대학생들을 위한 삭제판이 아니라 각각의 시대에 권위를 인정받은 초판본—을 읽을 때마다 사악한 자들이 저지른 범죄 때문이 아니라 선한 사람들이 가한 처벌 때문에 몹시 역겨움을 느끼곤 한다. 사회는 간헐적으로 일어나는 범죄보다 습관적으로 통용되는 처벌로 인해 훨씬 더 야만스러워진다. 결과적으로 더 많은 처벌이 행해질수록 더 많은 범죄가 발생한다는 것은 명백하다. 대부분의 현대 법학자들도 그 사실을 분명히 인정했으며, 가능하다고 생각하는 데까지 처벌을 줄일 수 있도록 노력하고 있다. 그리고 정말로 처벌이 줄어든 곳에서는 그 결과가 아주 좋은 것으로 입증되었다. 처벌이 줄어들수록 범죄도 줄어들었던 것이다. 더 이상 처벌이 존재하지 않는다면 범죄도 더 이상 일어나지 않거나, 만약 일어난다고 해도 의사들이 관심과 친절로써 돌봐주어야 할 일종의 고통스러운 정신병으로 다루어지게 될 것이다. 오늘날 범죄자들이라고 불리는 사람들은 사실 진정한 범죄자들이 아니기 때문이다. 현대의 범죄는 죄악이 아닌 굶주림에서 비롯되는 것이다. 그래서 요즘 범죄자들은 대부분 심리학적인 관점에서 아무런 관심을 불러일으키지 못한다. 그들은 비극적인 맥베스나 무시무시한 보트랭[11]이 아니다. 그들은 단지 먹을 것이 충분하지 않을 때 평범하고 점잖은 흔한 사람들이 취하게 될 모습이다. 사유재산 제도가 폐지된다면 범죄가 일어날 필요도 이유도 없을 것이다. 범죄는 더 이상 존재하지 않게 될 것이다. 물론 모든 범죄가 재산 때문에 일어나는 것은 아니다. 사형이 징역형보다 더 가혹하다는 전제하에—범죄자들은 이에 동의하지 않을 거라고 생각하지만—살인죄를 제외한다면, 사람 자체보다 그 사람이 가진 것에 더 많은 가치를 부여하는 영국법이 가장 가혹하고 엄격하게 다루는 범죄가 재물과 관련된 것이긴 하지만 말이다. 그러나 범죄가 직접적으로 재산과 관련된 것이 아니라고 할지라도 우리 사회의 잘못된 재산 보유 제도에서 비롯된 빈곤과 분노와 우울이 그 원인이 될 수 있다. 이런 범죄 또한 사유재산 제도가 폐지되면 사라지게 될 것이다. 사회의 일원들이 각자가 원하는 것을 충분히 가질 수 있다면, 이웃에게 방해받지도 다른 사람의 일에 간섭하지도 않을 것이다. 현대사회의 독특한 범죄 요인인 질투는 우리의 재산에 대한 의식과 밀접하게 얽혀 있는 감정으로, 사회주의와 **개인주의** 아래에서는 사라지게 될 것이다. 공산주의적 집단에서는 질투라는 감정이 전혀 존재하지 않는다는 사실을 주목해볼 필요가 있다.

이제, **국가**가 더 이상 통치를 하지 않는다면 무엇을 할 것인지 묻게 될 것이다. **국가**는 자발적인 단체로서 노동을 조직하고 필수품을 제조하고 분배하는 일을 맡게 될 것이다. **국가**는 유용한 것을 만들고, 개인은 아름다운 것을 만들어야 한다. '노동'이라는 말이 나온 김에 오늘날 육체노동의 존엄성에 관해 터무니없는 글과 말이 나도는 것을 지적하지 않을 수 없다. 육체노동은 본질적으로 존엄한 것이 아니다. 육체노동의 대부분은 삶의 질을 현저히 떨어뜨린다. 기쁨을 전혀 느낄 수 없는 무언가를 해야 한다는 것은 정신적으로나 도덕적으로 고통스러운 일이다. 그리고 많은 육체노동이 조금도 기쁨을 느낄 수 없는 지루한 행위들이며, 그런 관점에서 고려되어야 한다. 동풍이 불어올 때 하루에 여덟 시간씩 질척거리는 교차로를 청소하는 것은 역겨운 일이다. 그런 일을 하면서 정신적이고 도덕적이며 육체적인 위엄을 지킨다는 것은 불가능하며, 거기서 즐거움을 느낀다는 것은 더더욱 있을 수 없는 일이다. 인간은 길바닥의 먼지를 쓰는 것보다 더 나은 일을 하기 위해 태어났다. 그런 종류의 일은 기계로 행해져야 한다.

그리고 나는 앞으로 그렇게 될 것이라고 믿고 있다. 지금까지 인간은 어느 정도 기계의 노예로 살아왔다. 비극적이게도 인간은 자기 일을 대신할 기계를 발명하자마자 굶주리기 시작했다. 이것은 물론 현재의 소유 시스템과 경쟁 시스템에서 비롯된 것이다. 한 사람이 500명분의 일을 하는 기계를 소유하고 있다. 그 결과, 500명의 사람들이 일자리를 잃고 굶주림으로 내몰려 도둑질을 하게 된다. 그 한 사람은 기계가 생산해내는 것을 독차지함으로써 그가 가져야 하는 것보다 500배나 많은 것을, 그리고 이게 훨씬 더 중요한 사실인데, 아마도 자신이 진정으로 원하는 것보다 훨씬 더 많은 것을 가지게 된 것이다. 그 기계가 모두의 소유였다면 모두가 그 혜택을 볼 수 있을 것이다. 그리되면 사회에 엄청난 이익이 될 것이다. 모든 육체노동, 단조롭고 지루한 노동, 끔찍하게 재미없는 일을 하게 만들고 불쾌한 상황들을 포함하는 모든 것은 기계로 행해져야 한다. 기계는 탄광에서 광부를 대신해 일하며, 다양한 보건 위생 활동을 하고, 증기선의 화부(火夫)가 하는 일과 거리 청소를 하고, 비 오는 날에는 편지를 전달하는 등, 지루하고 힘든 일이라면 어떤 것이든 하게 될 것이다. 지금은 기계가 인간과 경쟁하고 있다. 하지만 앞으로 적절한 조건이 갖추어진다면 기계가 인간을 위해 일하게 되는 날이 올 것이다. 그것이 기계의 미래라는 것은 분명하다. 마치 시골의 신사가 잠들어 있는 동안에도 나무는 자라나는 것처럼, **인류**가 삶을 즐기면서 노동 대신 인간의 목적이 되어야 할 우아한 여가를 보내거나, 아름다운 것들을 만들고 아름다운 것들을 읽거나 그저 세상을 관조하며 감탄과 기쁨을 느끼는 동안, 기계는 필요하고 힘든 일들을 모두 처리하게 될 것이다. 문명의 발전이 노예를 필요로 하는 것은 사실이다. 그런 면에서는 그리스인들이 전적으로 옳았다. 비천하고 역겨우며 따분한 일을 하는 노예가 없었더라면 문화와 관조는 사실상 불가능했을 것이다. 하지만 인간 노예제도는 잘못된 것이며 위험하고 인간의 기를 꺾는 것이다. 이제 기계로 작동되는 노예제도, 기계 노예제도에 세상의 미래가 달려 있다. 그리고 더 이상 과학자들이 음울한 이스트엔드 지역으로 불려 가서 굶어 죽어가는 이들에게 질 나쁜 코코아 가루와 그보다 더 나쁜 모포를 나눠주는 일을 하지 않아도 될 때, 그들은 유쾌한 여가를 즐기면서 그들 자신과 모두의 기쁨을 위해 멋지고 놀라운 것들을 만들어내게 될 것이다. 그리하여 모든 도시와 필요하다면 모든 가정을 위해서도 쓰일 수 있는 엄청난 에너지를 축적하게 될 것이다. 인간은 각자의 필요에 따라 그 에너지를 열기와 빛 또는 움직임으로 바꾸어 쓸 수 있을 것이다. 너무나 **유토피아**적인 꿈일까? **유토피아**를 포함하지 않은 세계지도는 쳐다볼 가치조차 없다. 유토피아는 **인류**가 언제나 도달하고 싶어 하는 단 하나의 나라이기 때문이다. 그리고 그곳에 도달한 **인류**는 주위를 살펴보고 더 나은 나라를 발견하게 되면 또다시 돛을 올릴 것이다. 진보는 유토피아들을 하나씩 실현해가는 것이다.

나는 기계의 조직적인 사용으로 사회가 유용한 것들을 공급하고, 개인들은 예술적인 행위를 통해 아름다운 것들을 만들게 될 것이라고 말했다. 이는 필요한 것일 뿐만 아니라, 우리가 유용한 것과 아름다운 것을 동시에 얻을 수 있는 유일한 길이다. 다른 사람들을 위해 그들의 의도와 바람에 맞추어 무언가를 만들어내야 하는 사람은 흥미를 가지고 일할 수가 없다. 따라서 자신이 가진 최선의 것을 일에 쏟아붓지 못한다. 한편, 한 사회나 그 사회의 강력한 집단 또는 어떤 정부가 예술가에게 해야 할 일을 강제하게 되면, **예술**은 완전히 사라져버리거나 진부해지거나 저급하고 조잡한 기술의 한 형태로 퇴행하게 된다. 예술 작품은 유일한 기질의 유일한 결과물이다. 예술 작품의 아름다움은 그것을 창조해낸 예술가가 그 자신이라는 사실에서 비롯되는 것이다. 다른 사람들이 그들이 원하는 것을 원한다는 사실과는 아무런 상관이 없다. 다른 사람들이 원하는 것을 신경 쓰기 시작하는 순간부터, 그들의 요구를 충족시키고자 애쓰는 순간부터 예술가는 더이상 예술가가 아니다. 따분하거나 흥미로운 기능공이나, 정직하거나 부정직한 상인이 되어버리고 마는 것이다. 그는 더 이상 예술가임을 주장할 수 없다. **예술**은 인류가 알고 있는 가장 강력한 **개인주의**의 발현이다. 나는 심지어 **예술**은 우리가 알고 있는 유일한 **개인주의**의 발현이라고 말하고 싶다. 어떤 상황에서는 **개인주의**를 야기한 듯 보일 수 있는 범죄는 다른 사람들을 인식하고 그들의 삶에 개입해야만 한다. 범죄는 행동의 범주에 속한다. 하지만 예술가는 이웃들과 어울리거나 그들의 도움을 받지 않고도 홀로 아름다운 것을 창조해낼 수 있다. 오직 자신의 즐거움만을 위한 창조가 아니라면 그는 결코 예술가라고 할 수 없다.

그리고 **예술**이 **개인주의**의 강력한 발현이라는 사실 때문에 대중은 예술에 우스꽝스럽고 부도덕하며, 경멸스럽고 부패한 권위를 행사하고자 한다는 점에 주목해야 한다. 그건 그들의 잘못이 아니다. 대중은 모든 연령층을 막론하고 오랫동안 교육을 잘못 받아왔다. 그들은 예술에 끊임없이 대중적이기를 요구하면서, 자신들의 취향에 맞추어줄 것과 자신들의 터무니없는 허영심을 충족시켜줄 것을 요구한다. 또한 예전에 이미 들었던 얘기를 다시 들려주기를 원하고, 지겹도록 본 것을 다시 보여줄 것을 요구한다. 너무 많이 먹어서 몸이 무거울 때는 예술이 자신들을 즐겁게 해주고, 자신들의 어리석음에 지칠 때면 예술이 기분 전환을

시켜주기를 바란다. 하지만 **예술**은 결코 대중적이고자 해서는 안 된다. 대중이 스스로 예술적이 될 수 있도록 노력해야만 한다. 그 둘은 전혀 다른 것이다. 만약 어느 과학자에게 그의 실험 결과와 거기서 도출된 결론이 사회적 통념을 거스르거나, 대중의 편견을 뒤엎거나, 과학에 대해 아무것도 모르는 사람들의 감성에 상처를 주는 일이 있어서는 안 된다고 말한다면, 만약 어느 철학자에게 생각의 가장 고귀한 영역에서 마음껏 사색할 수 있는 권리가 있지만, 어떤 영역에서든 아무런 생각을 해본 적이 없는 사람들과 똑같은 결론에 도달해야 한다고 얘기한다면, 아마도 오늘날의 과학자와 철학자는 상당히 재미있어 할 것이다. 하지만 몇 년 전까지만 해도 철학과 과학 모두 대중의 잔혹한 통제, 아니 사실상 권력—사회의 일반적인 무지나, 교회나 정부 계층의 권력에 대한 두려움과 탐욕에서 비롯된—의 통제 대상이었다. 물론 우리는 사색의 개인주의를 저지하려는 사회나 **교회** 또는 **정부**의 시도를 상당 부분 약화시켰다. 하지만 창의적인 예술의 개인주의를 억압하고자 하는 시도는 여전히 계속되고 있는 실정이다. 사실, 계속된다는 말로는 부족하다. 그러한 시도는 공격적이고 모욕적이며 야만스럽게 행해지고 있다.

영국에서 그러한 통제에서 가장 잘 벗어난 예술은 대중이 관심을 두지 않는 예술이다. 예를 들면 시가 그중 하나다. 영국에서 훌륭한 시들이 나올 수 있었던 것은 대중이 시를 읽지 않아서 그것에 어떤 영향을 미치지 않기 때문이다. 대중은 시인들이 개인주의적이라는 이유로 그들을 모욕하기를 즐긴다. 하지만 한번 모욕하고 난 후에는 그들을 더 이상 건드리지 않는다. 그런데 대중이 흥미를 가지는 소설과 연극의 경우는 그렇지가 못하다. 그리고 대중이 권력을 휘두른 결과는 실로 개탄스럽다. 영국만큼 무미건조하고 진부한 소설과 우스꽝스럽고 천박한 연극을 만들어내는 나라는 어디에도 없다. 당연히 그럴 수밖에 없다. 대중의 기준에 맞출 수 있는 예술가는 어디에도 없다. 대중적 소설가가 된다는 것은 너무나 쉬우면서도 너무나 어려운 일이다. 너무나 쉽다는 것은, 구성과 스타일, 등장인물의 심리, 삶과 문학을 다루는 법에 관한 대중의 요구가 아주 저속하고 무지한 수준에 머물러 있기 때문이다. 동시에 너무나 어렵다는 것은, 그러한 요구를 충족시키려면 예술가는 자신의 기질을 왜곡하면서 글쓰기의 예술적 즐거움이 아닌 우매한 대중의 오락을 위해 글을 써야 하기 때문이다. 자신의 개인주의를 억누르고, 자신의 문화를 잊고, 자신의 스타일을 내던져버리고, 자신 안에 있는 소중한 것은 무엇이든지 포기해야만 하는 것이다.

연극의 경우는 상황이 좀 더 나은 편이다. 극장에 연극을 보러 가는 관객은 명백한 것을 좋아하는 것은 사실이지만 지루한 것은 싫어한다. 그리고 가장 대중적인 형태의 극인 벌레스크[12]와 파르스[13]는 예술의 개별적인 장르들이다. 벌레스크와 파르스의 규칙을 따르면서도 얼마든지 괜찮은 작품을 만들어낼 수 있고, 이런 종류의 작업에 관한 한 영국에서도 폭넓은 자유를 누릴 수 있다. 대중 통제의 결과는 더 높은 차원의 극 형식에서 나타난다. 대중이 아주 싫어하는 것 중의 하나가 새로움이다. 대중은 예술의 주제를 확장하고자 하는 어떤 시도에도 극도의 반감을 나타낸다. 그런데 예술의 생명력과 발전은 상당 부분 끊임없는 주제의 확장에 달려 있다. 대중이 새로움을 싫어하는 것은 그것을 두려워하기 때문이다. 새로움은 대중에게 **개인주의**의 한 방식, 스스로 자신의 주제를 정하고 자기 방식대로 다루겠다는 예술가의 확고한 일면을 보여준다. 대중이 그런 반응을 보이는 것은 전적으로 옳다. **예술**은 **개인주의**이며, **개인주의**는 혼란을 야기하고 와해시키는 힘이기 때문이다. 바로 거기에 그 무한한 가치가 있다. 그것이 뒤엎고자 하는 것은 정형화된 유형의 단조로움과 전통의 속박, 습관의 독재, 인간의 기계화다. **예술**에 있어서 대중은 이미 존재하는 것들만을 용인한다. 그것들의 진가를 알아봐서가 아니라, 그것들은 변화시킬 수 없기 때문이다. 대중은 고전 작품을 통째로 삼키고 결코 그 맛을 음미하지 않는다. 그들은 고전을 불가피한 것으로 여기며 참아낸다. 그리고 그것들을 훼손할 수는 없기 때문에 입으로만 떠들어댄다. 관점에 따라 이상하게 또는 당연하게 들릴 수도 있겠지만, 그런 식으로 고전을 받아들이는 것은 대단히 해롭다. 영국에서 성서와 셰익스피어를 무비판적으로 찬양하는 것이 그 예다. 성서에 관해서는 이 문제에 교권이 관련되어 있다는 걸 고려하면 상세히 얘기할 필요가 없겠다.

하지만 셰익스피어의 경우 대중은 그의 극이 가진 아름다움이나 결점을 전혀 보지 못하는 게 자명하다. 만약 그 아름다움을 발견하게 되면 그들은 극의 발전에 이의를 제기하지 않을 것이다. 그리고 만약 결점을 발견하게 되어도 그들은 마찬가지로 극의 발전에 이의를 제기하지 않을 것이다. 분명한 건, 대중은 그 나라의 고전을 예술의 진보를 억제하는 수단으로 사용한다는 사실이다. 또한 고전을 권력으로 격하시켜, **아름다움**을 새로운 형태로 자유롭게 표현하는 것을 막기 위한 무기처럼 휘두른다. 그들은 끊임없이 작가에게 왜 다른 사람처럼 글을 쓰지 않는지 묻고, 화가에게는 왜 다른 누군가처럼 그리지 않는지를 묻는다. 그러면서 작가나 화가 중 누구라도 그렇게 하는 순간부터 더 이상 예술가가 아니라는 사실을 깨닫지 못한다. 대중은 **아름다움**의 새로운 방식을 몹시 싫어한다. 그래서 그것과 마주칠 때마다 분노하고 당혹해하면서 언제나 바보 같은 두 가지 표현을 사용하곤 한다. 하나는 예술 작품이 도무지 이해가 안 된다는 것이고, 다른 하나는 예술 작품이 지극히 부도덕하다는 것이다. 그들의 이런 표현이 뜻하는 바는 다음과 같지 싶다. 그들이 예술 작품을 두고 도무지 이해할 수 없다고 할 때는, 예술가가 새로운 무언가를 말했거나 전에 없던 아름다운 작품을 만들어냈음을 의미한다. 또한 그들이 예술 작품을 지극히 부도덕하다고 비난할 때는, 예술가가 사실을 말했거나 그것을 아름다운 작품으로 형상화했음을 의미한다. 전자는 스타일에 관한 것이고, 후자는 소재에 관한 것이다. 하지만 그들은 평범한 군중이 만들어져 있는 포석을 사용하듯 그 말들을 매우 막연하게 사용한다. 한 예를 들어보자면, 이 세기의 진정한 시인이나 산문가 중에 영국 대중으로부터 엄숙하게 부도덕성[14]의 학위증을 부여받지 않은 사람은 단 한 명도 없다. 영국에서 이런 학위증은 프랑스 문학 아카데미[15]의 공식적인 인정과 같은 역할을 하면서, 다행스럽게도 영국에 그런 기관을 세울 필요성을 느끼지 못하게 한다. 대중은 물론 '부도덕성'이라는 단어를 매우 무분별하게 사용한다. 그들은 사실 워즈워스를 부도덕한 시인이라고 불렀어야 마땅했다. 워즈워스는 시인이었다. 하지만 그들이 찰스 킹즐리[16]를 부도덕한 소설가라고 한 것은 정말 말이 안 된다. 킹슬리의 산문은 결코 우수하다고 할 수 없다. 어쨌거나 '부도덕하다'라는 말은 존재하고, 대중은 그 말을 분별 없이 사용하고 있다. 물론 예술가는 그런 말에 흔들리지 않는다. 진정한 예술가는 전적으로 자신을 믿는 사람이며, 철저하게 자기 자신이기 때문이다. 그런데 만약 영국에서 어떤 예술가의 작품이 대중 언론이라는 매체를 통해 대중에게 공개되자마자 아주 이해하기 쉽고 높은 도덕성을 지닌 작품으로 인정을 받는다면, 아마도 그는 진정 자기 자신으로서 창작에 임했었는지를 진지하게 자문하게 될 것이며, 따라서 작품이 그의 이름에 어울리지 않는 건 아닌지, 이류에 속하거나 아예 예술적 가치가 전혀 없는 건 아닌지 자문하게 될 것이라는 생각이 든다.

어쩌면 대중이 '부도덕한', '난해한', '이국적인', '불건전한'과 같은 말들만 쓴다고 얘기함으로써 내가 그들을 모욕한 건 아닌지 모르겠다. 그들이 사용하는 또 다른 말이 있다. '병적인(morbid)'이라는 단어가 그것이다. 대중이 그 말을 자주 사용하는 건 아니다. 그들은 그 말의 의미가 너무나 단순해서 사용하기를 두려워한다. 그래도 가끔씩 쓰기는 한다. 우리는 때때로 대중 신문들에서 그 말을 발견한다. 그 단어를 예술 작품에 적용하는 것은 우스운 일이다. '병적 상태'라는 것이 '표현할 수 없는 감정 상태나 생각의 방식'이 아니면 무엇이겠는가? 대중은 모두 병적이다. 왜냐하면 대중은 결코 그 어떤 것에 대해서도 적절한 표현을 찾지 못하기 때문이다. 예술가는 결코 병적이지 않다. 그는 무엇이든 표현할 수 있다. 예술가는 자신의 주제 바깥에 머물면서 그것을 매체로 훌륭한 결과물을 만들어낸다. 예술가가 병적인 것들을 주제로 다룬다고 해서 그를 병적이라고 규정짓는 것은 셰익스피어가 《리어 왕》을 썼다고 해서 그를 미친 사람으로 취급하는 것과 같다.

영국에서는 대체로 예술가는 공격당함으로써 무언가를 얻게 된다. 그의 개성은 한층 더 뚜렷해지며, 그는 더욱더 철저하게 자기 자신이 된다. 물론 그런 공격들은 매우 무례하고 터무니없으며 경멸스러운 것들이다. 하지만 천박한 정신을 가진 이들에게 우아함을 기대하거나 변두리 지식인들에게 고유의 스타일을 기대하는 예술가는 없다. 저속함과 어리석음은 현대적 삶에서 매우 두드러지는 두 가지 특징이다. 그것은 물론 유감스럽지만 어쩔 수 없는 사실이다. 그 두 가지 속성은 다른 주제들처럼 연구해 볼 만한 것들이다. 오늘날 기자들에 대해서는, 그들은 누군가에 대해 공개적으로 공격적인 기사를 써놓고는 사석에서는 그 사람에게 항상 사과를 한다는 사실을 언급해야만 할 것이다.

최근 몇 년 사이에 대중이 예술을 모욕하는 데 사용하는 아주 제한된 어휘들에 형용사 두 개가 더 추가되었음을 주목해야 할 것이다. 하나는 '불건전한'이고, 다른 하나는 '이국적'이다. '이국적'이라는 말은 단지 매혹적이고 우아한 아름다움을 지닌 불멸의 난초에 대해 일시적으로 자라나는 버섯의 분노를 표현할 뿐이다. 그것은 하나의 찬사다. 그러나 아무런 가치가 없는 찬사다. 하지만 '불건전한'이라는 말은 분석해볼 만한 가치가 있다. 이는 꽤 흥미로운 말이다. 사실, 어찌나 흥미로운지 그것을 사용하는 사람들도 그 의미를 모를 정도다.

그것은 무슨 뜻일까? 건전한 또는 불건전한 예술 작품이란 어떤 것일까? 합리적으로 잘 적용한다는 전제하에, 예술 작품에 적용되는 모든 용어는 그 스타일이나 주제, 또는 둘 다에 관련이 있다. 스타일의 관점에서 보자면, 건전한 예술 작품이란 그 스타일이 작품이 사용하는 재료―그것이 단어이건 청동이건 색이건 상아건 간에―의 아름다움을 인식하고, 그 아름다움을 심미적 효과를 이끌어내는 요소로 사용하는 것을 의미한다. 주제의 관점에서 보면, 건전한 예술 작품은 그 주제가 예술가의 기질에서 비롯되고 그에 좌우되는 것을 의미한다. 간단히 말하면, 건전한 예술작품은 완벽성과 개성을 동시에 갖춘 작품을 의미한다. 물론 예술 작품에 있어서 형식과 내용은 분리될 수 없다. 그 둘은 언제나 하나다. 하지만 분석의 편의를 위해 총체적인 심미적 느낌을 잠시 제쳐둔 채 머릿속에서 그 둘을 따로 떼어서 생각할 수도 있다. 불건전한 예술 작품은 그 스타일이 빤하고 진부하고 평범하다. 주제는 의도적으로 선택된 것으로, 예술가가 자신의 즐거움을 위해서가 아니라 대중이 그 대가를 지불할 것이라고 생각해서 선택한 것이다. 실제로 대중이 건전하다고 평하는 대중소설은 언제나 지극히 불건전한 작품이다. 반면에 대중이 불건전한 소설이라고 비난하는 것은 언제나 아름답고 건전한 예술 작품이다.

내가 대중과 대중 언론이 그 단어들을 잘못 사용하고 있음을 잠시라도 불평하려는 게 아니라는 건 말할 필요도 없을 것이다. **예술**이 무엇인지에 대한 근본적인 이해가 부족한 그들에게서 어떻게 올바른 단어 사용을 기대할 수 있겠는가. 나는 다만 그들의 잘못된 단어 사용을 지적하는 것뿐이다. 그리고 이러한 단어 오용의 원인과 그 뒤에 숨겨진 의미에 관해서 설명하는 것은 전혀 어려운 일이 아니다. 그것은 권력이라는 야만적인 개념에서 비롯되는 것이며, 권력에 의해 부패한 사회의, **개인주의**를 이해하거나 인정할 수 없는 자연적인 무능함에서 비롯되는 것이다. 한마디로, **여론**이라고 불리는 무시무시하고 무지한 것으로부터 비롯되는 것이다. 여론은 행동을 통제하고자 할 때는 악의와 선의를 드러내지만, **생각**이나 **예술**을 통제하고자 할 때는 악명 높고 악의적인 모습만 보인다.

사실, 대중의 의견보다는 대중의 물리적 힘에 관해서 훨씬 더 우호적으로 이야기할 수 있을 것이다. 대중의 물리적 힘은 꽤 쓸 만한 것일 수도 있다. 하지만 대중의 의견은 몰지각할 수밖에 없다. 사람들은 종종 무력은 논쟁거리도 되지 못한다고 말한다. 하지만 그건 전적으로 무엇을 입증하고자 하느냐에 달려 있다. 최근 몇 세기 동안 가장 중요한 문제에 속하는 것들, 영국의 개인 권력의 승계와 프랑스의 봉건주의와 같은 것들이 전적으로 물리적 힘에 의해 해결되지 않았던가. 혁명의 폭력성은 잠시 대중을 위대하고 고귀하게 만들 수도 있을 것이다. 하지만 어느 운명의 날, 대중은 펜이 포석보다 강하며 벽돌 조각만큼 공격적일 수 있다는 사실을 깨달았다. 그들은 즉시 저널리스트를 찾아 나섰고, 그를 발전시켜 넉넉한 보수를 지급받는 충실한 하수인으로 만들었다. 그것은 둘 다에게 몹시 유감스러운 일이다. 바리케이드 뒤에는 고귀하고 영웅적인 것이 얼마든지 있을 수 있다. 하지만 신문 사설 뒤에 편견과 어리석음, 위선적인 말과 헛소리 말고 달리 무엇이 있을 수 있겠는가? 그리고 그 네 가지가 합쳐지는 날, 그것들은 엄청난 힘을 가지게 되면서 새로운 권력을 형성한다.

과거에는 인간에게 고문대가 있었다면, 지금은 언론이 있다.[17] 이것도 물론 발전이기는 하다. 하지만 여전히 매우 나쁘고 부당하며, 인간의 의기를 꺾는 데 일조하고 있다. 누군가—버크였던가?—저널리즘을 제4계급[18]이라고 칭한 바 있다. 아마도 당시에는 맞는 말이었을 것이다. 하지만 오늘날 언론은 유일한 계급을 이루고 있다. 언론이 다른 세 계급을 다 집어삼킨 것이다. 상원의 귀족 의원들은 아무 말도 하지 않고, 성직자 의원들은 아무런 할 말이 없으며, 하원 의원들은 아무런 할 말이 없고 할 말이 없다고 말한다.[19] 우리는 이제 **언론**에 지배당하고 있다. 미국에서는 **대통령**이 4년간 통치를 한다. 하지만 **언론**은 영원히 통치를 한다. 다행히 미국의 언론은 가장 거칠고 잔혹한 과격파들에게까지 그 권력을 행사해왔다. 그 자연스러운 결과로 반항 정신이 생겨나기 시작했다. 사람들은 기질에 따라 언론을 즐기기도 하고 역겨워하기도 한다. 하지만 언론은 더 이상 예전처럼 진정한 힘으로 작용하지는 못한다. 아무도 언론을 진지하게 생각하지 않는다.

영국에서는, 잘 알려진 몇몇 경우를 제외하고는 극단으로 치달은 적이 없기 때문에 **언론**은 여전히 대단히 주목할 만한 세력이다. 언론이 사람들의 사생활에 개입하여 횡포를 부리고자 하는 현상은 참으로 기이해 보인다. 대중은 알 만한 가치가 있는 것을 제외하고는 모든 걸 알고 싶어 하는 끝없는 호기심을 지니고 있다. 본디 장사꾼 기질이 있는 언론은 그 사실을 잘 알고 그들의 요구를 충족시켜준다. 지금부터 몇 세기 전에는 언론인들의 귀를 분수전(噴水栓)에 못박아놓았다. 정말 끔찍한 일이었다. 지금은 언론인들이 스스로 열쇠 구멍에 귀를 갖다 댄다. 이건 훨씬 더 나쁜 일이다. 더 심각한 문제는, 가장 비난받아 마땅한 언론인들은 **사교계 신문**이라고 불리는 신문의 가십난을 담당하는 기자들이 아니며, 진지하고 사려 깊고 성실한 기자들이 해악을 끼치고 있다는 사실이다. 그들은, 지금도 그러고 있는 것처럼 위대한 정치인, 정치권력의 창안자이자 정치사상의 선도자인 인물의 사생활에 관한 사건을 진지하게 대중의 눈앞으로 가져다놓을 것이다. 그리고 대중을 충동질하여 그들로 하여금 그 사건을 논의하게 하고, 그 문제에 권력을 행사하게 하며 그들의 의견을 내놓게 한다. 그리고 더 나아가 단지 의견을 내놓는 데 그치지 않고 그 의견의 실행을 요구하도록 대중을 부추기며, 그들로 하여금 정치인의 다른 문제들에까지 관여하게 하고, 심지어 그의 정당과 나라 전체에까지 그들의 생각을 강요하게 만든다. 그럼으로써 대중으로 하여금 그들 스스로를 우스꽝스럽고 모욕적이며 사회에 유해한 존재가 되게 만드는 것이다. 남자들과 여자들의 사생활은 대중에게 공개되어서는 안 된다. 그런 건 대중의 소관이 아니다. 프랑스인들은 이런 일들에 있어서 영국인들보다 더 잘 대처하는 편이다. 프랑스에서는 이혼 법정에서 진행되는 재판의 상세한 내용을 흥밋거리나 비판의 용도로 대중에게 공개하는 것을 금하고 있다. 대중이 알 수 있는 것은, 이혼이 확정되었으며, 이혼이 부부 중 어느 한쪽이나 둘 다의 신청에 의해 이루어졌는지가 전부다. 사실 프랑스에서는 언론인의 자유를 제한하고 예술가에게는 거의 전적인 자유를 부여한다. 이곳에서는 언론인에게는 절대적인 자유를 허용하고, 예술가의 자유는 철저하게 제한한다. 말하자면, 영국의 여론은 아름다운 것들을 창조해내는 이를 속박하고 방해하며 왜곡하려고 하는 것이다. 그리고 언론인에게는 추하고 역겨우며 혐오스러운 것들을 들려주도록 강요한다. 그 결과 우리는 세상에서 가장 진지한 언론인들과 가장 저속한 신문들을 동시에 갖게 되었다. 여기서 강제를 이야기하는 건 과장이 아니다. 언론인 중에는 아마도 추악한 것들을 대중에게 알리는 데 진정으로 즐거움을 느끼는 이들이 있을 것이다. 또는 형편이 어려운 탓에 지속적인 수입원을 만들려는 목적으로 스캔들을 찾아다니는 사람들도 있을 것이다. 하지만 나는 이런 것들을 신문에 싣는 것을 정말로 싫어하는, 학식과 교양을 갖춘 언론인들도 있을 것이라고 확신한다. 그들은 옳지 못하다는 것을 알면서도, 그들이 처한 불건전한 직업 환경이 그들로 하여금 대중이 원하는 것을 제공하게 하고, 대중의 탐욕스러운 호기심을 가능한 한 최대한 충족시키는 데에 있어서 다른 언론인들과 경쟁하게 만들기 때문에 그렇게 하는 것뿐이다. 그것은 배움과 교양을 갖춘 누구에게나 몹시 모멸스러운 상황일 것이며, 그들 대부분이 실제로 통절한 모멸감을 느끼고 있을 것이라고 생각한다.

이제 이 주제의 추악한 면에 관해서는 그만 이야기하고 **예술**에 있어서 대중의 통제에 관한 문제로 다시 돌아가보도록 하자. **여론**은 예술가에게 어떤 형식을 취해야 하는지, 어떤 방식을 사용해야 하는지, 어떤 재료로 작업해야 하는지를 강요하면서 일종의 권력을 휘두른다. 앞서 나는 영국에서 자유로울 수 있었던 예술은 대중이 관심을 두지 않는 분야라는 것을 지적한 바 있다. 그런데 연극은 대중의 관심을 받으면서도 최근 10~15년간 어느 정도의 발전을 이룩할 수 있었다. 하지만 분명히 지적해야 할 점은,

그러한 발전은 전적으로 대중의 취향을 자신들의 기준으로 삼기를 거부한 몇몇 개인주의적 예술가들 덕분이라는 것이다. 그들은 **예술**을 단순한 수요와 공급의 문제로 간주하는 것을 거부했다. 헨리 어빙[20]은 놀랍고도 강렬한 개성과 진정한 색채 요소가 담긴 고유한 스타일, 단순한 흉내 내기가 아니라 상상력 넘치는 지적인 창작에 대한 비범한 힘을 가진 인물이다. 그가 만약 대중이 원하는 것을 제공하는 것을 자신의 목표로 세웠더라면, 그는 지극히 진부한 연극을 지극히 진부한 방식으로 상연해 엄청난 성공과 함께 엄청난 돈을 벌 수 있었을 것이다. 하지만 그의 목표는 그런 것이 아니었다. 그는 특정 조건에서 특정 형태의 **예술**로써 예술가로서의 완성을 실현하고자 했다. 그는 처음에는 몇몇 소수에게만 관심을 끌 수 있었다. 그리고 이제는 많은 사람들에게 가르침을 주었다. 그는 대중에게 취향과 기질을 일깨워주었다. 대중은 그의 예술적 성공에 뜨거운 박수를 보냈다. 나는 그가 그들의 기준을 철저히 거부하고 자신의 기준을 실현했기 때문에 성공할 수 있었음을 대중이 알고 있는지 종종 궁금해지곤 한다. 만약 대중의 기준에 맞추었더라면 라이시엄 극장[21]은 지금 런던에 있는 일부 대중 극장들처럼 일종의 이류 극장으로 전락하고 말았을 것이다. 그들이 그 사실을 알건 모르건 이제 대중 사이에는 어느 정도 취향과 기질이 뿌리를 내렸으며, 그들이 그 자질들을 발전시켜나갈 수 있다는 사실에는 변함이 없다. 그런데도 왜 더 세련되어지지 못하는 것일까? 대중은 그 소양을 갖추고 있다. 무엇이 그들을 가로막고 있는 것일까?

다시 말하지만, 그들을 가로막는 것은 예술가와 예술 작품에 권력을 행사하고자 하는 그들의 욕망이다. 라이시엄이나 헤이마켓[22]과 같은 몇몇 극장에는 관객이 적절한 마음으로 가는 듯 보인다. 그 두 극장에는 자신들의 관객들—런던의 각 극장은 자신들의 단골 관객을 가지고 있다—에게 **예술**이 호소할 수 있는 기질을 심는 데 성공한 개인주의적 예술가들이 있어왔다. 그런데 여기서 기질은 무엇을 가리키는 것일까? 그것은 수용(受容)의 기질이다. 그게 전부다.

만약 누군가가 예술 작품과 예술가에게 권력을 행사하고자 하는 욕심으로 작품에 접근한다면 그는 아무것도 느끼지 못할 것이다. 예술적 느낌을 결코 수용할 수 없는 정신 상태로 예술 작품에 접근했기 때문이다. 작품이 관객을 지배해야지 관객이 작품을 지배해서는 안 된다. 관객은 수용적이어야 한다. 마치 대가가 연주하는 바이올린과 같은 존재가 되어야 하는 것이다. 관객이 스스로의 어리석은 관점과 우매한 편견, **예술**은 이래야만 하거나 이래서는 안 된다는 몰상식한 생각을 더 철저히 떨쳐버릴수록 문제의 예술 작품을 더 잘 이해하고 감상할 수 있는 가능성이 커진다. 이것은 물론, 영국의 통속적인 남녀 관객층의 경우에는 너무나 당연한 사실이다. 그러나 소위 식자들이라고 불리는 사람들의 경우에도 마찬가지로 통용된다. 이들의 **예술**에 대한 생각은 당연히 **기존 예술**에 바탕을 두고 있다. 하지만 새로운 예술 작품의 아름다움은 **기존에는 없었던 예술**로부터 비롯되는 것이다. 따라서 예술 작품을 과거의 기준으로 평가하는 것은, 예술의 진정한 완벽성이 실현될 수 있는 조건을 배제한 기준으로 평가하는 것과 같다. 창의적인 조건에서 창의적인 표현 수단을 통해 새롭고 아름다운 느낌을 수용할 수 있는 기질이 예술 작품의 진정한 가치를 알아볼 수 있는 유일한 기질인 것이다.

이것은 조각과 그림을 감상할 때도 적용되지만 연극과 같은 예술의 감상에 있어서는 더욱더 그렇다. 그림과 조각의 경우는 **시간**과 전쟁을 치르지 않아도 된다. 그 감상에 있어서 시간의 연속성을 고려하지 않아도 되며, 어느 한 순간에 작품의 단일성을 파악할 수 있다. 하지만 문학의 경우는 다르다. 인상의 단일성을 알아차리기 위해서는 시간을 가로질러야만 한다. 따라서 연극의 경우에는, 극의 1막에서 공연한 것의 진정한 예술적 가치가 3막이나 4막이 공연될 때까지 관객들에게 명확하게 전달되지 않을 수도 있다. 그렇다고 무지한 사람처럼 화를 내고 소리를 지르면서 극을 방해하고 배우들을 곤경에 빠뜨려야 할까? 아니, 바른 사람이라면 조용히 앉아서 감탄과 호기심과 긴장감에서 오는 기분 좋은 감동을 음미할 줄 알아야 한다. 관객은 고약한 성질을 부리기 위해 극장에 가는 것이 아니다. 그는 예술적 기질을 실현하거나 획득하기 위해 연극을 보러가는 것이다. 관객은 예술 작품의 심판자가 아니다. 그는 예술 작품을 관조하도록 허용된 사람이다. 그리고 작품이 훌륭하면, 그것을 관조하는 가운데 자신에게 유해한 모든 에고티즘—그 자신의 무지에 대한 에고티즘 또는 지식에 대한 에고티즘—을 잊어버리는 것이 허용된 사람이다. 내가 보기에는 연극에 있어서 이런 점이 충분히 인지되지 않고 있는 듯하다. 오늘날의 런던 관객 앞에서《맥베스》가 처음으로 공연된다면 많은 관객들이 1막에서 마녀들이 기괴한 문장들과 우스꽝스러운 단어들을 뱉어내며 등장하는 것에 분명 맹렬한 반감을 가질 것이다. 하지만 연극이 모두 끝나면 관객들은《맥베스》에서의 마녀들의 웃음이《리어 왕》에서의 광기 어린 웃음만큼이나 무시무시한 것이며, 무어인의 비극[23]에서의 이아고의 웃음보다 더 끔찍한 것이라는 사실을 깨닫게 될 것이다. 예술의 관객 중에서 연극의 관객만큼 완벽한 수용적 분위기가 요구되는 관객은 없다. 그가 권력을 행사하고자 하는 순간부터 그는 **예술**과 그 자신의 공인된 적이 되고 만다. 그렇다고 해도 예술은 아무런 상관이 없다. 그로 인해 고통받는 것은 관객이다.

소설의 경우도 마찬가지다. 대중의 권력과 그것의 인식은 치명적이다. 새커리의《에스먼드》는 아름다운 예술 작품이다. 그가 자신의 즐거움을 위해 썼기 때문이다. 그런데 그는 또 다른 소설들,《펜더니스 이야기》,《필립의 모험》, 심지어《허영의 시장》에서도 때로 대중을 너무 의식해 직접적으로 대중의 공감에 호소하거나, 직접적으로 그들을 조롱함으로써 작품을 망치고 있다. 진정한 예술가는 대중에 전혀 신경 쓰지 않는다. 그에게 대중은 존재하지 않는 것과 같다. 그는 괴물을 잠들게 하거나 살찌우기 위해 아편을 섞거나 꿀을 바른 케이크 따위를 갖고 있지 않다. 그런 건 대중소설가의 몫으로 남겨둔다. 지금 우리 영국이 자랑할 수 있는 훌륭한 소설가는 조지 메러디스이다. 프랑스에는 더 훌륭한 예술가가 많이 있지만, 메러디스만큼 거대하고 다채로우며 상상적으로 진실된 인생관을 가진 사람은 없다. 러시아에는 소설 속의 고통이 어떤 것이 되어야 하는지에 대해 더 예리한 감각을 갖춘 이야기꾼들이 많이 있다. 하지만 소설 속의 철학은 그의 영역에 속한다. 그가 창조한 인물들은 그저 살아가는 게 아니라 생각 속에서 살아간다. 우리는 수많은 관점에서 그들을 다양하게 느낄 수 있다. 그들은 도발적이며, 그들의 내면과 그들 주위에는 영혼이 깃들어 있다. 또한 그들은 다양한 해석을 유발하며 다양한 상징을 포함하고 있다. 그리고 그런 그들, 놀랍도록 생동감 넘치는 인물들을 창조한 그는 오로지 자신의 즐거움을 위해 그들을 만들어냈다. 그는 결코 대중에게 무엇을 원하는지 물어본 적이 없으며, 그들이 무엇을 원하는지 알고자 한 적도 없다. 또한 그들이 어떤 식으로든 그에게 무엇을 강요하거나 영향을 미치는 것을 허용하지 않았다. 그는 다만 끊임없이 자신의 개성을 강화하고, 자신만의 개인적인 작품을 창조해나갔을 뿐이다. 처음에는 아무도 그의 작품에 관심을 갖지 않았다. 하지만 그는 전혀 개의치 않았다. 그리고 차츰 독자들이 하나둘씩 생겨났다. 그러나 그는 조금도 달라지지 않았다. 이제는 그에게도 많은 독자들이 생겼다. 하지만 그는 조금도 변함이 없다. 그는 진정 최고의 소설가다.

장식예술에 있어서도 다를 바 없다. 대중은 국제적 범속성을 보여준 대영 박람회²⁴에서 직접적으로 유래된 전통으로 보이는 것에 애처로울 정도로 집요하게 매달렸다. 그 끔찍한 전통에 의거해 만들어진 집에서는 눈이 먼 사람만이 살 수 있을 것 같았다. 아름다운 것이 만들어지기 시작하고, 염색업자의 손끝에서 근사한 색깔이 나오고, 예술가의 머리에서 아름다운 패턴이 창조되기 시작하면서 아름다운 것들의 사용과 그 가치와 중요성이 강조되기 시작하자 대중은 분노를 터뜨렸다. 그들은 냉정을 잃고 우스꽝스러운 말들을 떠들어댔다. 하지만 아무도 개의치 않았다. 아무도 일말의 영향도 받지 않았다. 그 누구도 여론의 권위를 인정하지 않았기 때문이다. 그리고 이젠 어떤 현대식 집에 들어가든지 사람들이 고상한 취향을 갖추고 아름다운 환경의 가치를 인정하며 아름다움을 제대로 감상하고 있음을 보여주는 흔적을 발견할 수 있다. 과연 오늘날에는 사람들의 집이 대체로 꽤 매력적으로 꾸며져 있는 편이다. 사람들도 상당히 세련되어졌다. 하지만 실내장식과 가구 혁명의 놀라운 성공은 그런 분야에서 상당히 고급스런 취향을 갖추게 된 대중 덕분이라고 볼 수는 없다. 그 주요 원인은 장인들이 아름다운 것을 만드는 즐거움에 눈을 뜨게 되면서 예전에 대중이 요구했던 것들이 얼마나 추하고 저속했는지를 절실히 깨닫게 되어 더 이상 대중의 욕구를 충족시켜주지 않았기 때문이다. 그리하여 요즘은 삼류 하숙집에서 내놓은 중고 가구 경매에 가지 않고는 몇 년 전처럼 방을 꾸미기가 거의 불가능해졌다. 이제는 더 이상 그런 것들을 만들지 않기 때문이다. 뭐라고 불평을 하건 간에 그들은 이제 근사한 것들로 주변을 장식해야만 한다. 그들에게는 다행스럽게도, 이 분야에 있어서는 그들의 권력 행사가 전혀 먹혀들지 않았던 것이다.

이제 예술에 있어서는 모든 권력이 유해하다는 것이 명백해졌다. 사람들은 때로 예술가에게는 어떤 형태의 정부가 가장 살기에 적합한지 궁금해한다. 이 질문에는 단 한 가지 대답밖에는 없다. 예술가에게 가장 적합한 정부의 형태는 아예 정부가 없는 것이다. 예술가와 그의 예술에 행사하는 모든 권력은 우스꽝스러운 것이다. 사람들은 예술가들이 독재정치하에서 훌륭한 작품들을 생산해냈다고 주장하기도 한다. 그건 전혀 사실이 아니다. 예술가들이 독재자들을 찾아간 것은 그들에게 지배를 받기 위해서가 아니라, 유랑하는 마법사나 매혹적인 방랑자처럼 그들에게 융숭한 영접을 받고 안심하고 창작 활동을 하기 위해서였다. 독재자에 관해 우호적으로 말할 수 있는 한 가지는, 괴물이나 다름없는 군중은 교양이 전혀 없는 반면, 한 개인으로서는 독재자도 교양이 있을 수 있다는 사실이다. **황제**나 **왕**은 화가의 붓을 집어주기 위해 몸을 굽힐 수 있지만, 민주주의가 몸을 굽힐 때는 단지 진흙을 집어 던지기 위해서다. 게다가 민주주의는 황제처럼 몸을 많이 굽힐 필요도 없다. 사실, 그들은 몸을 전혀 굽히지 않고도 얼마든지 진흙을 집어 던질 수 있다. 사실 군주와 군중을 구분할 필요조차 없다. 모든 권력은 똑같이 유해하기 때문이다.

세상에는 세 종류의 독재자가 존재한다. 먼저, 인간의 신체를 억압하는 독재자가 있다. 그리고 영혼을 억압하는 독재자가 있다. 마지막으로 영혼과 신체를 다 억압하는 독재자가 있다. 첫 번째 독재자는 **군주**라고 불린다. 두 번째는 **교황**을 가리킨다. 그리고 세 번째 독재자는 **민중**이다. 군주는 교양을 갖춘 사람일 수도 있다. 많은 군주들이 그 사실을 입증해 보였다. 하지만 군주는 언제나 위험하다. 베로나에서 씁쓸한 연회를 치른 단테[25]나 페라라의 광인(狂人) 감옥에 갇혀 있었던 타소[26]를 생각해보라. 교황도 교양이 있을 수 있다. 많은 교황들의 경우가 그랬다. 그리고 전제적 교황들도 그랬다. 전제적 교황들은 선한 교황들이 **생각**을 끔찍이 싫어하는 것만큼이나 열정적으로 **아름다움**을 사랑했다. 인류는 **교황권**의 사악함에 많은 빚을 지고 있다. 그리고 **교황권**의 선함은 인류에 엄청난 빚을 지고 있다. 바티칸이 여전히 천둥 같은 수사법을 간직하고 있으면서 번개 같은 징벌의 수단은 상실했다고는 하지만, 예술가는 교황과 함께 지내지 않는 편이 낫다. 추기경들의 한 비밀회의에서 첼리니 같은 사람에게는 법이나 권력이 필요 없다고 말한 사람은 교황이었다. 하지만 첼리니를 감옥에 집어넣어 분노로 미쳐버리게 만든 것도 교황이었다. 환각에 사로잡힌 첼리니는 금빛 태양이 자기 방으로 들어온 것으로 착각하고는 태양과 사랑에 빠져버렸다. 그리하여 감옥을 탈출하기로 마음먹고는 탑에서 탑으로 기어 올라가 동이 틀 무렵 아래로 추락했다. 그러자 지나가던 포도밭 주인이 팔다리가 부러진 그를 수레에 싣고 포도잎으로 덮어 데리고 갔다. 아름다운 것들을 사랑했던 농부는 불구가 된 첼리니를 정성스럽게 돌봐주었다. 교황들은 위험한 존재들이다.

그렇다면 **민중**과 그들의 권력은 어떨까? **민중**과 그들의 권력에 관해서는 이미 충분히 이야기한 바 있다. 그들의 권력은 보지도 듣지도 못하며, 흉측하고 괴기스럽고 비극적이고 우습고 진지하며 외설스럽다. 예술가는 결코 **민중**과 함께 살아갈 수 없다. 모든 독재자는 부패하기 마련이다. 민중은 부패하며 야만적이다. 누가 그들에게 권력을 행사하라고 이야기한 것일까? 민중은 함께 살아가고, 서로의 이야기에 귀 기울이고, 서로 사랑하기 위해 존재한다. 그런데 그들은 자신들보다 더 열등한 존재들을 흉내 냄으로써 스스로를 망쳐버렸다. 그들은 **군주**의 홀(笏)을 빼앗았다. 하지만 그것을 어떻게 사용할 것인가? 그들은 **교황**의 삼중관을 빼앗았다. 하지만 그 무거운 짐을 어떻게 질 것인가? 그들은 심장이 망가진 어릿광대와도 같다. 또한 아직 영혼을 갖추지 못한 사제와도 같다. **아름다움**을 사랑하는 모든 이들이여, 그들을 측은히 여기기를. 그들이 **아름다움**을 사랑하지는 않는다고 하더라도, 적어도 그들이 스스로를 측은히 여길 수 있게 하자. 대체 누가 그들에게 독재라는 술수를 가르쳐줬단 말인가?

여기서 언급하고 넘어가야 할 또 다른 사실들이 있다. 예를 들면, **르네상스**가 얼마나 위대했는가 하는 것이다. **르네상스**는 사회 문제를 해결하려고 하거나 그런 것들에 신경을 쓰지 않았다.

단지 개인으로 하여금 자유롭고 아름답고 자연스럽게 발전할 수 있도록 해주었고, 그 결과 개성이 강한 위대한 예술가들과 인물들을 탄생시킬 수 있었다. 또 한 가지 지적할 것은, 루이 14세가 근대국가를 세우면서 예술가들의 개인주의를 억압하고, 그들로 하여금 단조로운 반복 아래 끔찍한 것들을 만들어내게 하고, 강제된 순응 아래 경멸스러운 것들을 양산하게 했다는 사실이다. 그리하여 프랑스 전체에서, 아름다움의 새로운 전통을 확립했으며 고대의 형식으로부터 새로운 표현 방식을 이끌어냈던 고귀한 표현의 자유를 말살시켰다. 하지만 과거는 중요하지 않다. 현재도 중요하지 않다. 우리가 다루어야 할 것은 미래다. 과거는 '인간이 되지 말았어야 할 모습'이다. 현재는 '인간이 되지 말아야 할 모습'이다. 미래는 '예술가의 모습'이다.

물론, 여기서 제시된 구상이 매우 비실용적이며 인간 본성에 반한다는 비난이 제기될 수도 있다. 그리고 그건 한 치도 틀림없는 사실이다. 이러한 구상은 비실용적이고 인간 본성에 반하는 것이다. 그리고 그렇기 때문에 실행에 옮길 가치가 있는 것이다. 그것을 제시한 것도 마찬가지 이유에서이다. 그럼 실용적인 구상은 무엇을 위한 것일까? 실용적인 구상이란 이미 존재하는 구상이거나, 기존의 조건하에서 실행에 옮겨질 수 있는 구상을 의미한다. 여기서 문제 삼고자 하는 것은 바로 이 기존의 조건들이다. 이러한 조건들을 받아들일 수 있는 구상은 그게 무엇이든 잘못된 것이고 어리석은 것이다. 이 조건들은 사라질 것이고, 인간의 본성은 변하기 때문이다. 우리가 인간의 본성에 관해 유일하게 알고 있는 한 가지는 그것이 변한다는 것이다. 실패하는 모든 제도는 인간 본성의 성장과 발전이 아니라 그 영속성에 근거를 둔 것이다. 루이 14세의 잘못은 인간의 본성이 언제나 변함없을 거라고 생각한 것이다. 그의 잘못의 결과는 **프랑스대혁명**으로 나타났다. 그것은 지극히 감탄스러운 결과였다. 잘못된 통치하에서는 언제나 매우 감탄스러운 결과가 초래된다.

또한 **개인주의**는 의무에 대해 역겹고 위선적인 말—그저 다른 사람들이 원하기 때문에 그들이 원하는 것을 해야 한다는 뜻일 뿐인—을 동반하지 않는다는 점을 주목해야 할 것이다. 자신을 희생해야 한다는 따위의 흉측한 말도 마찬가지다. 자기희생은 단지 잔존하는 야만스러운 신체 절단 풍습에 불과하다. 사실, 개인주의는 인간에게 어떤 요구도 하지 않으며, 필연적으로 자연스럽게 인간으로부터 비롯되는 것이다. 개인주의는 모든 발전의 지향점이며, 성장하는 모든 유기체의 분화(分化)가 행해지는 지점이다. 개인주의는 모든 삶의 방식에 내재하는 완전함이며, 모든 삶의 방식이 추구하는 완전함이다. 그렇게 **개인주의**는 인간에게 그 어떤 강요도 하지 않는다. 반대로, 인간에게 그 어떤 강요가 가해지는 것도 용납하지 말라고 얘기한다. 개인주의는 사람들에게 착한 사람이 되라고 강요하지도 않는다. 사람들을 혼자 내버려두면 저절로 선해진다는 것을 잘 아는 것이다. 인간은 스스로 **개인주의**를 발전시킬 것이다. 그리고 지금 그렇게 **개인주의**를 발전시켜나가고 있는 중이다. **개인주의**가 실용적인지를 묻는 것은 **진화**가 실용적인지를 묻는 것과 같다. 진화는 생명의 법칙이다. 그리고 **개인주의**로 나아가지 않는 진화란 없다. 이러한 경향이 나타나지 않는다면 인위적으로 성장을 멈춘 경우이거나 질병이나 죽음의 경우다.

　개인주의는 또한 이기적이지 않고 허식적이지도 않을 것이다. 계속 지적되어온 바와 같이, 권력의 기막힌 횡포가 야기하는 것 중의 하나는, 말들이 본래의 적절하고도 단순한 의미와 전혀 다르게 왜곡되며, 본래의 의미와 정반대의 의미로 해석되는 것에 익숙해진다는 것이다. 그러한 사실은 **예술**과 마찬가지로 **삶**에도 똑같이 적용된다. 오늘날을 살아가는 사람은 자신이 원하는 대로 옷을 입으면 허식적이라는 비난을 받는다. 하지만 여기서 그는 완벽하게 자연스러운 방식으로 행동하는 것이다. 그런 문제에서 허식은, 자기 이웃의 관점에 따라 옷을 입는 것이다. 이웃의 관점은 곧 다수의 관점이나 마찬가지이므로 지극히 어리석을 수밖에 없다. 또한 누군가 자신의 개성을 최대한으로 실현하는 데 가장 적합해 보이는 방식으로 살아가면, 즉 삶의 가장 중요한 목표를 자기 개발에 두게 되면 이기적이라는 비난을 받는다. 하지만 그게 바로 모두가 살아가야 하는 방식이다.

　이기심이란 자신이 원하는 대로 사는 것이 아니라, 다른 사람들에게 자신이 살기를 바라는 대로 살 것을 요구하는 것이다. 그리고 비(非)이기심은 다른 사람들의 삶에 간섭하지 않고 그들 마음대로 살아가도록 놔두는 것이다. 이기심은 늘 주변에 유형의 철저한 획일성을 만들어내는 것을 목표로 삼는다. 비이기심은 유형의 무한한 다양성을 아주 유쾌한 것으로 인식하며 받아들이고 묵인하고 즐긴다. 스스로 생각하는 것은 이기적인 게 아니다. 스스로 생각하지 않는 사람은 아무 생각이 없는 사람과도 같다. 당신 이웃에게 당신과 같은 식으로 생각하고, 당신과 의견을 같이해야 한다고 요구하는 것은 극도로 이기적인 것이다. 그 사람이 왜 그래야 하는가? 그가 생각할 줄 아는 사람이라면 당신과는 분명 다르게 생각할 것이다. 만약 그가 생각할 줄 모르는 사람이라면, 그에게 어떤 종류의 생각이라도 요구하는 것은 있을 수 없는 일이다. 붉은 장미가 붉은 장미가 되기를 원하는 것은 이기적인 게 아니다. 하지만 붉은 장미가 정원에 있는 다른 모든 꽃들이 붉어지고 장미가 되기를 원한다면 그것은 지독하게 이기적인 것이다.

개인주의에서는 사람들은 지극히 자연스럽고 전적으로 비이기적이 될 것이며, 말들의 진정한 의미를 알아갈 것이며, 자유롭고 아름다운 삶 속에서 그 말들을 사용하게 될 것이다. 더 이상 그 누구도 지금처럼 이기적이지 않을 것이다. 이기주의자는 다른 사람에게 어떤 요구를 하는 사람이다. 그리고 **개인주의자**는 그러는 것을 원하지 않는다. 그럼으로써 어떤 즐거움도 느낄 수 없기 때문이다. **개인주의**를 체득한 사람은 다른 이들에게 공감을 느끼게 되면서 자유롭고 자발적으로 그들을 돕게 된다. 지금까지는 인간은 공감에 매우 인색했다. 단지 다른 이들의 고통에만 공감을 느꼈을 뿐이다. 그런데 고통에의 공감은 공감의 최상의 형태가 아니다. 근본적으로 공감은 모두가 좋은 것이지만, 고통에의 공감은 그중에서 가장 저급한 것이다. 그것은 이기주의에 오염돼 있다. 또한 병적인 것으로 변질될 수도 있다. 그 속에는 우리 자신의 안전에 대한 두려움이 어느 정도 포함돼 있다. 우리 자신도 나환자나 맹인이 되어 모두에게서 소외될지도 모른다는 두려움이 생기는 것이다. 또한 고통에의 공감은 기이하게도 제한적이다. 우리는 삶 전체에 공감할 수 있어야 한다. 삶의 상처나 질병만이 아니라, 삶의 기쁨과 아름다움, 에너지, 건강, 자유 모두를 공감해야 한다. 물론, 공감의 폭이 더 클수록 공감이 더 어려운 법이다. 비이기적인 심성이 더 많이 요구되기 때문이다. 누구라도 친구의 고통에 공감할 수는 있지만, 친구의 성공에 공감하기 위해서는 매우 고귀한 심성—사실상 진정한 **개인주의자**의 심성—이 요구된다. 자리를 차지하기 위한 현대의 경쟁과 투쟁으로 인한 스트레스 속에서는 그러한 공감이 당연히 드물 수밖에 없으며, 유형의 획일성과 규율에의 순응이라는 부도덕한 이상, 사방에 널리 퍼져 있고 어쩌면 영국에서 가장 해악이 큰 그 이상으로 인해 더욱더 설 자리를 잃어가고 있다.

물론, 고통에의 공감은 앞으로도 언제나 존재할 것이다. 그것은 인간에게 내재된 기본적인 본능 중 하나이기 때문이다. 개인주의적인 동물들, 즉 고등동물들은 고통을 우리와 함께 나눈다. 하지만 기쁨에의 공감은 세상의 기쁨을 더 배가시키는 반면, 고통에의 공감은 실제로 고통의 양을 감소시키지는 않는다는 사실을 기억해야 한다. 고통에의 공감이 인간으로 하여금 악을 더 잘 견디게 할 수는 있지만 악은 여전히 남아 있는 것이다. 폐병 환자에 대한 동정이나 연민이 폐병을 치료해주지는 않는 것과도 같다. 치료는 과학이 해야 할 일이다. 사회주의가 질병의 문제를 해결하게 되면 감상주의자의 영역은 축소될 것이고, 인간의 공감은 더욱더 확대되고 건전하고 자발적으로 변해갈 것이다. 인간은 다른 이들의 행복한 삶을 바라보면서 진정한 기쁨을 느끼게 될 것이다.

미래의 **개인주의**는 기쁨을 통해 스스로를 발전시켜나가게 될 것이기 때문이다. 그리스도는 사회를 재건하려는 시도 같은 건 하지 않았다. 따라서 그가 인간에게 주창한 **개인주의**는 오직 고통을 통해서나 고독 속에만 실현될 수 있었다. 그리스도가 우리에게 설파한 이상은, 철저하게 사회를 버렸거나 사회에 전적으로 저항하는 사람의 이상과도 같다. 하지만 인간은 선천적으로 사회적인 존재다. 테바이드[27]도 결국에는 사람들로 붐비게 되었다. 고행하는 수도사가 자아를 실현한다고 해도 그것은 종종 결핍을 수반하는 형태일 수밖에 없다. 다른 한편으로는, 인간에게 있어서 고통은 자신을 완성시키는 방식이 될 수도 있다는 무서운 진실은 세상에 놀라운 마력을 발휘해왔다. 생각이 얄팍한 연사나 사상가는 설교단이나 연단 위에서 세상의 쾌락 숭배를 언급하면서 그러한 풍조를 개탄하곤 한다. 하지만 인류 역사상 기쁨과 아름다움이 세상의 이상이 되었던 적은 거의 없다. 그보다는 고통의 숭배가 훨씬 더 자주 세상을 지배했다. 수많은 성인과 순교자, 스스로를 고문하는 것을 즐기기, 스스로의 몸에 상처 내는 것에 대한 광적인 열정, 스스로를 칼로 찌르고 채찍질하기 등으로 점철된 **중세 시대**는 진정한 기독교의 시대였고, 중세적 그리스도는 진정한 그리스도라 할 수 있다. 그 후 **르네상스**가 도래하자 삶의 아름다움과 살아가는 기쁨으로 이루어진 새로운 이상도 더불어 생겨났으며, 사람들은 그리스도를 이해하지 못했다. 심지어 예술도 우리에게 그 사실을 잘 보여주고 있다. **르네상스**의 화가들은 그리스도를 궁전이나 뜰에서 다른 소년과 어울리고 있는 어린 소년으로 그리고 있다. 또는 어머니의 팔을 베고 누워 있거나, 어머니나 꽃이나 생기 넘치는 새를 향해 미소 짓는 모습으로 묘사했다. 위엄 있는 모습으로 위풍당당하게 세상을 돌아다니는 멋진 인물 또는 황홀경 속에서 죽음으로부터 부활하는 경이로운 인물로 그리기도 했다. 그들은 그리스도가 십자가에 못 박힌 모습을 그릴 때조차도 사악한 자들에 의해 고통받는 아름다운 **신**으로 표현했다. 하지만 그들은 사실 그리스도에게는 별로 관심을 두지 않았다. 그들을 기쁘게 했던 것은 그들이 찬양하는 남성과 여성의 모습을 그리는 것과 이토록 사랑스러운 세상의 아름다움을 보여주는 것이었다. 그들은 종교화도 많이 그렸다. 사실 너무나 지나치게 많이 그렸다. 게다가 그 유형과 모티브의 단조로움은 싫증을 느끼게 했고, 예술에 유해했다. 이는 예술에 있어서 대중의 권력이 낳은 몹시 통탄스러운 결과이다. 그러나 화가들의 영혼은 거기에 담겨 있지 않았다. 라파엘로는 **교황**의 초상화를 그렸을 때는 위대한 예술가였다. 하지만 성모와 아기 예수를 그린 라파엘로는 결코 위대한 예술가라고 볼 수 없다. 그리스도는 **르네상스**를 위한 메시지를 갖고 있지 않았다. 그리고 그것은 아주 다행스러운 일이었다. 그 때문에 르네상스는 그리스도의 이상과는 다른 독자적인 이상을 펼쳐 보일 수 있었기 때문이다. 진정한 그리스도의 모습을 표현한 것을 보고 싶다면 중세 예술로 거슬러 올라가야 한다. 거기에는 불구가 되고 망가진 그리스도가 있다. 바라보기에 유쾌하지 않은—**아름다움**은 즐거움이기 때문이다—그리스도가 있다. 옷을 잘 차려입지 않은—아름다운 옷도 즐거움을 줄 수 있다—그리스도가 있다. 그런 그림들 속에서 그리스도는 경이로운 영혼을 지닌 걸인이며, 신성한 영혼을 지닌 나환자이다. 그는 재물이나 건강을 필요로 하지 않는다. 그리스도는 고통을 통해 자기완성을 실현하는 **신**이기 때문이다.

인간의 진화는 느리게 진행된다. 그리고 인간들은 헤아릴 수 없이 수많은 불의를 저지른다. 고통을 자아실현의 방식으로 부각시킬 필요가 있었던 것이다. 심지어 지금도, 이 세상 어딘가에는 그리스도의 메시지가 여전히 필요하다. 현대 러시아에서 살아가는 사람이라면 누구라도 고통을 통하지 않고는 자기완성을 실현할 수 없다. 몇몇 소수의 러시아 예술가들[28]은 **예술** 안에서, 그 지배적인 기조가 고통을 통한 인간의 자아실현이라는 점에서 중세적인 성격을 띠고 있는 소설을 통해 자아를 실현할 수 있었다.

하지만 예술가가 아닌 사람들, 현실 외에는 다른 방식의 삶이 존재하지 않는 이들에게는 고통만이 자기완성으로 향하는 유일한 문이다. 러시아의 현재 통치 체제 아래에서 행복하게 살아가는 사람은 영혼이 없거나, 있다고 하더라도 발전시킬 가치가 없다고 믿는 게 틀림없다. 권력이 곧 해악이라는 것을 알고 모든 권력을 배척하며 모든 고통을 기꺼이 받아들이는 **허무주의자**는 진정한 기독교도라고 볼 수 있다. 고통을 통해 자아를 실현하기 때문이다. 그에게는 기독교적인 이상이야말로 진정한 것이다.

하지만 그리스도는 권력에 대항하여 반기를 들지는 않았다. 그는 로마제국의 권력을 받아들이고 찬사를 바쳤다. 또한 유대교회의 교권을 참고 견뎠으며, 그 폭력성을 자신의 또 다른 폭력성으로 물리치고자 하지도 않았다. 앞서 말한 것처럼, 그에게는 사회의 재건을 위한 어떤 구상도 없었다. 하지만 현대 세계는 구상을 가지고 있다. 현대 세계는 빈곤과 그것에 수반하는 괴로움을 없앨 것을 제안한다. 또한 고통과 그에 따르는 괴로움을 없애기를 희망한다. 그리고 그 방법으로 **사회주의**와 **과학**을 제시한다. 현대 세계가 추구하는 것은 즐거움을 통해 자신을 표현하는 **개인주의**다. 이러한 **개인주의**는 지금까지의 그 어떤 **개인주의**보다 더 광범위하고 더 충만하고 더 아름다운 것이 될 것이다. 고통은 궁극적인 자기완성의 방식이 될 수 없다. 그것은 임시적인 하나의 항의일 뿐이며, 유해하고 불건전하고 부당한 환경에서 비롯되는 것이다. 따라서 유해성과 질병과 부당함이 사라지면 고통은 더 이상 설 자리가 없게 된다. 고통은 이제 제 역할을 다한 셈이다. 그동안 막강한 세력을 떨쳤지만 이제는 더 이상 그러지 못할 것이다. 그 영역이 날로 줄어들고 있기 때문이다.

더 이상 스스로 고통을 찾아 나서는 사람은 아무도 없을 것이다. 인간이 진정으로 추구해온 것은 고통도 쾌락도 아닌 **삶** 그 자체이기 때문이다. 인간은 강렬하고 충만하고 완전하게 살기를 추구해왔다. 다른 사람들을 구속하거나 자신도 결코 구속당하지 않으면서 살아갈 수만 있다면, 그리고 그의 모든 행위가 스스로에게 즐거움을 줄 수 있다면, 그는 더 건전하고 더 건강하고 더 세련되게, 그리고 더욱더 자기 자신으로 살아갈 수 있을 것이다. 기쁨은 **자연**의 시험대이자, 자연이 보내는 승인의 신호다. 인간이 행복할 때는 자기 자신과 그 주변 환경과 조화를 이루게 된다. 의도적이건 아니건 **사회주의**가 뒷받침하는 새로운 **개인주의**는 완벽한 조화를 이룰 것이다. 그리스인들이 추구했던 것도 바로 그것이었다. 하지만 그들은 **생각**으로만 그러한 **개인주의**를 그려보았을 뿐 실제로는 완벽하게 실현하지는 못했다. 그들에게는 먹여 살려야 할 노예들이 있었기 때문이다. **르네상스**도 똑같은 것을 추구했지만, **예술** 속에서 말고는 완벽한 개인주의를 실현하지 못했다. 르네상스인들 역시 종들을 소유하고 있으면서 그들을 굶주리게 했기 때문이다. 이제 완전한 **개인주의**가 실현되면 그것을 통해 인간은 각자 자기완성에 이를 수 있을 것이다. 새로운 **개인주의**는 새로운 **헬레니즘**[29]이다.

미주

1 1891년에 발표한 평론집 《의도들(Intensions)》에 수록된 〈예술가로서의 비평가(The Critic as Artist)〉를 가리킨다.

2 전통적으로 노동자 계층이 모여 사는 런던 동부 지역을 가리킨다.

3 〈거짓의 쇠락(The Decay of Lying)〉 각주 41번 참조.

4 1793~1795년, 프랑스 중서부에 위치한 방데 지방에서 농민들이 '가톨릭과 국왕의 군대'라는 기치 아래 봉기를 일으켰다. 당시 그 지역 토지 소유주였던 소귀족과 가톨릭 성직자들과 관계가 좋았던 농민들은 무리한 정책을 펴면서 성직자를 탄압하는 혁명정부에 맞섰고, 혁명정부는 4만 5000명의 정규군을 보내 그곳 주민들을 모두 학살하고 전 지역을 초토화시켰다.

5 영국은 1832년, 1867년, 1884년 세 차례에 걸쳐 선거권을 확대했다. 하지만 마지막에 이루어진 가장 폭넓은 선거권 확대에서도 세금을 내는 남성만이 선거권을 가질 수 있었다.

6 Theodor Mommsen(1817~1903) 테오도어 몸젠은 독일의 고전 문헌학자이자 역사학자, 정치가이다. 그의 명저 《로마사(Römische Geschichte)》는 과학적이고 실증적 역사의 신기원을 이룬 것으로 평가받고 있다. 1902년 역사학자로서는 최초로 노벨문학상을 수상했다.

7 바이런은 그리스 독립 전쟁에 참여했다가 말라리아에 걸려 사망했고, 셸리는 이탈리아의 스페지안 만(灣)을 요트로 항해 중에 익사했다.

8 'Know Thyself' 고대 그리스 델포이에 있던 아폴론 신전 입구에 새겨져 있던 말로 소크라테스 철학의 중심이 되는 좌우명으로 알려져 있다.

9 Damien de Veuster(1840~1889) 벨기에의 신부이자 선교사로 하와이 정부에 의해 몰로카이 섬으로 추방된 나병 환자들을 돌보았다. 16년간 그들과 함께 살다가 그 자신도 나병에 걸려 사망했다.

10 1863년 11월 19일, 미국 남북전쟁의 격전지였던 펜실베이니아 주의 게티즈버그에서 죽은 장병들을 위한 추도식이 열렸다. 링컨 대통령은 그 자리에서 짧은 연설을 통해 민주 정치를 '국민의, 국민에 의한, 국민을 위한 정치'라고 정의했다. 그 후 1886년 5월, 시카고의 헤이마켓 광장에서 8시간 노동을 주장하는 노동자와 경찰 간의 충돌 사건이 발생해 경찰과 시민을 합쳐 10명 이상의 사상자가 발생했는데 이를 '헤이마켓 폭동'이라고 일컫는다. 와일드는 이 두 사건을 은연중에 대조시키고 있는 것이다.

11 〈거짓의 쇠락〉 각주 89번 참조.

12 burlesque 풍자와 해학이 담겨 있는 통속적인 희가극(喜歌劇)을 가리킨다.

13 farce 일반적으로 소극(笑劇)이라고 번역된다. 프랑스 중세 희극의 한 유형에서 비롯된 것으로 기발한 해학으로 관객을 웃기는 연극을 가리킨다.

14 와일드가 가장 존경했던 작가들, 프랑스에서는 고티에, 보들레르, 플로베르, 영국에서는 스윈번, 로세티, 페이터 그리고 와일드 자신은 모두 '부도덕성'을 이유로 비난받거나 기소당했다.

15 프랑스에서 가장 권위 있는 명예로운 학술 기관인 '아카데미프랑세즈'를 가리킨다.

16 Charles Kingsley(1819~1875) 영국의 소설가이자 영국 성공회 사제이며 기독교 사회주의 운동가.

17 와일드는 여기서 말장난을 통해 과거 고문할 때 사용하던 '프레스(press)'와 언론(press)을 동일시하고 있다. 실제로 영국에서는 1736년까지도 자백을 하지 않는 중죄인을 고문하기 위한 용도로 프레스가 사용되었다.

18 성직자 · 귀족 · 평민의 3계급 외에 저널리즘이 정치적 · 사회적 힘을 형성한 데서 비롯된 말로, 제4권력이라고도 한다.

19 귀족 의원(Lord Temporal)은 성직을 갖고 있지 않은 상원 의원, 성직자 의원(Lord Spiritual)은 대주교 또는 주교처럼 성직을 갖고 있는 상원 의원을 가리킨다. 와일드는 하원을 의미하는 'the House of Commons'로 당시 사회의 3계급 중 하나인 평민(commons)을 동시에 가리키고 있다.

20 Henry Irving(1838~1905) 영국의 배우이자 극장 경영자. 1871년부터

1878년까지 라이시엄 극장에서 성공적인 공연을 계속하여 이 극장을 런던에서 가장 주목받는 극장으로 만들었다. 그 후 1878년부터 1902년까지 극장의 경영을 맡아 배우이자 무대감독으로 활동했다. 1895년 독창적인 연출과 연기의 공적을 인정받아 배우로서는 처음으로 '경(Sir)' 칭호를 받았다.

21 Lyceum Theatre 영국 런던의 웰링턴 가에 있는 유명한 극장. 옛 라이시엄 극장은 1765년에 건립되었으며 1816년 '영국 오페라 하우스'로 문을 열었으나 1830년 화재로 파괴되었다. 이후 1834년 웰링턴 가에 '왕립 라이시엄 및 영국 오페라 하우스'로 다시 개관했다. 지금은 뮤지컬 〈라이언 킹(The Lion King)〉의 본고장으로 알려져 있다.

22 Haymarket Theatre 1720년에 세워진 런던의 또 다른 극장. 코번트 가든 극장(훗날 왕립 오페라 극장)이 오페라 전용 극장이 되자 런던의 첫 번째 극장이 되었다. 1893년, 오스카 와일드의 《보잘것없는 여인(A Woman of No Importance)》과 《이상적인 남편(An Ideal Husband)》이 상연되었다.

23 《오셀로》의 원제는 《베니스의 무어인 오셀로의 비극(The Tragedy of Othello: The Moor of Venice)》이다.

24 the Great Exhibition 1851년 런던에서 열린 세계 최초의 만국 박람회를 가리킨다. 1만 3000여 명의 출품자와 600만 명 이상의 관람객을 기록했다. 박람회에서 전시되거나 판매된 많은 장식예술품은 기괴한 비기능성과 현란한 다색 장식을 조합해 만들어진 것이었다.

25 정쟁에 휘말려 피렌체에서 추방당한 단테가 피신해 있던 베로나에서 그곳 영주에게 푸대접을 받았다는 이야기가 전해오고 있다.

26 Torquato Tasso(1544~1595) 걸작 〈해방된 예루살렘(La Gerusalemme liberata)〉을 남긴 이탈리아의 시인. 박해 공포증에 걸려 피신했다가 자신의 불길한 예감을 입증하듯 7년간 감옥에 갇혀 있다가 풀려났다.

27 고대 이집트의 수도였던 테베 주변 지역을 가리킨다.

28 와일드는 그의 글 곳곳에서 세 명의 위대한 소설가 톨스토이, 투르게네프, 도스토옙스키에 대한 감탄을 드러내고 있다. 또한 와일드 자신의 글은 1890년대 러시아 미학의 부흥에 지대한 영향을 미쳤다.

29 그리스 고유 문화와 오리엔트 문화가 융합하여 이루어진 그리스의 문화·예술·사상·정신 등을 가리킨다. 헬레니즘이라는 말은 19세기 독일의 역사가 드로이젠이 그의 저서 《헬레니즘의 역사(Geschichte des Hellenismus)》에서 처음 사용했다. 역사가들은 알렉산드로스 대왕의 동방 원정(BC 334)에서 로마의 초대 황제 아우구스투스가 마지막 헬레니즘 왕국인 이집트를 로마의 속주로 만들

었던 기원전 30년까지의 약 300년간을 헬레니즘 시대('헬레니스무스(Hellenis-mus, 그리스화)')로 구분하고 있다. 알렉산드로스의 동서 융합 정책과 많은 그리스인들의 이주로 말미암아 그리스 문화가 오리엔트 지방에 널리 보급되어 새로운 형태의 문화가 탄생하였다고 볼 수 있기 때문이다. 그리스 문화가 폴리스 중심의 문화였던 데 반해 헬레니즘 문화는 폴리스를 초월한 세계적인 문화였다. 이제 폴리스를 벗어난 사람들의 관심은 애국심이나 공공 정신보다 개인의 행복, 개인의 구원에 있었고 거기에 민족적 구별은 있을 수 없었다. 여기서 헬레니즘 문화의 두 가지 특징, 즉 개인주의와 세계시민주의가 부각되는 것이다.

오스카 와일드 연보

1854년 10월 16일 더블린의 웨스트랜드 로우 21번지에서 윌리엄 와일드(William Wilde)와 제인 프란체스카 엘지(Jane Francesca Elgee)의 둘째 아들 오스카 핑걸 오플래허티 윌스 와일드(Oscar Fingal O'Flahertie Wills Wilde)가 태어남. 가족의 종교는 로마 가톨릭이었으며, 아버지는 국제적인 명성을 떨친 외과 의사였고, 어머니는 시인이자 번역가였으며 아일랜드 민족주의자로 와일드와 강렬한 민족주의적 감정을 공유함.

1855년 6월 가족이 메리언 스퀘어 노스 1번지로 이사함.

1864년~1871년 에니스킬렌 부근에 위치한 공립학교 포토라 로열 스쿨을 다님.

1867년 여동생 이졸라 프란체스카(Isola Francesca)가 열 살에 세상을 떠남. 오스카는 죽을 때까지 동생의 머리카락 한 가닥을 간직했음.

1871년 장학금을 받고 더블린의 트리니티 칼리지에 진학함. 저명한 고전학자인 존 마하피(John P. Mahaffy) 교수의 수업을 들으며 고대 그리스 문학과 문화에 심취함.

1873년 6월 트리니티 파운데이션 장학금을 받음.

1874년 트리니티에서 그리스어 분야의 버클리 골드 메달을 받음. 6월 옥스퍼드의 모들린 칼리지에서 고전문학 부문의 장학금을 받음. 10월 모들린 칼리지에 입학해 1878년까지 유미주의의 선구자인 월터 페이터(Walter Pater)와 존 러스킨(John Ruskin)의 수업을 들으며 그들에게서 깊은 영향을 받음.

1875년 6월 존 마하피 교수와 이탈리아를 여행함.

1876년 4월 19일 아버지 윌리엄 와일드 사망. 7월 5일 모들린 칼리지의 '고전 언어와 문학' 과정에서 일등상을 받음.

1877년 3~4월 존 마하피 교수와 그리스를 여행함. 로마를 거쳐 돌아오면서 비오 9세 교황을 개인적으로 알현함.

1878년 6월 10일 마하피 교수와 여행 중에 들렀던 라벤나를 주제로 한 시 〈라벤나(Ravenna)〉로 뉴디게이트 문학상을 수상함. 7월 19일 모들린 칼리지의 '고대 철학과 역사' 과정에서 일등상을 받음. 11월 28일 문학사 학위를 받음.

1879년 런던의 솔즈베리 가 13번지에 프랭크 마일스(Frank Miles)와 방을 얻어 정착하면서 오직 글로써만 생계를 꾸려가기 시작함. 대학 시절부터 설파한 유미주의 이론에 걸맞은 독특한 차림

새와 언행으로 '유미주의의 사도'를 자처하고 다니면서 세간의 이목을 끌고 유명 인사들과 어울림.

1880년 첫 희곡《베라, 혹은 허무주의자(Vera; or, The Nihilists)》 발표. 8월 마일스와 첼시의 타이트 가 1번지 키츠 하우스(Keats House)로 이사함.

1881년 첫 시집《시집(Poems)》을 거의 자비로 출간함. 런던에서 훗날 아내가 되는, 부유한 왕실 고문 변호사이자 법정 변호사인 호러스 로이드(Horace Lloyd)의 딸인 콘스턴스 로이드(Constance Lloyd)를 처음으로 만남.

1882년 1월 길버트(William Gilbert)와 설리번(Arthur Sullivan) 이 만든 코믹 오페라 〈페이션스 혹은, 번손의 신부(Patience; or, Bunthorne's Bride)〉의 미국 순회공연 홍보차 미국으로 떠남. 당시 유행하던 유미주의와 그 주창자들을 희화한 이 작품에 등장하는 주인공 번손은 와일드를 연상시키는 캐릭터로, 기획자 리처드 도일리 카트(Richard D'Oyly Carte)가 오히려 와일드를 내세워 극을 홍보하고자 하자, 돈과 유명세가 필요했던 와일드는 기회를 포착, 일약 두 대륙 간의 유명 인사로 떠오름. 1년 가까이 140회의 강연을 하며 월트 휘트먼(Walt Whitman), 헨리 롱펠로(Henry Wadsworth Longfellow), 올리버 웬델 홈스(Oliver Wendell Holmes), 헨리 제임스(Henry James) 등의 문인을 만남.

1883년 2~5월 파리로 건너가 볼테르 호텔에서 미국 여배우 메리 앤더슨(Mary Anderson)과 계약한《파두아의 공작부인(The

Duchess of Padua)》을 집필했으나 그녀에게 단번에 거절당함. 7월 런던 찰스 가 9번지로 이사함. 8~9월《베라, 혹은 허무주의자》의 미국 초연을 위해 잠시 뉴욕에 다니러 갔으나 일주일 만에 막을 내리고 참패로 끝남. 9월 2년간 영국과 아일랜드 순회강연을 시작함. 11월 26일 더블린에서 강연을 하던 중 우연히 콘스턴스 로이드를 다시 만나 청혼하고 약혼함.

1884년 5월 29일 런던에서 콘스턴스 로이드와 결혼함.

1885년 1월 첼시의 타이트 가 16번지에서 신혼 생활을 시작함. 5월 잡지 〈나인틴스 센추리(The Nineteenth Century)〉에 〈가면의 진리(The Truth of Masks)〉 발표. 6월 장남 시릴 와일드(Cyril Wilde)가 태어남.

1886년 와일드를 동성애로 이끈 것으로 추측되며, 그가 죽을 때까지 곁을 지켰고, 그의 사후에는 유언 집행자였던 로버트 로스(Robert Ross)를 처음으로 만남. 11월 3일 차남 비비언 와일드(Vivian Wilde)가 태어남.

1887년 2~3월《캔터빌의 유령(The Canterville Ghost)》발표. 5월《비밀 없는 스핑크스(The Sphinx without a Secret)》,《아서 새빌 경의 범죄(Lord Arthur Savile's Crime)》발표. 6월《모범적인 백만장자(The Model Millionaire)》발표. 잡지 〈레이디스 월드(The Lady's World)〉의 편집장이 되어 육아, 문화, 정치, 패션, 예술까지 아우르는 편집 방침을 세우고 잡지의 이름을 〈우먼스 월드(The Woman's World)〉로 바꿈.

1888년   5월 동화집《행복한 왕자와 그 밖의 이야기들(The Happy Prince and Other Stories)》출간. 12월《어린 왕(The Young King)》발표.

1889년   1월〈거짓의 쇠락(The Decay of Lying)〉과〈펜, 연필 그리고 독약(Pen, Pencil and Poison)〉발표. 3월《공주의 생일(The Birthday of the Infanta)》발표. 6월〈우먼스 월드〉의 편집장을 그만둠.〈블랙우드 에든버러 매거진(Blackwood's Edinburgh Magazine)〉에〈W. H. 씨의 초상화(The Portrait of Mr W. H.)〉발표.

1890년   6월 20일〈리핀콧 먼슬리 매거진(Lippincott's Monthly Magazine)〉에《도리언 그레이의 초상(The Picture of Dorian Gray)》첫 번째 버전 발표. 7~9월〈나인틴스 센추리〉에〈예술가로서의 비평가(The Critic as Artist)〉가 두 부분으로 나뉘어 발표됨.

1891년   1월 26일《귀도 페란티(Guido Ferranti)》라는 제목으로《파두아의 공작부인》이 초연됨. 뉴욕에서 익명으로 공연을 시작했으나 3주 만에 막을 내림. 2월〈포트나이틀리 리뷰(Fortnightly Review)〉에〈사회주의에서의 인간의 영혼(The Soul of Man under Socialism)〉발표. 4월 여섯 개의 새로운 장(章)과 서문이 추가된 유일한 장편소설《도리언 그레이의 초상(The Picture of Dorian Gray)》이 책으로 출간됨. 5월 2일〈예술가로서의 비평가〉,〈거짓의 쇠락〉,〈펜, 연필 그리고 독약〉,〈가면의 진리〉가 실린 문학·예술 평론집《의도들(Intentions)》출간. 이 즈음 16세 연하의 옥스퍼드생 앨프리드 더글러스(Alfred Douglas)를 처음 알게 됨. 7월《아서 새빌 경의 범죄》,《비밀 없는 스핑크스》,《캔터빌의 유령》,《모범적인 백만장자》가 실린 단편집《아서 새빌 경의 범죄와 그 밖의 이야기들(Lord Arthur Savile's Crime and Other Stories)》출간. 11월 동화집《석류나무 집(A House of Pomegranates)》출간. 11~12월 파리에서《살로메(Salomé)》를 집필함.

1892년 2월 20일 풍속희극《윈더미어 부인의 부채(Lady Winde-mere's Fan)》가 런던의 세인트 제임스 극장에서 초연됨. 6월 프랑스의 전설적인 여배우 사라 베른하르트(Sarah Bernhardt)를 주연으로 상연되기로 했던《살로메》가 성서 속의 인물들이 등장한다는 이유로 상연이 금지됨. 8~9월 노퍽에서 희극《보잘것없는 여인(A Woman of No Importance)》을 집필함.

1893년 2월 22일《살로메》가 프랑스어로 출간됨. 4월 19일《보잘것없는 여인》이 헤이마켓 극장에서 초연됨. 10월《이상적인 남편(An Ideal Husband)》을 집필함. 11월《윈더미어 부인의 부채》가 출간됨.

1894년 2월 9일 오브리 비어즐리(Aubrey Beardsley)의 삽화가 곁들여진 영어판《살로메》출간. 원래 앨프리드 더글러스에게 번역을 맡겼으나 마음에 들지 않아 와일드 자신이 수정하여 출간함. 1957년에 와일드의 아들 비비언이 새로운 번역본을 내놓음. 6월 11일 스핑크스의 관능적인 아름다움과 그것이 나타내는 고대 세계의 신비스러운 위대함을 노래한 장시(長詩) 〈스핑크스(The Sphinx)〉를 발표함. 7월 〈포트나이틀리 리뷰〉에《산문

시들(Poems in Prose)》 발표. 8~9월 워딩에서 《진지함의 중요성 (The Importance of Being Earnest)》을 집필함. 11월 〈새터데이 리뷰 (Saturday Review)〉에 〈과잉 교육된 이들의 교육을 위한 약간의 격언들(A Few Maxims for the Instruction of the Over-educated)〉 발표. 12월 〈카멜레온(The Chameleon)〉에 〈젊은이들을 위한 경구와 철학(Phrases and Philosophies for the Use of the Young)〉 발표.

1895년 1월 3일 헤이마켓 극장에서 《이상적인 남편》이 초연됨. 1~2월 앨프리드 더글러스와 알제를 여행함. 그곳에서 앙드레 지드(André Gide)를 만남. 2월 14일 세인트 제임스 극장에서 와일드의 《진지함의 중요성》이 초연되어 대성공을 거둠. 4월 3일 아버지를 증오했던 더글러스의 부추김으로 와일드는 자신을 '남색자를 자처한다'고 모욕한 더글러스의 아버지 퀸즈베리 후작을 명예훼손죄로 고소해, '퀸즈베리 재판'이 열리게 됨. 4월 5일 퀸즈베리가 무죄 선고를 받고, 와일드는 남색 혐의로 체포되어 보석도 거부당하고 재판이 열릴 때까지 홀러웨이 구치소에 수감됨. 4월 24일 와일드의 장서와 개인적인 문서들을 비롯한 그의 모든 동산이 채권자들의 요청으로 경매에 부쳐짐. 4월 26일 첫 번째 재판이 열림. 5월 1일 배심원이 불일치 판결을 내림. 5월 20일 두 번째 재판이 열림. 5월 25일 '다른 남성과 역겨운 외설 행위를 했다'는 죄목으로 2년간의 강제 노역형을 선고받음. 뉴게이트를 거쳐 펜튼빌 교도소에 수감됨. 5월 30일 〈사회주의에서의 인간의 영혼〉이 《인간의 영혼》이라는 제목으로 출간됨. 7월 4일 원즈워스 교도소로 이감됨. 11월 12일 공식적인 파산 선고를 받음. 11월 21일 레딩 감옥으로 이감됨. 이후 와일드의 아내 콘스턴스는 외국으로 도피하면서 두 아들의 성을 홀랜드(Holland)로 바꾸었으며, 그 후에도 그의 후손들은 와일드의 성을 되찾지 않았음.

1896년 2월 3일 마지막으로 아들을 보게 해달라는 청이 거절된 채 어머니 레이디 와일드 사망. 2월 11일 파리의 뢰브르 극장에서 《살로메》가 초연됨.

1897년 1~3월 앨프리드 더글러스에게 보내는 긴 편지를 씀. 5월 19일 석방되어 프랑스의 디에프로 건너감. 5월 26일 디에프에서 베른발로 옮겨감. 와일드 증조부인 찰스 매튜린(Charles Maturin)의 고딕소설 《방랑자 멜모스(Melmoth the Wanderer)》의 주인공 이름에서 빌려온 서배스천 멜모스(Sebastian Melmoth)라는 가명을 사용함. 7~10월 《레딩 감옥의 발라드(The Ballad of Reading Gaol)》를 집필함. 8월 28일 루앙에서 더글러스와 재회함.

1898년 2월 더글러스와 이탈리아를 여행한 후 파리로 돌아와 니스 호텔에 투숙함. 2월 13일 수인 번호 C. 3.3.이라는 이름으로 《레딩 감옥의 발라드》 출간. 3월 말 파리 보자르 가의 알자스 호텔로 거처를 옮김.

1899년 2월 《진지함의 중요성》이 와일드가 쓴 글에서 일부가 빠진 상태로 출간됨. 3월 13일 와일드의 형 윌리 와일드(Willie Wilde) 사망. 6월 《레딩 감옥의 발라드》가 상업적인 성공을 거두자, 7쇄에서 비로소 오스카 와일드의 작품임을 공개하고 표지에 이름을 덧붙임. 7월 《이상적인 남편》 출간.

1900년   10월 10일 수감 생활 동안 다친 귀가 증상이 악화되어 알자스 호텔 방에서 수술을 받음. 11월 30일 수술의 후유증으로 뇌수막염으로 사망함. 죽기 직전에 로마 가톨릭으로 세례를 받음. 유해가 바뇨 묘지에 6등급으로 매장됨.

1905년   2월 로버트 로스는 오스카 와일드가 앨프리드 더글러스에게 쓴 긴 편지에 성서의 시편에서 빌려온 《심연으로부터(De Profundis)》라는 제목을 붙여 퀸즈베리 가족과 관련된 부분(전체의 3분의 2 분량)을 모두 삭제한 채로 출간함.

1908년   로버트 로스의 주관하에 메듀엔(Methuen) 출판사에서 최초의 《와일드 전집(The Collected Edition of the Works of Oscar Wilde)》을 펴냄.

1909년   와일드의 유해가 바뇨 묘지에서 페르 라셰즈 공동묘지로 이장됨. 로버트 로스는 향후 50년간 공개하지 않는다는 조건으로 영국 박물관에 와일드의 《심연으로부터》 친필 원고를 맡김.

1912년   오스카 와일드를 연상시키는 기념비적인 조각, 스핑크스 상이 미국 출신 영국인 조각가 제이콥 엡스타인(Jacob Epstein)에 의해 와일드의 무덤에 세워짐. 하지만 스핑크스의 성기가 그대로 노출되어 있다는 이유로 1914년 8월까지 대중에게 공개되지 않음.

1915년   5월 9일 제1차 세계대전에 참전한 와일드의 장남 시릴 홀랜드가 전장에서 사망함.

1918년 10월 5일 로버트 로스 사망.

1945년 3월 20일 앨프리드 더글러스 사망.

1949년 와일드의 차남 비비언 홀랜드가 로버트 로스가 타자로 남긴 원고를 근거로 여전히 반 정도가 삭제되고 잘못된 부분이 많은《심연으로부터》를 출간함.

1950년 와일드 사망 50주기에 로버트 로스의 유해가 그의 오랜 바람에 따라 와일드의 무덤에 함께 안장됨.

1956년 《진지함의 중요성》이 원본으로 처음 출간됨.

1962년 《심연으로부터》의 와일드의 완전한 친필 원고가 포함된 《오스카 와일드의 서간 전집(The Complete Letters of Oscar Wilde)》이 루퍼트 하트데이비스(Rupert Hart-Davis)의 주관으로 처음 출간됨.

1967년 10월 10일 와일드의 차남 비비언 홀랜드 사망.

참고문헌

Richard Ellmann, *Oscar Wilde*, New York: Vintage Books, 1988.

André Gide, *Oscar Wilde*, Paris: Mercure de France, 1910 & 1989.

_____ , *Si le grain ne meurt*, Paris: Édition Gallimard(Collection Folio), 2013.

Robert Merle, *Oscar Wilde*, Paris: Éditions de Fallois, 1995.

Hesketh Pearson, *Oscar Wilde, His Life and Wit*, New York and London: Harper & Brothers
Publishers, 1946.

(Collected) Oscar Wilde in Context, ed. Kerry Powell & Peter Raby, New York: Cambridge
University Press, 2013.

John Sloan, *Oscar Wilde(AUTHORS IN CONTEXT)*, New York: Oxford University Press,
2009.

Oscar Wilde, *THE COMPLETE LETTERS OF Oscar Wilde*, ed. Merlin Holland and Rupert
Hart-Davis, NewYork: Henry Holt and Company, 2000.

Oscar Wilde, *THE COMPLETE WORKS OF Oscar Wilde*, ed. Merlin Holland(Fifth Edition
with corrections), London: HarperCollins Publishers, 2003.

Oscar Wilde, *Intentions*, Paris: Librairie Générale Française(Les Classiques de Poche), 2011.

은행나무 위대한 생각 10

거짓의 쇠락

1판 1쇄 발행 2015년 1월 9일
1판 4쇄 발행 2022년 8월 19일

지은이 · 오스카 와일드
옮긴이 · 박명숙
펴낸이 · 주연선

(주)은행나무
04035 서울특별시 마포구 양화로11길 54
전화 · 02)3143-0651~3 | 팩스 · 02)3143-0654
신고번호 · 제 1997-000168호(1997. 12. 12)
www.ehbook.co.kr
ehbook@ehbook.co.kr

ISBN 978-89-5660-836-5 04800
ISBN 978-89-5660-761-0 (세트)